U0815264

奇点科幻丛书

QI DIAN KE HUAN CONG SHU

主编：赵国珍

第1纪 The first age

牧猫人

杨贵福 苏恒 著

希望出版社 HOPE PUBLISHING HOUSE

作者简介 》

苏恒，吉林人，大学教师。多年的科幻爱好者和关注者，后从事科幻创作，曾在《科幻世界》《新科幻》等杂志上与杨贵福合作发表《天空之城》《真的故事》《喧嚣之城》等多部作品。写科幻小说的主要原因是出于对科学技术的尊敬，同时也因为受到优秀科幻作品（包括文字及影像）的影响。《Star Trek》中，一直“勇敢地航向前人所未至的领域”的几位英雄曾经围坐在篝火前轻轻哼唱：“Row,Row,Row your boat, Gently down the stream. Merrily,Merrily,Merrily,Merrily, Life is but a dream.”宇宙浩瀚，生命却无常。

仰望星空时，你想讲的那些重要故事，应该真正写下来，讲出来。

愿意做一个勤奋的写作者，为科幻大厦添砖加瓦。

杨贵福，男，生于吉林省通化市。通化地处长白山麓，湿热空气上升过程中易形成锋面，因而多雨，也多积雨云。积雨云远看像高耸的白色山峰，日本动画片里常有，用来衬托人物安静惬意的心情；而身处于积雨云下，则电闪雷鸣。人生亦复如此。在这些付诸纸面的故事背后，杨同时曾经是糟糕的电子专业的学生，现在是失败的计算机软件工程师和教师。杨少年时的理想是做个画家，但是当他发现画夹子很贵时，就开始犹豫，而当知道素描要用面包当橡皮的时候，他只好放弃不切实际的幻想。然后，杨的理想改成做个作家，毕竟作家只要有笔就行，这个比较便宜。当然，这个理想后来也没有实现，他最终成了一名理工科学生。他写的科幻，就是这么来的，作为爱好哲学文学的理工男，发现自己根本成不了伟大的任何“家”，只好退而求其次，阅读哲学、科学、文学作品，然后转述这些真正的智慧。在所有的宗教里这么干而有成果的，都有个好名字，叫做“使徒”，干得不好的，就叫科幻小说作者。

《 创作感言

看到本书中的这些篇名，我能回忆到的，除了作品本身，还有产生它们的那些机器。《真实的虚幻》，用的是赛扬 667 的 CPU，15 英寸球面显示器，一根校内电话线连到网络中心。当时，这些就已经是落后的配置了。《轮回，生命之苦》用了两台机器，一台是芬兰 TUCS 实验室的 Linux 计算机，用 Emacs 作文本编辑，一台是北京的 Word，其间连接的网络，用那句过时的话来形容，“互联网大到你能想象它有多大，它就有多大。”

其实，互联网可以比我们想象的更大，所以 IPv4 地址数年来就传说即将用尽，IPv6 终于正式启用。同样，这个远大于我们想象的世界，也存在着比我们的想象更深刻的底层结构。

我们之所研读哲学、科学、文学的作品，是因为它们向我们展示世界连绵不绝的精致的底层细节。我们所能描写的，不过是这些深扎岩层的根须在地面上展露的微不足道的叶片。所以，经常有作者说，“不，这不是我想写的，其实我想写的是……”但是，我们也只好让作品冻结成这个丑陋的样子，因为精深的结构就像分形递归，永远没有结束的时候。所以，我们只好让你看到它当前的远不完美的样子。否则，我们还有见面的一天么?

当展开书页，请关注我们没有能力描摹的那些吧。就像，我们倾听音乐时，我们分辨音高和时值，我们也发现调式主音，我们也探究复调的变换，甚至振动的方程、快速傅里叶变换的频域特性，甚至贝多芬如何用曲谱阐述群论的章节；就像，当我们看到身处其中的这个世界运转时，我们也感受动量定理的冲击，欣赏世界的律动正符合相对论的节奏，更底层的齿轮按照薛定谔的、哥德尔不完备定理的规则发出雷鸣的声音。

就像，如果这些小的篇章能令你有些许愉悦，也许你还想知道那是苏格拉底、康德、罗素的巨响在我们幼稚的杂音里偶尔凸显出来，他们告诉我们如何看待世界施加于我们身上的感受。

我们所看到的，无不是所见的背后。就像，展开手掌，你看到的是什么？也许是命运，也许是生物计量学中的特征点，或者，只是美丽的图案。唯独不仅是掌纹本身。

当展开书页，请关注我们没有能力描摹的那些吧。那才是我们真正想说的。

感谢所有阅读及与我们一起生活的人们，谢谢你的宽容，令我们有机会成长。

写在出版前的话

赵国珍

在这套书出版之前，我就像行将嫁女的母亲一样，总觉得有许多话要说，说给即将出阁的姑娘，也说给她的如意郎君——我们亲爱的读者。这些话，虽然不免唠叨，但动机绝对纯洁和良善。

在所有的文学品类中，大概只有科幻文学拥有一个准确的生成年分。那是1818年，英国著名诗人雪莱的太太玛丽·雪莱创作了第一部科幻小说《弗兰肯斯坦》，随后在法国（凡尔纳）、英国（威尔斯）等欧洲国家有一系列作家加入，形成了科幻文学创作的第一个高峰。到上世纪20年代，科幻文学创作中心转移到美国，创作队伍中涌现了具有烂漫文学倾向的技术性专家的身影，出现了像阿西莫夫、海因莱因等具有标志性意义的科幻大师。由于美国的作品和技术、故事、平民结合得很好、很紧密，它很快就成为一种更普及的艺术形式——电影的题材。到今天，科幻已经在世界上形成了非常大的市场，每年最佳的十部片子中怎么也有五到六部是科幻题材的电影。目前，世界科幻创作在经历了期刊、图书、电影三个阶段后，已经进入了更为新锐消费者所喜闻乐见的多媒体时代。科幻已经成为一个独立并且庞大的产业，科幻文学也成为全社会包括青少年和成人、一般公民和科学技术专业人士共同认可、喜爱和追捧的文学门类，科幻时代在国外不是虚言。

而在国内，虽然有上世纪初梁启超、鲁迅等大家的推崇和推广，也有叶永烈的《小灵通漫游未来》累计销售三百万册的不俗业绩，有童恩正、刘兴诗、王晓达等第一代杰出科幻作家的奠基之作，有刘慈欣、王晋康、韩松、何夕等第二代优秀作家的奋发作为，但到目前为至，中国科幻文学还没有进入主流文学的法眼，没有成为绝大多数读者的最爱，没有形成自己独立不移的地位和影响，中国科幻文学还停留在儿童文学、科普文学的范畴。如果从世界科幻文学发展的规律来看，中国的科幻文学才刚刚进入第二个阶段，即由杂志媒介向图书媒介过渡的时期，全社会的成人化的科幻作品认知还没有到来，科幻时代在中国来说，的确还是妄言。

不过，令人可喜的是，黑暗的东方地平线上已经出现了一抹鱼肚白，茫茫大海的天际也露出了庞大渔船的桅杆，科幻时代正在以它不可阻挡的步伐和节奏向我们走来。近年来，以刘慈欣《三体》三部曲创作完成并出版为标志，中国社会，尤其是年轻一代的科幻创作与阅读热情迅速高涨。从创作角度来说，新锐作家层出不穷，创作题材不断拓展，创作手法竞相展示，新作品、好作品目不暇接；从出版角度来说，报纸、杂志摇旗呐喊，出版社、网络推波助澜，电影、电视跃跃欲试，科幻传播渠道空前开放；从阅读角度来说，读者范围逐步扩大，欣赏水平迅速提高，阅读取向更趋多元，"幻迷"结构进一步优化。可以毫不夸张地说，中国科幻文学在未来的五至十年间，将会迎来最好的发展时期。题材会进一步拓宽，媒介会进一步拓展，作品会进一步扩张，受众群体会进一步扩大，市场会有一个很大的扩容，这将是一个毋庸置疑的前景。

人类历史的发展，注定会有许多拐点。一个杰出的人，一个突发的事件，一个重大的变革，都将成为这个拐点。那么，中国科幻文学的发展有没有拐点？这个拐点应该在哪里？这可能是时下许多人都在思考的问题。从理论上来说，拐点就是突破既定的发展轨迹，就是在全面的平静之下最可能爆炸的那个点。经历了拐点之后，事情将进入一个全新的发展时代，这也是"奇点"这一概念的理论来源。当然，这也是奇点科幻丛书的立意。

希望出版社规划在未来的五年内，出版科幻"三点"丛书，即奇点科幻丛书、沸点科幻丛书、极点科幻丛书。"奇点"面向国内新锐科幻作家，"沸点"面向国内成熟科幻作家，"极点"面向国外获奖科幻作家，三点一线，描绘和反映科幻文学的现状和未来。山西出版传媒集团将这一规划列入重大出版工程资助项目，将给予更多的政策和资金倾斜。全球华人科幻协会、希望出版社、《科幻世界》杂志社、《新科幻》杂志社等科幻出版组织和媒介，将倾力打造"中国科幻文学创作高峰论坛"，推出全国"希望杯"科幻创作大奖赛。所有这些举措，都是在合力寻找并营造中国科幻文学发展的那个"奇点"，鼎力缔造中国科幻产业的成就和辉煌。

嫁出去的姑娘，将会去寻找自己的落点，过自己的生活。我们惟愿她和自己的如意郎君相携相和，共鸣共进，活得更好，走得更远！

2012.8.19

奇点前夜的科幻小说

刘慈欣

奇点有三重含义：第一是数学上的，表示在连续的数学状态中难以定义的突变点，常见的有无限趋于无穷大或无穷小的点；第二是物理学上的，首先出现于广义相对论中，表示时空曲率无限大的点，是时空的不连续之处，在这一点中现有的物理规律失效；第三是未来学中的一个概念，描述科技以指数曲线发展，在某一拐点后急剧加速，由量变产生突然的质变，在极短的时间里彻底改变人类世界的状态。这套丛书以“奇点”命名，应该是取最后一个含义。

奇点学说是由美国学者雷·库兹维尔提出，他认为人类科技的发展趋势很像一条指数曲线，开始阶段比较平缓，是我们现在所处的阶段。但在经过一个拐点后徒然上升，几乎与X轴垂直，速度接近无限，这就是奇点时代。奇点的到来主要依赖于被称为GNR的三项技术，即基因工程、纳米工程和人工智能，当这三项技术进入指数曲线的超高速发展阶段时，人类文明的面貌将在极短的时间内发生彻底的改变。库兹维尔生动地描述了奇点到来时的情景：人工智能的智慧远远超越人脑，电脑的一次短时间运行，其计算量竟超过人类有史以来所有的思维的总和；科技第一次对人类的生理形态产生改变，人与人工智能紧密融合，人可以以各种形态复制自己，进而长生不老；人类可以在原子级别操纵物质，纳米机器可以把原材料直接变成人类所需要的任何产品。库兹维尔的终极预测接近疯狂，他认为，能够自我复制的纳米机器结合人工智能，能够向全宇宙扩散，改造所有天体，最终把整个宇宙智能化。最惊人之处是他对奇点到来的时间的预测，不是遥远的未来，而是近在咫尺的2030年！

不管奇点预测是否能够成真，有一点可以肯定：科学和技术将创造出更多的奇迹，科技带领人类踏上的神奇旅程才刚刚开始，甚至还没有真正开始。而这种科学的神奇感、这种技术带来的对未来的向往，恰恰是科幻文学生命力的源泉。

比较古代人类与现代人的精神世界，最大的差别可能就是对未来的感觉。可以说，在古人的意识中，没有现代意义上的未来感，由于技术进步的缓慢，在那时人们的心目中，未来可能“城头变幻大王旗”，但生活的面貌不会发生变化，昨天今天和明天，去年今年和明年，不会有什么差别。正因为如此，古代的文学，无论是神话，还是诗歌或小说，都是描写现在或过去，几乎没有描写未来的。工业革命以后，科学给人们带来了无尽的神奇感，进而引发了对由科技所创造的未来的想象和向往，由此诞生了科幻文学。

科幻文学诞生于19世纪初的欧洲，但其真正的繁荣是在20世纪20年代至60年代的美国，史称科幻小说的黄金时代。回望那四十年，能带给我们许多启示。在那段时间，世界已由蒸汽时代进入电气时代，与工业革命相比，科学技术进一步显示出其塑造和毁灭世界的力量。人们深切地感受到了科技给自己的生活带来的改善。另一方面，20世纪初的物理学革命带给人们一个全新的视野，相对论和量子力学告诉人们，比起之前牛顿简洁的决定论图像，真实的宇宙更加神奇。但与此同时，舒适的信息时代尚未到来，已经大为改善的生活仍然充满着艰辛和压力，世纪初的美国经济大萧条、随后的两次世界大战以及紧接着出现的东西方冷战，都给现实蒙上了阴影，这就使得人们对已经显现出神奇魔力的科技充满了更多的期待，期望科学和技术能够带来一个更加美好的未来，对科学神奇的赞叹和对未来的向往在这一时期都达到了高潮，由此带来的科幻文学的繁荣就是顺理成章的了。

但随后，科幻文学进入了缓慢的衰落期，这种衰落从上世纪70年代一直持续到今天，在美国，科幻小说在市场上再也没有再现黄金时代的热度，新的科幻迷越来越少，科幻群读者的年龄越来越大；有世界影响的作品越来越少，大师不再出现，黄金时代出现的三巨头至今仍牢牢地占据着科幻文学的顶峰。

对这个漫长的衰落，评论家和科幻研究者有着各种解释。其中之一是把原因归咎于科幻文学的新浪潮运动，新浪潮在上世纪70年代起源于欧洲，部分科幻作家痛感科幻小说在文学中的边缘地位，便把主流文学中现代和后现代的表现手法运用于科幻创作，同时把科幻小说面向太空的视野转向人的精神世界，试图使科幻小说更加文学化，使得部分科幻作品由明快的大众文学变成晦涩的先锋文体。有评论家认为，新浪潮运动是把科幻小说自身的价值让位于主流文学，进而消解自己的一种努力，他们也把科幻的衰落归咎于此。

但仔细考察便知这种理论是不确切的,新浪潮运动对于科幻的衰落的确有一定影响,但不是根本的原因。在新浪潮科幻由兴起直到被后来的赛博朋克运动代替,一直只是一个科幻文学的支流。在这一期间,传统的、坎贝尔理念的科幻小说一直在大量地创作和发表,即使在新浪潮运动最兴盛的时期,其作品的数量也远远小于传统理念的科幻小说的数量。

其实,科幻衰落的最深层、最本质的原因正是科学技术本身,曾经催生科幻的科技,在其飞速发展的今天开始起相反的作用。阿波罗登月期间,一位 NASA 官员对观看发射的科幻作家说:“我们给了你们一碗饭吃。”但事情证明恰恰相反。自航天时代以来,科幻小说中描述的科技奇迹不断变成现实,特别是随着信息时代的到来,科技日益渗透到社会生活的方方面面,其渗透之深、普及之广可谓前所未有。由计算机和网络构成的信息时代,以迅雷不及掩耳之势迅速变成现实,并深刻而全面地改变着普通人的生活。人类有一个特点,就是对变成现实的奇迹很快麻木。比如现在的智能手机,集移动通讯电台、电脑、互联网络、数码照相机、数码摄像机、数码收音机、GPS 定位装置、影音播放器于一体,方寸之物可以随时与地球的任何地方进行通讯和网络连接,它所集成的设备以前要用一辆小卡车才能装下。笔者曾经统计过科幻小说中曾出现过的移动通讯设备,大多数在功能上不如现实中的手机,也就是说,科幻的神奇梦想现在装在每一个人的口袋里,但与此同时被每个人熟视无睹,当做一件最平常的东西。

科技神奇感的消失,是科幻文学所面临的最致命的打击,也是科幻衰落的最根本的原因。

但科技的神奇感真的消失了吗?科技中的科幻资源是否像地球上的石油一样,快要开采完了呢?至少对奇点时代的预测告诉我们:没有!如果奇点学说是正确的,即便未来科技的发展只达到其预测的十分之一,我们也可以肯定科学技术仍然处于指数曲线开始时的平缓阶段,其陡然上升的阶段还未到来,也就是说真正的科技的奇迹还没有开始,我们已经经历的一切,只不过是神奇时代的前奏而已。同时,高度发展的基础科学,如物理学、宇宙学和分子生物学等,也为我们展现了一个更加神奇的大自然,与科幻文学黄金时代所面对的图景相比,从视觉直到哲学层面,这个新揭示的宇宙充满了更多的神奇,更加广阔,更加诡异,更加变幻莫测,这里面蕴含着丰富的科幻资源。只是，与上世纪上半叶的科幻黄金时代相比，现在的基础科学已经大为进化，其理论的复杂和数学表述的艰深都不可同日而语，使非专业人员难以接近。正是由于这个原因，现代科幻文学对现代科学最新进展的表现很有限，大量的故事的科幻核心仍基于古典科学，即使有前沿科学的内容也流于表面。如何充分开掘现代科学前沿所提供的丰富的科幻资源，是科幻作者所面临的巨大挑战，也是科幻文学的希望所在。

纵观历史，中国科幻文学有着四起三落的波折经历，不同的阶段相互孤立，其间少有积累和继承。由于历史原因，各个阶段的科幻文学都有着自己侧重的方向。清末民初的科幻以救国图强为主题，而当时鲁迅先生提出的普及科学的目标到了上世纪50年代才得以实践，80年代则对科幻小说文学化进行了初步的尝试。新世纪的中国科幻进入多元化时期，对科幻文学的发展也有各种各样的建议和尝试，包括对科幻小说文学品质的提升、包括更多地反映现实和写出更好的故事等等，这些无疑都很重要。但现在，我们必须正视科幻文学的本质和核心，科技的神奇感是科幻的生命力之所在，我们必须创造出更多的、更大的神奇。

创造神奇不意味着浅薄和浮躁，也不仅仅是科技和宇宙奇迹的展示，科幻中所表现的科技的神奇拥有着丰富的内涵，科技的发展对人类社会整体和对人类个休的改变都具有震撼且深刻的神奇感，同时，也是主流文学所不具有的揭示社会和人性的视角。

做为一种创新的文学，科幻用不断涌现的新创造和新震撼来战胜遗忘，就像一场永恒的焰火，前面的刚成为灰烬，新的又飞升起来爆发出夺目的光焰。而要做到这点，就应永远保持年轻的心态，使自己的想象力与时代同步。正如有人说的那样，科幻使人年轻。

“奇点”丛书正是这样一套充满青春活力的丛书，书中收录了十位国内年轻科幻作家不同风格的优秀作品，这些作品，从不同角度描述变化中的世界，引人入胜，把科幻的神奇展现得淋漓尽致，像一群璀璨的星星照亮了奇点的前夜。

2012.7.29

目录 | CONTENTS |

回忆苏格拉底

HUI YI SU GE LA DI

奇点科幻丛书 | **第一纪**

1 黛娥缇玛的手稿·BEGIN

万物都只是世界本源的影子
阳光会让影子从夜色里重生

此刻,你安静地躺在重重的纱幔之后,跳动的烛火在你宽广苍白的额头留下隐约跳动的影子,有如你的思想仍在轻轻地呼吸。

苏格拉底,我的爱人,遥远的你可听到我呼唤你的声音?

毒芹汁早已浸透你周身的血液,世人和生命都已弃你而去。而我,用神祗赋予的力量叩你紧闭的心扉,整夜不眠,为你未消散的灵魂制备新的生命。我轻吻你的手呼唤你的名字,你能感觉到吗?我是你的黛娥缇玛,你亲爱的女祭司。

你可听见我的呼唤,我的爱人?

期待着明天的朝阳照亮你的眸子,你必会在第一缕阳光里重新苏醒过来,如同从前无数个清晨。我整夜守候在你身边,为你祈祷,为你诉说我们的故事。

你一定会醒过来的,你说过,我们都是影子,万物都只是世界本源的影子。阳光会让影子从夜色里重生。

记得吗,我泪眼婆娑时你轻抚着我的脸颊,离去的背影渐行渐远消散在迷离的风中,那也是一个让人期待的黎明的夜晚,那个夜晚的星辰也像今天一样模糊而遥远。

今晚,是我的祈祷招来雾气让星辰模糊,也让你新的身体吸收生命的气息;那一夜,让我们无法看见星辰的,是敌人一望无际的营火和烟尘,是敌人震天的军歌和如林的长矛。

2 雅典·程序

复杂得无与伦比的机械部分是整个系统中最简单的部分
真正复杂的部分是让机械理解人的意图

雅典,西北角,宙斯机械学院。

雅典人与斯巴达人作战的第七年。这一年,我十八岁,即将成为可以在战场上用剑取得荣誉的战士,我,色诺芬的名字即将在凯旋石柱上永远铭刻。

风在空旷的广场上掠过,切过我的阔剑,低沉的啸声告诉我剑的灵魂在歌唱死亡和荣誉,在盼望砍透敌人的重盾,盼望在斯巴达的城墙上留下刻痕,或者断裂在斯巴达人自动机械坚硬的斧刃下。

战士和剑的命运是相同的,在战场上胜利,或者在战场上死去。但是现在我还不能去死,因为我得在去战场前决定怎样去救一个人的性命。那个人就是我的老师苏格拉底先生。

就是今天上午,他们带走了苏格拉底先生,那时他正在为我们讲授三角学的知识。

没有云,上午的阳光直射在东方遥远的鞣鞨雪山峰顶。苏格拉底先生说:"那山看起来很近,其实只是由于它太高大了。我们用三角学的方法可以计算出鞣鞨雪山的高度和它到我们的距离。首先我们测量色诺芬的身高和他影子的长度……"

卫城的五个全副武装的战士就在这个时候冲进来,立在门的影子里。队长对苏格拉底先生喝道:"大祭司传唤!"

苏格拉底先生缓缓地说:"你们果然还是来了。能让我讲完这节课吗?学生们还要利用这些知识与斯巴达人作战……"

"渎神的家伙,你到头儿了。"队长抽出了剑。

苏格拉底伸出双手阻止我们:"不要怨恨,他们也只是执行命令。"

天很热,但是对方的战士都裹着重甲,执矛带剑,只有队长把头盔拎在手里,空着的那只手不停地往脸上扇着风。他贴身站着一个战士,胳膊上固定着识别连弩,那是苏格拉底先生设计的自动机械,精于手工的师兄柏拉图制作了第一台的样机,通过打孔的纸带输入指令后,连弩能在人群中识别出目标射击而不伤及战友。全部填满的机器里可以容纳上百支弩箭,扳机扣下,这些弩箭可以在一分钟之内全发射出去。人的手腕无法承受连续射击时强大的后坐力,所以识别连弩都要固定在胳膊上。而且大多数弩箭上面都淬毒,见血封喉。我的同学们都穿着听课的白长袍,没有护甲,只有两三个人带剑。

我周身的血液都在燃烧,血红的阳光在我眼中洒在卫城战士们的矛上。黑色的战神在歌唱。身后有拔剑的声音,我对着那队长冷冷地笑。他目光阴沉地斜视着我们,手一挥,识别连弩指向了门内的师生们。前面有几位同学站了起来,似乎慌乱地靠在一起,我被挡在了白袍的阴影里。

"抵抗者就地格杀。"队长举起剑,在略显阴暗的教室里反射出刺眼的强光。

他的话音没有落,凶恶的表情仍停在嘴边的横纹上。我轻轻向后跳起,准确地抓住半空中递过来的剑柄,落下时重重踩在四五双搭在一起的手上,被猛地推起,越过前面的人墙弹向空中。还在空中，我看到识别连弩的主人迅速从惊讶里醒过来,整只胳膊指向了我,死亡的气息扑面而来。我的剑斩在固定识别连弩的那只胳膊上,没有切断,但是突然喷涌而出的红色的震撼力已经能让队长稍稍迟缓。

稍稍迟缓就足够了。

我把剑压在识别连弩主人的颈动脉上，另一只手抓着他那只染得通红的胳膊用力一扭。受伤的手臂已经无力抗争,识别连弩转了一个方向,突出的深蓝色弩箭紧贴着队长裸露的脖子。

“死神能识别出你。”我直视队长的眼睛。

下一瞬间,那三个没有受到袭击的卫城战士就一齐把剑劈向我。卫城的战士大多也都曾在宙斯机械学院受过正规的军事训练。很热,没有风,但我的两耳充满了巨大的风洞里龙的吼声,汗水从我的头发里涌出来,沿着脊骨缓缓流下。我不由得紧紧咬住牙关,两颊的肌肉紧绷起来。转身,闪避。三柄剑同时重重地砍在连弩战士的背甲上,反弹的锵然之声不绝于耳。

“色诺芬,让我跟他们去。”阳光穿过卫城战士们的武器,在青灰色大理石的背景里,映着苏格拉底,他的白袍神祇一样明亮。他转向队长,“我的学生也去吗？”

“只要你自己。”队长的声音有点颤抖。

苏格拉底先生走上前伸出双手,光芒在指间缠绕。我放开连弩战士,把自己的手臂和他被斩伤的手并排放在一起。苏格拉底的两只手分别握住我们的手臂,在他的手和我的胳膊接触的部位,剧痛和灼热的感觉突然传过来,让我眼前一黑,我感觉到了刚刚连弩战士的痛苦和恐惧。这是战场上常用的医疗技术,借助空气中无处不在的精灵的力量,利用健康样本手臂中的信息修复受伤的手臂。三五分钟工夫,血止住了,那只几乎被我砍断的手臂恢复了健康,运转自如。只是他的皮肤上弯弯曲曲地爬着长长的伤疤,有青铜和烤蓝的色泽,像文上了一只熊熊燃烧的火凤凰。

先生遗憾地摇摇头。整个希腊没有人能完美无缺地施法。所有施法的效果总是有点不可预测,空气中的灰尘或者温度等细小的因素都可能影响结果。同一法术,即使在看似完全相同的情况下,却可能得到完全不同的效果。只有极少数人才能像先生一样大体上保证施法的准确结果。识别连弩在机械中非常罕见和杰出,就是因为它能反复使用而效果可以预测。据说,在远古的黄金时代,人类中那些众神的后代能够完美地施法,甚至用咒语创建生命。只是,现在这些都失传了。按先生的说法,这些程序缺乏“可重复性”。构造复杂机械和程序的理论还需要完善。

他们转身而去。正午强烈的阳光直射在战士们的重甲上,发出清冷的光。先生的白袍在风里慢慢飘动,身后的战士和利刃如同不存在。

我转身,刚从强光转到阴暗的教室里,同学们的身影看起来有点模糊。

我的同学都是雅典最优秀的战士,与我的战术配合得也天衣无缝。但是,现在我需要一个人静下来,回忆一下整个事件的前因后果,而且有一些事情也只适合一个人去做。

所以我说:"解散。"

雅典对斯巴达作战已经进行了七年。

最初的时候,苏格拉底先生在广场上演讲,号召人们反对战争。大祭司大发雷霆,说要召唤宙斯的雷电击死那些不热爱国家的人,他说,这是众神的战争,为了捍卫我们的宗教而死是每个公民的荣耀。但是大祭司没有真的召唤雷电,那时苏格拉底先生已经是宙斯机械学院最优秀的学者, 战争需要他设计能精确重复施法的机械。随着战争的进行,成千上万的年轻人——我们的和敌人的——涌上了战场,彼此砍杀,后来他们都一起永远沉睡在棘霖冰原的旷野里。

先生可能仍然反对战争,但是他还是开始了设计。也许他只是想让杀戮尽早结束吧。

战争第三年,苏格拉底最优秀的学生,我的师兄柏拉图在一个深夜偷偷离开雅典,去了斯巴达。他是一个雅典人,苏格拉底设计连弩时,是他制作出了第一部样机。连弩具有极其复杂精密的设计机理,实现时差一分一毫都会功亏一篑。按苏格拉底先生的说法,复杂得无与伦比的机械部分是整个系统中最简单的部分,真正复杂的部分是让机械理解人的意图。这些意图是一个机械如何运行的完美计划,要在射击以前全部确定下来。编制意图射击的人要考虑到所有可能发生的情况,对所有这些情况要规定机械的动作。这些计划被称作程序(Program)。

可以说,识别连弩这样的杰作,无论单独设计还是实现都是奇迹。这两个奇迹同时出现在雅典,差点结束了战争。柏拉图因此成为最年轻的大祭司奖获得者,按大祭司的说法,"一个三年级的天才"。那时,我刚刚入学,师兄当然是我们所有人的偶像。

没有人知道柏拉图叛国的原因,每个人都知道的是柏拉图加入斯巴达后,战争才真正进入最惨烈的时期。十之八九的战士一去不返,长冬的风灌满一间间空空的屋子,发出巨大的低沉吼声。大祭司在一次征兵动员前的演讲上说,教出这样学生的老师应该被处死一千次。当然,他没有那么做,苏格拉底还在为他培养更多的战士。这些战士拥有的不仅是勇敢的心,还有聪明的头脑,其中的某些人还能施展"基本"的法术。"基本"二字是苏格拉底先生对我们高级课程中法术的说法。比如远程运输装备,先生就说:"这是对某某原理的基本运用。"尽管我们中只有极少数人能施展这种法术,因为施法时要背诵很多古文中的感叹词和副词,还要把温度、风速,甚至周围所有生命对于被运输物品的态度计算在内。注意,是所有。如果感叹词和副词用错了,可能被搬移的就是别的什么,甚至可能是自己,或者搬移的高度和距离错误。

施法实验时,每当我们运输的沙袋从空中掉下来,先生就叹气。有一次我听到他喃喃自语:"柏拉图这家伙要是在这儿就好了,他能演示把二十三支长矛抛向不同的敌人。"然后他叹了口气,"可惜呀,他认为世界的本原是……"后面的声音越来越低,先生陷入了沉思。

也许先生知道柏拉图叛国的原因,也许原因就是"可惜"后面的内容。听语气,似乎那是先生和柏拉图之间的分歧。

柏拉图走后,除了授课,苏格拉底先生整个人似乎都沉入了另一个世界,不为我们所知的世界。他几乎每天通宵进行计算,为此还设计了几台专门用于计算的设备。其中的一台能用打孔纸带与人交谈,回答所有的问题,似乎无所不知。后来先生问它:"告诉我你所不知道的事情。"机器从此沉默了。

但是苏格拉底没再设计出一台能直接用于战争的机械。起初,卫城里有人说设计这些能思考的装备没用。后来,大祭司亲自发话,他说研究能思考的机械是渎神的行为,教导我们设计制造这种机械,会令我们崇拜其他的神,是误导青年。

在一个能为宗教战争的国度里,渎神,就是死亡,在屈辱和人们的蔑视中死去。

我不相信苏格拉底渎神,他也没有教我们崇拜他神。那只是他的思考,更何况他还说过,施法中必须要先呼唤要用到的精灵。

他们带走了苏格拉底先生,也许仅仅是限制他的自由,但是更可能是准备经过审判后处死。在审判中,狂热的民众必然会对渎神者投上死亡一票。

我凝视出鞘的阔剑,风从剑锋上掠过,铮铮作响,强烈的阳光晃得人睁不开眼。广场中雅典娜的雕像一手执矛,一手扶着大盾,神态威严。我就坐在大盾的阴影里,一只手握着阔剑,另一只手端着一杯冰凉的可乐,我的手指感到杯子冰冷潮湿。也许我在想,为什么是可乐,而不是葡萄酒?我是不是还应该想想为什么我的肤色是古铜色,而不是雪白?也许,我的名字不是色诺芬而是亚里士多德,也许我不是一个战士而是一个白胡子老长的哲学家。这是一个沉闷的下午,我任自己的心随意驰骋在荒原上。其实,我只是在等待,等待夜幕降临。那时,雅典娜的手指会抚过许多眼睛,让他们沉睡,在一片昏暗中只为我指点方向。草原上的猎豹在出击前,最重要的不是磨尖利爪,也不是养精蓄锐,而是——耐心。等待最适合的出击时机。那个时候肾上腺激素大量分泌,如果还要策划的话,也许只有本人才会觉得那是冷静的分析。所有的准备工作应该早就准备完毕,现在只要沉静地等待。

等待黑夜。夜,是死神在梦中微笑的时候,是赫尔墨斯黑色的翅膀遮盖逃亡者踪迹的时候。

我贴着墙,在阴影中前进,小心不让影子出现在月光下。风声很低,人们沉睡时的鼾声很大,阔剑与鞘摩擦,发出轻微的沙沙声。

从雅典西北角的宙斯机械学院出发,我穿过雅典城,躲过警卫,目标是东南方的雅典神庙。苏格拉底先生被关押在那里。卫城的战士应该没有防备,今天那几个装作商人、学生的家伙一定看到我整个下午都坐在广场上叹气。如果我当时就去神庙,一定会在穿过雅典城时就遇到全副武装的战士。

寻找苏格拉底先生花了半个晚上,我不想认错人,然后这个犯人大呼小叫地招来看守。先生关在一个单独的房间里,很好。

"先生,是我。"我压低了声音。

先生转过头看着我,看得出他很高兴。

"我来救你逃走。"

"不,色诺芬,我没有罪,我绝不逃跑。"先生说的对,逃跑将会向公众证明他有罪。但是,不逃跑的话,他可能只能用死亡证明他的无辜。

"雅典人都是瞎子。"

"他们宣判的正是他们自己。认为我有罪的其实是与我相同的人。"每一个人在评价他人的时候,旁人何尝不是正在通过他的评语评价他本人呢?一个时代的全体成员作出某个评价的时候,历史何尝不是正在评价我们呢?

夜很静,很远的地方有脚步声传来,我闪进黑暗之中。

是今天上午那个队长的声音:"大祭司,请稍候。"

"嗯?"这是一个低沉浑厚的声音,即使在旷野中听起来也会像在大厅中一样有回响。虽然只有一个音节,但是声音背后沉静的威严让我不由得握紧了剑柄。如果是在另一个场合,他没有站在对立面的话,我多半会对这声音敬礼吧。

“今天夜里，识别连弩输入的指令设成除了苏格拉底本人之外，一概射杀。弩手就在前面。”队长的声音不无炫耀和请赏的意思。我仿佛看到幽蓝的光在连弩上闪着，掌握了连弩的那手臂今天被我文刺了一只展翅欲飞的火凤凰。汗水不知什么时候顺着衣领流下，胸口只感到冷冰冰的一片。

“嗯。”那声音也许点了点头。

过了一会，大祭司一个人走进苏格拉底的房间。队长向黑夜里看不见的弩手招招手，两人远远地走开了。那个弩手转弯的时候回了一下头，似乎对着我笑笑。他的影子在月光下抻得很长。

很久，房间里没有声音，也许大祭司和苏格拉底只是在相互注视。

“你不悔改？”低沉浑厚的声音。

“你真的相信？”苏格拉底先生的声音。

“哈哈哈。”那声音笑得有些勉强，“现在只有我们两人，没有什么可担心的，我当然也可以承认一切。我并不相信我们的宗教，我倒是相信你的观点。”

“没有神祇存在。”

“如你所说，靺鞨山的顶峰确实没有宙斯的宫殿。我派人登过顶。”

“我倒没有想到你会派人去。”

“用事实检验，这是你教我的嘛。”那声音呵呵地笑。

“但你仍然认为我有罪。”

“废话！”那声音突然愤怒起来，“要不然我怎么向民众解释？如果宙斯根本就他妈的不存在，世界是怎么来的，你我是怎么来的？每个人都会问自己我是谁？”

“不要害怕。”我想苏格拉底一定伸出手去抚摸大祭司的头发，当我对同学拔剑的时候他就是这样安抚我的。他对我说：“不要害怕。”发出攻击的人，正是胆怯的一个。

“如果没有神祇，你怎么解释你设计的那些机械如何被空气中的精灵驱动，你怎么解释你咒语里那些古老的词汇？”

“我不知道。咒语中的词汇确实和神祇的历史一样古老，但是我还不知道。也许，这个世界的本原，除了神祇，还有更好的解释，那是世界的本原。”

“世界的本原，那有什么用？你去吧，去告诉民众，死去的人永远也不会苏醒，恶人没有惩罚，善良没有报答。世界是残酷的，是一片寒冷黑暗无边，在宗教温暖的小屋里，人们的心却是宁静的。”

“可是他们还是会被冻死。科学追求真实。”

"真实?我们为争夺神祇的山峰打了七年,打了七年,打了七年!"那个声音大声地喊叫,听起来在屋子里走来走去,"我该怎么做,跑到广场上告诉民众那都是假的?我们为之战斗的宗教是假的?还是你站出来解释,做他们的祭司,拯救他们的灵魂?"

"我也没有这个能力。我还不知道世界的本原是什么。"苏格拉底先生慢慢地说,"我一直在思考。柏拉图他也在思考,不知道他有了答案没有。如果柏拉图在这里就好了,我已经把所有的机械抽象成了一个简单美妙的概念,由一支笔、一个读取器和一个无需很长的纸带组成。如果他在的话,一定能实现这个机械,我感觉这个机械能实现整个世界。可惜我不擅长动手,只会思考。"

"思考?"大祭司尖声说,"你今天夜里就要死了。"

"是吗。"苏格拉底轻声说,"色诺芬还是个狂怒的青年,假以时日他也许会成为另一个柏拉图,他的剑法抛弃了杂质,真有那么一点本原的味道。唉,可惜可惜。"

"别再替别人叹息了,想想你自己吧。明天人们会在你的尸体上唾骂,你这个试图摧毁他们信仰的渎神者。"

"我宁可战死。"苏格拉底的话音还没有落地,我像影子一样从黑暗里冲出来,阔剑同时出鞘。

剑刃没有一点声音,也没有一丝反光。攻击的时候,无论多么花哨的形式也无法掩盖不了血。

我失手了,因为苏格拉底从旁边冲过来,挡在了我的剑和大祭司的咽喉之间。

也许大祭司感激苏格拉底救了他,也许他的心中也存着对世界本原的迷惑,像苏格拉底先生所说,"认为我有罪的其实是与我相同的人"。也许,大祭司只是允许苏格拉底延缓死亡。也许他只是希望苏格拉底的死不让自己内疚。

我能确定的是,大祭司向苏格拉底挥手送别的时候,他在流泪。

大祭司允许苏格拉底在两种死法中选择。或者,作为渎神者在雅典被处死;或者,流放到棘霖冰原去与斯巴达人作战,作为一个战士荣耀地战死。

苏格拉底先生选择了后者。

当夜,我与先生一起启程。在月光里,我回头远望还在沉睡的雅典城,卫城巨大的影子里一切都晦暗不清。我忽然想起,两年前师兄柏拉图也是在深夜离开雅典,他走的是哪一条路呢?

在遥远的东方,世界的中心,那里是常年积雪的鞅鞨山。鞅鞨山脚下是一望无际的棘霖冰原。雅典人和斯巴达人正在那里厮杀。我知道,无论柏拉图走的是哪一条路,我们最后的目标都是相同的。

3 棘霖冰原·本原

雅典人与斯巴达人的战争正进行到第七个年头
鲜血在世界中心的鞅鞨山脚下凝结

棘霖冰原,世界的中心。

鞅鞨山,在棘霖冰原的正中央俯视大地。传说山顶有宙斯的神殿,占领神殿的人会顿悟世界的本原,拥有整个世界。

整个世界。

由鞅鞨山向北,穿过整个冰原地带,在人类所到的尽头之外,是叫做大荒的地方。冬季,劲风夹带比冰原更冷的气流从大荒直扑而下,除了战争的狂热,没有能让人在冰原上生存下去的理由。

雅典在冰原西方的边缘。水宽八百千米的松花江在这里自西向东穿城而过,水汽让雅典在冬季最冷的季节里也温暖如春, 水边的树林还时常挂满水汽凝结而成的树挂,如同仙境。兴安岭连绵横亘在整个西北方,拥抱住雅典,阻挡住了大部分南下的冷气。雅典的正西方,是瀚海沙漠,那里的热风在冬季会帮助人们御寒。西南,一望无际盐碱滩的尽头,是汪洋一片的向海。也有人说向海并不是真正的海,而是水域宽广的湖,它由两条大河注入汇成。这两条河流在很远的南方,依次是浑江和辽河。再向南,据说是天堂一般的国度,到处是鲜花和香料,但是从来没有人能活着穿过满是疫气的大河地区。人们称那个传说中的天堂为天朝。

雅典,这个世界中心城市,远离严寒和疫气,自然雍容典雅;雅典人对于慈父宙斯的敬爱,也使得这里的宗教热情格外高涨和持久。

另一个被世界遗弃和诅咒的城市,叫做斯巴达。松花江流经雅典后向南,在即将注入向海时突然东流,留下大片良田,称作河套大湾。雅典人的奴隶就在那里终年耕作,带来金黄的收成。继续东流的松花江,在雅典的东南方路过罪恶之城斯巴达。那里仍在棘霖冰原的范围之内,没有兴安岭的保护,更是在冬季迎面遇到南下的冷气流。穷山恶水之地,因此每个斯巴达人都是英勇的战士。他们的婴儿在出生后都要扔到山谷之中,没有被冻饿死的强者,才会被捡回来。这样残酷的作法,在善良的雅典人看来如同禽兽。与他们作战并消灭他们,是理所当然的,更何况他们还有占据鞅鞨山的野心。一个愚昧野蛮的民族,也有资格窥视世界的本原吗?

松花江摆脱了斯巴达城后,向东斩断长白山脉,直入终年黑色的鬼海。长白山脉从北向南,遮蔽住整个东方,松花江即发源于其北端,在其南端入海。鬼海的东面,是世界之外,有人乘船去过,滔滔的海浪就消失在那里,没有咆哮的声音,也没有白花花跳跃的水花。极目望去,是一片没有纹理的纯正的灰色。只有看不见的风在其间出入。传说鬼海之东居住着一个比斯巴达人更野蛮彪悍的民族,叫做波斯。

鬼海北端与大地相连的地方,海陆长年相侵蚀,形成了被称作兴凯大泽的死亡之地。表面上看起来是厚实的大地,踩在上面的人畜却会陷进去,慢慢地被大地吞没。这个过程有时甚至会持续一整天。但是没有人敢去救助,谁也不能保证自己脚下的土地是坚实的。夜晚,哀号声像巨大猛兽整个胸腔制作而成的号角,终年回荡在大泽之上。当地人称这种声音为猛犸。但是施展复杂法术所用的纸带,只有在兴凯大泽中浸泡后才会有稳定的效果,虽然这稳定只是一定程度的。所以尽管死亡近在咫尺,人们仍趋之若鹜。

这就是我们的世界——希腊。

雅典人与斯巴达人的战争正进行到第七个年头，鲜血在世界中心的鞅鞨山脚下凝结。鞅霖冰原上,终年赤红一片。

我和被流放的苏格拉底先生就循着这战争钢和火的气息，从雅典城向雅典人在冰原上的军营行进。一路上,我们谢绝了无数个雅典属下城邦的挽留。苏格拉底先生在学院设计的自动耕种机械、自动收割机械、智能放牧机械让人们在战争的重压下仍能温饱,每个人都对他心存感激。一路东进,离开最后一个驿站已经三天了,现在我们又冷又饿,丢失了火种,也没有食物。

我们沿松花江东进,尽量走山脊。山谷看起来更好走,风也要小一些,但是即使骑在马背上,人也没法从积雪里露出脑袋。我们连滚带爬翻上一座不高的雪山。真正的“滚”和“爬”。我们下山的时候是“滚”的,上山的时候是“爬”的。所以第一次出现在黛娥缇玛面前的时候,苏格拉底先生和我都不体面地四肢着地。

我们两人甚至没有力气站起来显示一下尊严。黛娥缇玛把我们搀了进去。喝下两碗滚烫的姜汤又吃了两个汉堡，我们才有精神头儿打量这个临时避难所和它的主人。

这是一座不大的神庙,最大的建筑是它唯一的一座神殿。神殿里的主神显然不是我们信仰的宙斯。但是在又冷又饿的时候，我们对于供奉他神的人也就赦免了吧,更何况苏格拉底先生被流放的原因也正是信奉他神的罪名。救了我们性命的是神庙的女祭司，她在神像前安静地坐着，黑色的长发直披到膝盖以下。

"谢……"苏格拉底剧烈地咳嗽了好一会儿，"谢谢你救了我们。"

女祭司安静地注视着苏格拉底的眼睛，没有发出一点儿声音。我想她可能是哑巴。

当我全神贯注盯着一块酱牛肉的时候，她问苏格拉底先生："你是雅典人吧，叫什么名字？"

"苏格拉底。"

"哦。"她淡淡地说，甚至没有点一点头，"哦"不是表示惊讶而只是表示听到了。显然她不知道苏格拉底的名声。

"怎么称呼你呢？"

"黛娥缇玛。我是这里的女祭司。"

"这是什么神？"

"香农。"她看苏格拉底先生一副迷惑的样子，扑哧笑了，"怎么，没听说过？"

我没听说过神祇的名字很正常，我的学识在同学当中也算是差的。但是苏格拉底先生没听说过真是令人惊奇，要知道像他这样了不起的术师，在施法的时候要呼唤很多神祇和精灵的名字。雅典人中还没有比苏格拉底先生更博学的呢。

"我所知道唯一的事情，就是我一无所知。"

这是苏格拉底先生的一句名言。我曾经在雅典娜神庙求得神谕，问谁是世界上最聪明的人。神谕说，那个最聪明的人是苏格拉底先生。当我告诉先生这个神谕的时候，他显然不相信，指出了几个雅典杰出的人物，认为他们都要比自己聪明得多。但是否定神谕需要更有力的证据才行。苏格拉底先生走访了这几位人杰，与他们交谈讨论，结果每次都失望而归。苏格拉底先生叹着气说："他们确实都有聪明的头脑。只是他们只知道自己知道很多，却不知道还有许多自己并不了解的事情。也许这就是神谕认为我是最聪明的人的原因吧，因为我知道自己一无所知。"据说大祭司听说这件事情后，认为苏格拉底先生是一个狂妄的人。

女祭司又弯起眼睛笑了："'我所知道唯一的事情，就是我一无所知。'很好的罗素悖论。"

"罗素？这又是一个我不知道的神祇吗？"

"小镇上只有一个理发师。他声称剃所有不为自己理发的人的头发。"黛娥缇玛温和地看着苏格拉底先生，就像先生给我们讲解习题时一样耐心，"那么，试问：这个理发师要不要给自己理发呢？"

我一边切着牛肉一边嘟囔着："如果他为自己理发，那么推出一个矛盾，这个被理发的家伙就不再是'不为自己理发的人'，他应该拒绝；如果不为自己理发，他就成了'不为自己理发的人'，按理说，理发师应该为这个家伙理发。先生，他到底理不理呀？"

没有声音。我转过头看去，苏格拉底先生瞪着眼睛张大了嘴，呆呆地望着前面，而前面除了堵墙，什么也没有。

"色诺芬，你记得我问过的那个问题吗？就是那个问题让那台能和人交谈的机器死掉了。"

"你问它，'告诉我你所不知道的。'"

苏格拉底先生走来走去，右手手指在左掌上不停地划着，大袍被卷起一点儿，我看到他居然光着脚在踱步。黛娥缇玛不知什么时候已经出去了。

"先生，你的鞋。"我提醒。

他看看我，突然没头没脑地来了一句："那这个元素到底属不属于这个集合呢？是，还是非，取值为真还是为假？"

我张了张嘴还没等回答，他又转身跑开了。一会儿又转回来："这是个半群，是这样的吗？你说，是这样的吗？不对不对，还是不对。"他又走开了。

我知道先生在思考什么重要的问题，虽然我不知道他在想些什么。提上阔剑，我走出神庙。远方鞣鞨山在暗蓝的天空里只显出几抹淡淡的银灰色，扑面而来的冷气让人神清气爽。黛娥缇玛坐在不远处的一块大石头上，裙裾和长发在风里飘扬。

我按剑而坐，等待天明，不知什么时候睡着了。梦里，臂上文着火凤凰的弩手拉开识别连弩对着我，幽蓝的箭尖在绷紧的弦上咯咯作响。我拼命想躲，身体却没有一点反应。箭尖慢慢逼近，变得模糊。再清晰起来，变成了两支，然后是四支、八支、十六支。箭在前行的时候，发出凌乱的脚步声。

脚步声？箭怎么会有脚步声。我猛地睁开眼睛，阔剑已经被我拉出半截。

确实有脚步声，虽然还很远，在夜色里，只是能隐隐约约看见那群人影。那是斯巴达战士，长矛林立，有千人左右。

黛娥缇玛仍坐在那块石头上，连姿势都没有变化。她发现我看她时，转向我说："这是准备今夜偷袭你们雅典人大营的斯巴达战士。"

"我们的军营？"

"你们走错了路，但离目的地并不远。雅典军营就在正南，依松花江而建。"

这是我所知道的，雅典军营在松花江北，斯巴达军营在松花江南，隔江而望。如果雅典军营在我们正南方的话,那么斯巴达人就是绕到了雅典军营的北面,准备偷袭。我们只是刚好出现在他们行军的路上。

我一言不发,拔腿就准备向南跑。我要在斯巴达人到达前发出警告。一个人急行,要比大队人马行动快得多,也许还来得及吧。

突然我听到斯巴达人的脚步声停下来。转回头望去,我看到了苏格拉底先生。他一动不动地站在斯巴达人前进的路上, 抬头望天, 仍然光着脚在冰天雪地里站着。黛娥缇玛也正静静地看着先生,表情紧张,鼻翼翕动。我想起刚刚我醒来的时候,其实她就一直在注视着苏格拉底先生的方向。

把手移向剑柄的时候,我犹豫了,是救先生,还是救雅典军营?

斯巴达人仍然没有动。苏格拉底先生又用手指在手掌上划着,当他低头的时候看见了他拦住的军队。他只是那样看着,像是在看自己演算的公式。先生喃喃说了几句,点点头,然后朝神庙方向没头没脑地大声喊:“来吧来吧!是长矛是长矛,虽然不多,但是现在可以了。”

夜色正浓,在神庙的影子里似乎埋伏着千军万马。斯巴达人的队伍为之一震,有惊恐的喊声,然后落荒而去,路上还丢掉了几支矛。先生慢慢走过去,捡起那几支矛往回走。

我兴奋地大喊:“先生先生,刚才那些斯巴达人是要偷袭我们大营的,你把他们吓退了。你那么镇定,他们一定以为我们有很多人。”

“你说什么?你慢慢说。”先生很迷惑的样子。

我激动得说不出话,黛娥缇玛替我讲了刚才的情形。

先生哈哈大笑:“刚才我在想法术与机械的关系,在想法术设计的原理,根本没有注意到敌人。”

“你确实很勇敢。”黛娥缇玛一副很钦佩的样子。

“所谓勇敢,是明知必死,以死赴之;是虽千万人,吾往矣。勇敢不是没有恐惧,而是面对恐惧,仍然履行自己的责任。”先生摇摇头,“而我,刚刚看到生与死没有区别,看到世界的本原所在。没有生死没有恐惧,又何来勇敢?”

“世界的本原?”我和黛娥缇玛一起问。

“世界的本原是概念,”先生指着似乎近在眼前的鞅鞨山,“而不是神祇。”

先生看看我们,又重复了一遍:世界的本原是概念。”

“概念描述了一种对象(Object,或称物件)与别种对象的不同。每一种对象,我们称之为一个类(Class)。同一种对象,均为一个类的不同实例。同类对象间的区别,仅在于属性略有不同。

“比如，苏格拉底和色诺芬都是人‘类’，具有许多相同的属性，比如都具有身高、体重、智力和武力，只是属性的值是不同的。而这些长矛都是长矛‘类’的实例，只是它们的重量、长度、锋利程度、曾刺杀的人数、主人的名字是不同的。

“我就是在看到这许多长矛的时候才想到这些。无数的长矛，拥有同一个概念。在这个世界上，一定是先有了长矛这一概念，然后修改这个概念属性的值，就得到了千差万别的长矛。”

“先生的意思是，为连弩战士施医疗术，不需要健康的胳膊，而只需要一个胳膊的概念？”我说道，心里暗想，这显然不是事实。

“你说的对。那只健康的胳膊，只提供了胳膊这一概念的信息，这里有些信息是伤臂所不再具备的。”

我摇摇头：“想不通。大祭司真的会为了这个杀死你一千次的。”

“世界如同一个黑暗的山洞，我们是一群被绑缚着背对外界面向洞壁的人。当我们看到外面明亮而真实的世界在洞壁上投下的影子时，我们认为那就是世界本身。”先生把一支支长矛都插在地上，它们轻轻地颤抖，“这一支支长矛多么相似，因为它们不过是长矛概念的影子，是长矛类的实例，是完美本原充满了缺欠的实体。

“我们所看到的这个世界都不过是影子。”苏格拉底先生举起双手，对着仍然深黑的天空，“我们，也不过是影子。”

我看着长矛，完全被影子这说法震慑住了。我突然意识到世界本原在施法程序上的作用：“先生，发现了世界的本原，是不是意味着我们能对整个世界施法？”

“还差一点儿。驱动概念的语法过于复杂了，难以掌握。这就像一个掌握了四则运算法则的人，仍然难以用口算得出十位数的乘除法。在我们古老的语法后面，一定有一个简洁的形式等我们去发现。”

黛娥缇玛深情地凝视着苏格拉底先生，我看到她的眼睛里亮晶晶的泪花。

先生也注意到了黛娥缇玛的目光：“你今天问我的那些问题启发了我，谢谢你。”他又看看我，笑了，“大部分问题，都是在你睡着的时候讨论的。”

黛娥缇玛走上前：“苏格拉底，让我跟你走吧。我觉得我的一生就是寻找你、跟随你……爱你。”我想我一定睡了很长时间，在我睡着的时候，他们不仅讨论了问题，似乎还产生了感情。

“我有妻子。”

我忍不住插嘴：“可是那个悍妇不爱你。你忘了她在我们学生面前把整盆水泼在你身上？”

“别忘记男人对于家庭的责任，就像战士对国家的责任。”

黛娥缇玛面露戚楚：“我为你悲伤。”

“有什么能比这个更令人痛苦——作为男人，你对妻子、民族负有责任，却不能带给她想要的；而你所追求的，她却不屑一顾。”苏格拉底就让他的泪水在脸上任意流淌。

黛娥缇玛呆呆地看着他，嘴唇动了动，却没有说出一个字。远远地传来号角一样低沉而洪大的声音，悠长悲凉，响彻夜空。

“那是什么？”我握住剑柄，感到有杀气在那声音里。

“猛犸。这声音只能是陷入兴凯大泽的灵魂的哭泣。”苏格拉底盯着远方，“可是，猛犸怎么会在这里出现呢？”

4 雅典军营·语法

当火凤凰的皮肤开始愈合的时候
我才想到苏格拉底先生施法的时候居然没有使用健康的样本人体

雅典军营，位于松花江北岸，在我们的正南方，与斯巴达军营隔江相望。雅典军营阻断在鞑靼山和斯巴达人之间。

为了向雅典人示警，防止斯巴达人继续实行偷袭计划，我们连夜向着军营南行。黛娥缇玛也跟着我和苏格拉底出发了，她甚至没有回头去看一眼她的神。按她的说法，她感觉神让她在这里的唯一原因，就是等待苏格拉底先生的到来。一路上她的目光没有离开过苏格拉底先生。

尽管带着女人行路要慢一些，但是快到黎明的时候，已经隐隐能听到松花江的涛声，远方冲天的水汽模糊了夜空中的星辰，水汽之下就应该是松花江了。雅典军营就在江边。

冰原上墨绿的红松紧紧地聚在一起，高高的树梢消失在夜空里，随风而动时能看到针叶在星光里晃动。风从江上来，潮湿清凉。行走时，多年积累的松柏针叶和新雪在我们脚下咯吱咯吱地响。

“色诺芬，能歇会儿吗？黛娥缇玛看起来有点儿累了。”苏格拉底先生的声音有些疲惫。

“有杀气在跟随我们，我想可能是那些斯巴达人。”正说着的时候，我突然迟疑了，那杀气在减弱，连生命的气息也快消失了，“你们在这里隐蔽等我。”

我潜伏回去，看到了那个奄奄一息的战士。我不知道他的名字，但是看到了那只被我文刻上火凤凰的手臂还和连弩牢牢地固定在一起，手臂已经几乎和身体分离了，只有一点儿筋肉相连。我蹲下身仔细查看，那是斯巴达人的佩刀所伤。看得出用刀的不止一个人，而且愤怒里透着恐惧，整条手臂几乎没有血肉留下。他的身上遍布极深的刀痕，差不多被劈成几块了，还有长矛穿透的无数个洞。看得出来，这里离他激战处不远，他是一路艰难地爬过来的，血迹从那里一直拖过来，目标直指雅典军营。由于江风从南而来，所以我一直无法嗅到血腥气。之前我觉察到的杀气，原来就来自他的连弩。

我确定连弩已经射空，安全。抱起他，准备扛走，虽然他还没有死，但是快了，而且砍成这样也不可能救活。这也是一个雅典战士，他应该享受一个战士荣耀的葬礼，这是雅典人高尚的风俗。当年攻克特洛伊城，就是由于没有安葬牺牲的战士，许多胜利而归的将军被处死。

“斯巴达人……偷袭……”他是个坚强的战士，但是最后嘘出的气息也只能说出这些。他的生命随着这句话消失在了空气中。我想知道他为什么会出现在这里，而不是在雅典城，但是他永远沉默了。

我丢下他，潜伏去他激战的地方。没有人。树干上满是枪刀的痕迹，还有几支带血的弩箭在地上闪着幽蓝的光。战斗的现场，在一个战士的眼里，记录了刚刚发生的杀戮。火凤凰在这里遇到了那些斯巴达人。可能是他被斯巴达人发现，也可能是他想阻止敌人偷袭，这已经无从得知了。从战场上能看出来的是他与千倍于己的敌人激战，射空了所有的弩箭砍断了佩剑，重伤后爬向雅典军营，垂死时被我发现。那些斯巴达人向另一条道路撤退，估计不会再和我们遭遇。而且受到这样的强攻，也许今夜斯巴达人不会再实施偷袭了。

我扛着火凤凰的尸体回到苏格拉底和黛娥缇玛的身边。

苏格拉底先生向火凤凰肃穆地敬礼。黛娥缇玛脸色苍白，先是犹豫了一会儿，然后伸出手探了探火凤凰伤口的深度。

她叹着气对苏格拉底说：“伤口太深，即使复活也会马上死去。”

我尽量忍住气瞪着她：“你还能让他活过来是怎么的。”

“复活并不困难呀。”

现在轮到苏格拉底先生瞪着她了。

“喏，只要祈祷。”黛娥缇玛递给我一个薄薄的小册子，“这一段就是用来赋予生命的。”

我接过来翻翻,随手给苏格拉底先生看。字母奇形怪状,但是字体一致,其中没有一个是希腊文,我完全不认识。中间还夹杂着大量的符号,在一对儿符号之间,常常大段文字整齐地缩进,不像一般的在每段前空上几个字母。

“这是……你祈祷的文本?”苏格拉底先生看了好一会才抬起头。

黛娥缇玛点点头,那神情正是钟情的小姑娘在情人面前的。“据说用上古的文字写成,是我们信仰的主神香农那一族神祇的语言呢。”

“不是希腊语吧?”我问。

“C++语言。”黛娥缇玛俏皮地看看苏格拉底先生,“挺怪的名字吧。”

苏格拉底先生坐下来,一页一页看着,有时转回头重读前面,有时喃喃着:“这里是一个循环……递归的入口……判断……条件在这里……出口返回值是……这个责任由这个实例承担……”

天蒙蒙亮的时候,江边的水汽飘过来。浓雾笼罩着森林,红松的树梢沉在一片乳白色里,只显出淡淡的黑色。剑柄冰冷潮湿。

苏格拉底先生让我把火凤凰的尸体摆正。他对黛娥缇玛说:“复活的部分代码有点复杂,你来实施,剩下的我来试试。”

黛娥缇玛看看雾气:“正好有雾,可以吸收生命。我来祈祷吧。”接着她念起一段我从未听过的咒语,“main……life* Phoenix……if……Phoenix = new life……”词汇很奇怪,但大体能听出来里面有极其复杂的召唤神祇和精灵的体系,隐约能辨别出个别感叹词。其实她所读的应该是高超的施法程序,只是她本人不知道罢了。在她的心中,那只是祈祷。

“好了,第一缕阳光照到他身上的时候,生命会回到他的躯体中。”黛娥缇玛祈祷完,得意地看着苏格拉底先生,“只是,他感到的可能只是痛苦吧。”

苏格拉底先生说:“我并不是想让他活过来忍受痛苦,现在就修复他的身体。”接着他伸出手臂,悬在火凤凰尸体的上面,抬起头想一想,开始读程序的咒语。我从来没有听过苏格拉底先生用这么古怪的发音,也从来没有看到他对施法的结果表现出这么自信的态度。由于施法的程序理论不完善,施法的结果多少有不可预测的可能。如果苏格拉底先生施法失败了,留在火凤凰身上的就不仅仅是疤痕,而是永远的残疾,这对于一个战士来说,还不如死去。几乎破碎的整个人体,这可是一个相当复杂的程序。

当火凤凰的皮肤开始愈合的时候,我才想到苏格拉底先生施法的时候居然没有使用健康的样本人体。他从哪里得到信息,又如何保证复杂的施法程序准确运行呢？第一道阳光剑一样穿透浓雾,投射下来,火凤凰的眼睛在眼皮下慢慢地移动,喉头一松一紧,呼吸由轻到重。他固定连弩的那只手拳头一握,没有触到连弩的扳机,全身一紧,翻身而起。他在剧烈的咳嗽中又重新倒下去。

苏格拉底先生按住他的肩膀:“你的肺还原得比较差,先别动。”

“我怎么了？这是哪里？我为什么在这里？”战士有一点惊慌,但是他还是感到了苏格拉底先生语气里的关切。

我冷冷地说:“你死了。”

“死了？”火凤凰捧着头,“……我想起来了,一千敌人……长矛和战刀。”他下意识地又一次想握紧连弩,“我的弩呢？我的手臂怎么会这样？”

我讲述了发现和复活、修复他的经过。他平静了下来,问:“我的手怎么了？”他的右臂,原来刻着火凤凰的地方,已经不再有人的血肉,而是覆盖着青铜的皮肤和肌肉,那本来是连弩的构件成分。

“你的手臂已经被损坏得太严重,在修复时缺少填充的材料,只好用你的连弩了。”苏格拉底先生很抱歉的样子。

“是这样。”火凤凰长长地叹了口气,“能和连弩合为一体也是战士的荣幸。谢谢你,苏格拉底先生。”

“你是一个优秀的战士。”我由衷地表示钦佩。换成是阔剑变成了我的手臂,我不见得能坦然处之。

“作为一个战士,我却没有尽到我的责任。”火凤凰低下头,“我从雅典卫城带来两个任务。一是通知军营, 大祭司和公民大会批准雅典与斯巴达人的停战决议。”

“停战了？”我有点沮丧,“那么,斯巴达人为什么要袭击你呢？”

“他们是波斯人,虽然使用斯巴达装备,但是战术和语言都不是希腊人的。至于他们为什么出现在这里我就不知道了。雅典、斯巴达已经分别对波斯宣战。据说波斯王向雅典索要鞣鞨山的土和水,妄图染指这块神的土地。雅典人把两名使者杀掉,分别扔到了山顶和水井中,以嘲笑波斯人对土和水的要求。波斯王给斯巴达人的国书中提出同样的要求,‘如果不能满足波斯王的意愿,那么波斯的大军将踏平整个希腊,让棘霖冰原血流成河,让斯巴达人世代为奴。’斯巴达人的回信只有两个字‘如果’。”

“哈哈。果然是血性男儿。”

火凤凰面色严肃而悲戚，咬紧牙齿："波斯人从东方的世界之外而来，他们渡过鬼海，迅即在斯巴达沿岸登陆。八百斯巴达战士据守九台关。"

斯巴达人为了防范野蛮人，从斯巴达城开始，向东修筑数个烽火台和关隘进行屯垦，后来以此为中心形成小镇。这些小镇按离斯巴达由近到远，依次被称为一台、二台、三台，直抵鬼海。海防那座就是九台关。九台关据险而筑，只有一条小道可以通过，一夫当关，万夫莫开。要是八百精锐驻守九台关的话，波斯人一定损失惨重。

"八百斯巴达战士据守九台关，对抗三十万波斯人。"火凤凰一字一顿地说，"他们……是血性男儿……他们全都战死了。"

"全部啊。"我重重地叹了口气，"坚持了多久？"

"一夜之间。"火凤凰的目光中有战士不该有的恐惧，但那恐惧立即消失了，"波斯人送来他们的尸体，所有人的伤口都在前胸——面对死亡，他们无一退缩。他们在城墙上和着血刻下了这样的话：'过路的旅者，请告诉希腊人，我们在这里战斗，没有后退一步。'"

"虽然八百对抗三十万，差距悬殊，但是九台关极利于防守。波斯人使用了什么武器，能在一夜之间攻克九台关？"

"据说是猛犸。"

"那悲凉的声音能杀人？"

"我不知道。我所知道的是，我的第二个任务，是刺杀苏格拉底先生。"

阔剑瞬间出鞘，我挡在苏格拉底先生的前面，但是却没有感到火凤凰的杀气。

"为什么？"黛娥缇玛问，"大祭司不是把他流放了吗？"

"先生，是热爱你的人杀害了你。"火凤凰惨然一笑，"雅典属下城邦人民对你的热爱，早就传到了大祭司的耳朵里，他怕等不到敌人杀死你，民众就会把你推举到卫城作领袖。"

苏格拉底先生叹着气低下眉毛。

火凤凰站起来："两个任务我都没法完成了，也做不成弩手了。"他突然把手指伸向自己的眼睛，鲜红的液体流过他的脸庞，"苏格拉底先生，我没有看到过你，当然无法刺杀。失去了眼睛，我也无法走到雅典大营，请你们替我把雅典、斯巴达停战的消息带去吧。"

他神色安详，举起青铜的手臂，像吟唱一般："听，多么悦耳的松涛。感受吧，这淡淡花香的夜，这江风晨雾的森林。"黛娥缇玛为火凤凰披上白袍，他恍然不觉，蹒跚而去。

我大声喊："战士，告诉我你的名字，让我纪念你。"

"我会在我看不见的烈日下，拖着沉重的影子，从军营走向军营，从城市走向城市，歌唱希腊所有英雄的故事。我将歌唱阿喀琉斯和奥德修斯，也歌唱伊阿宋和赫拉克勒斯。即使希腊在波斯人的战火中消失了，我歌声中的希腊也还将流传。"火凤凰向着他看不见的世界挥挥手，"年轻人，不是你纪念我，而是我将纪念你啊。请记住吧，我的名字是——荷马。"

远方群山之中，猛犸雄浑的吼声正在雪域里升起，像战刀和阔剑相击而发出的歌声。

5 松花江·模型

外面盛夏的冰原上，淡黄色的小花在温暖的空气里开放
细小的灰尘在灿烂的阳光中慢慢飘飞

松花江，连接着雅典和斯巴达军营。两方的军队早已放下干戈，只等各自城邦的确认命令。而共同面对强大的敌人波斯，城邦同意停战甚至联合是必然的。岸边，雾气流动，在白桦和白杨林间穿行。战士们正在整理武器、修筑工事。吟游诗人从军营走向军营，歌唱古代英雄的传说。新的英雄，即将在这歌声中产生。

走在军营中，在篝火的映照下，到处是斯巴达人和雅典人在一处备战。昔日刀对刀、剑对剑的敌手，现在是惺惺相惜的战友了，互相诉说着对方的英雄行为。

苏格拉底说："我还以为总有一天要和柏拉图在战场上厮杀呢。他造的那些精巧的机械可是害苦了雅典人。"

还没等见到柏拉图的面，我们就到处见到了他的名字。在雅典军营中，随处可见写着他名字的标语。只是，那表达的不是敬仰而是仇恨，雅典人对叛国者的刻骨仇恨。不过，那已经不再重要了，雅典人正在粉刷墙壁，写上新的对抗波斯人的词句。

我们没有见到柏拉图，他已经被波斯人俘虏了。

"确切地说，是被劫持了。"说话的是柏拉图的朋友，毕达哥拉斯。长脸，消瘦，年龄不是很老，却有老大一蓬花白的长胡子，"今天凌晨，柏拉图正在雅典军营察看工事，他准备要制作一些自动修筑工事的机械。波斯人扮成斯巴达战士，潜入军营，抓住柏拉图，乘坐等在江边的快船撤退了。"

"今天凌晨……是那一千斯巴达人。"我这才明白他们的目的不是偷袭，而是柏拉图。

“为什么单单要劫持柏拉图？”苏格拉底问。

“因为只有柏拉图能对付猛犸，他设计的坚固精巧的机械，可以乘坐百名战士，发射青铜和火的弩箭。而波斯人攻势迅猛，依赖的就是猛犸。”毕达哥拉斯展开一幅图纸，“这就是柏拉图的设计之一。他负责思想，我负责计算。”我不懂施法机械的设计，但能看得出来，这是比识别连弩更复杂的装备，像是可移动的堡垒，百名战士要统一指挥，分别负责操作机械行走、发射等动作。上面竟然没有咒语，柏拉图不是用咒语，而是用人本身驱动了这机械。

“但是，苏格拉底先生说猛犸是兴凯大泽里冤魂的声音，它们和进攻有什么关系？”

“那是冤魂的声音，它们是恐怖的妖魔。”毕达哥拉斯展开另一幅图，“这就是。”

那不是施法机械设计图，而是一张逼真的彩色手绘画。图画中，一只四足动物巨大的骨架分毫毕现，头骨上眼睛的位置处是两个空洞，却令人感到杀气逼人，我不由得握紧剑柄后退了一步。骨架上面操纵用的索具绑得复杂精细，十三个波斯战士坐在鞍具上还很宽敞。他们各司其职，有的瞭望观察，有的大声吆喝着指挥，有的引弓而射，另几个人合力驱使骨架，或收紧绳索，或推动操纵杆。骨架正摆出进攻的姿势，低头冲击前方的工事，尘土飞扬。五名雅典战士缩在工事里战栗，外面躺着两具战士的尸体，就像被大锤砸过一样摊在地上。远处，一个斯巴达战士正举矛欲投，那骨架的空眼洞似乎正冷冷地看着，一条腿抬起，白森森的脚骨下暗黑的影子向那战士的头上压下。

黛娥缇玛在苏格拉底的身后：“这就是……猛犸？”

苏格拉底先生走上前抚摸那恐怖的猛犸：“原来猛犸不是仅有声音，它是由代码凝结而成的。生命也与施法机械的本原是相同的，死后的代码散落在大泽之中。记录代码的施法纸带在大泽里浸泡后之所以会有更稳定的效果，是因为那里的水中有大量成熟稳定的代码。使用这样的纸带，设计施法机械的学者虽然看不见其中的代码，但是会不自觉地模仿它们，这样设计会自然而然地趋向接近世界的本原和合理的语法结构。”

战场中血腥的风在骨架中的空隙间盘旋，昏黄的尘土在这巨大的、活的机械周身扬起，如同美杜莎的头发披散飞舞。低沉洪大的号角响彻一望无际空旷的冰原，那是生命哭泣的声音。

此前,可能没有一个人能见到这巨大的骨架,还有机会活着说给别人听。兴凯大泽的当地人只远远听到了这号角声,就把它称为猛犸。

“可怕的不仅是猛犸的巨大和凶猛。它们的数量似乎无穷无尽,每一天在战场上聚集数千人之力砍碎几只,第二天波斯人却还是会驱赶着更多的猛犸冲锋。大泽里难道有数不清的灵魂?”毕达哥拉斯的话让我不寒而栗。

营救柏拉图,是从他被劫走的那一刻就开始计划的。我们完全没有正面强攻的力量,派精英战士偷袭的最大困难,是如何通过波斯人用猛犸组成的前线工事。

“把战士像装备那样远程运输,投到波斯人的工事后面。”我站起来,“我愿意带五十名战士,去烧波斯人的粮食和装备,扰乱他们的视线。”

“可是施法太不稳定了,不一定会被投到哪里。没有几个战士会参加,谁也不愿意一睁眼,发现刚好被扔到了猛犸的脚下。”一个雅典战士反对。

“我来施法。”人们的视线都集中到了苏格拉底的身上,他站起身,白袍在阳光下像是在闪光,“我能保证稳定, 毕达哥拉斯应该能提供一张详细的地图和准确的坐标吧?”

毕达哥拉斯点头。

“那个人就是苏格拉底。”几个斯巴达战士同时向后挪了挪身子,窃窃私语,他们可能都亲眼见过识别连弩的效果。

“只要身体还在,我就能还给你生命。”黛娥缇玛补充,她完全没有预料到这句话引起的骚动。

“只要一息尚存,我就会捍卫你们的生命,绝不后退一步;如果阵亡,我的灵魂也会守护你们。”我抽出阔剑,宣誓。

东方还暗着,也许波斯人刚刚返回他们的营地,我们的行动就展开了。我带领五十名精锐战士,举着燃烧的火把,披甲执剑盾,列队而立。虽然被苏格拉底远程传送出去后, 马上将被包围在数十万波斯军之中, 但每个人的脸上都没有一点儿惧色。战士和剑的命运是相同的,在战场上胜利,或者在战场上死去。高台之上,毕达格拉斯低头运算,口中不时报着数字。他的身边,苏格拉底的白袍如同一面大旗迎风招展。黄沙卷着枯枝扑面而来,就在我们眨眼的一刹那,沉睡的波斯大营已在我们脚下。

另一组战士一定已经做好了营救柏拉图的准备,他们只等我们点燃粮草,吸引敌人的力量,好乘机行动。

夜风冰冷，就像我们冰冷的剑，它们紧贴在帐篷之间游走；阔剑紧握在手中，静静的没有一点儿声音，而风在呼啸。火焰，如同有生命的精灵，乘着风在粮草堆上狂舞，我们点燃的有粮食、草料，还有波斯人堆成小山一样的猛犸的碎骨。这些猛犸碎骨可能是用来祭祀的，上面零星插着旗帜，在风中和火光里隐隐能看到旗上满是符号。

波斯人从睡梦中惊醒时，大火已经映红了整个天空，数百柱烟尘扶摇直上，汇聚成一团浓云。今夜没有星辰。在火光中，喊杀声和警报声混在一处，只能看到满是油汗的手臂挥舞、大张到变形的嘴、阔剑起落、染红的长矛和弯刀。

波斯人越聚越多，弯刀不断的砍击下，一些战友的铁甲已经裂开，缝隙里鲜血涌出，但是无一人退缩。在数十万波斯人的弯刀和长矛下，我们进攻。

“带上战死者，呈防守队形，发信号，准备传送。”在一堆猛犸碎骨不远处，我一边砍杀一一边高喊。火光闪烁，猛犸巨大头骨的阴影飘忽不定，异常狰狞。

几支响箭腾空而起，雅典军营中的苏格拉底将把我们安全传送回去。背对敌人，我向队伍的盾墙冲去，同时清点着人数，估计着苏格拉底发动传送前可能产生伤亡的情况。

我听到风声，一把波斯弯刀从斜后方迅猛地劈来。来不及闪避，我脱手向后方甩出剑。回头时，沉闷的一声，那刀手被阔剑钉在十步之外的猛犸的破碎头骨上。十几个围攻的波斯人不由得退了几步。刀手的生命正从阔剑的血槽里喷涌而出，沿着猛犸的鼻梁蜿蜒而下。在闪烁不定的火光里，我看到他的面孔抽搐，似乎在疯狂地笑着。

我从刀手的尸体上拔下阔剑，插入鞘，捡起一支长矛，转身跑向队伍。传送随时可能进行。

这时，脚下的大地震颤起来，身后咯咯之声不绝于耳，像是有什么东西在爆裂。我看见面前的几十名希腊战士全都停止了战斗，武器垂在地上。他们的面孔如冷灰一样，在红色的火光下，居然没有反射出一点光泽，呈现出一片死亡的气息。这一刻，作为战士，他们不再是剑，而是生命。

火光里，我看到脚下笼罩着我的巨大影子。

我慢慢转过身，握紧了长矛。一只残缺不全的猛犸骨架，正缓慢而有力地从地上抬起它的头颅。猛犸骨堆中发出崩裂的声音。那头骨上只有一颗象牙，布满裂纹，刀手的血和火焰从上面不断落下。

猛犸冷森森的空眼窝直直地洞穿了我的灵魂，不知名的恐惧从心中升起，我感

到自己正在经历一千种死亡的过程。冷冰冰黏糊糊的大泽淹过来，已经没到了我的下颌，艰难的呼吸中满是腐臭的气味。我的阔剑上燃着灼热的火，剑柄烫得手上的皮肉焦臭，而我却抛不掉阔剑。敌人的数十支长矛呼啸而来，我高举起盾却发现它像纸一样薄，脆弱得被风沙吹打出了许多洞眼和裂缝。

后背猛地撞着什么。我发现自己正紧紧地靠在希腊战士的一面铁盾上。这恍惚失神间，我竟后退了十几步。

火焰跳跃中，黄沙从猛犸的骨架间簌簌而下，在风里盘旋。那猛犸对着我抬起脚骨。没有强风，但是我不由得弓起背，被强烈的杀气压得抬不起头。

闪避，投矛。

猛犸紧贴着我踏下，发出沉闷的声音，像卫城崩塌时所有的廊柱在撞击地面。我眼前一黑，虽然没有触到猛犸，但是一股看不到的力量掀翻了我，整个胸口直接撞向地面，血喷在甩出一截的阔剑上。

我艰难地爬起，用手和肘支撑着、颤抖着。我下意识地伸出手，用力去推希腊人的盾，转身对着猛犸遮住战友，但是脚下退后、再退后。耳朵里只有轰鸣的声音，没有战斗的意志，甚至没有恐惧。在阔剑出鞘的那一截锋刃上，我的鲜血映着我苍白的脸。

退后、再退后，不知道多少步。也许，我只是保持后退的姿势，却根本没能移动一步。猛犸低下头，摆出了一个冲击的姿势。

手不停地抖，几次碰到剑柄都没有握住。猛犸向前一步，我听到身后的战友们急促呼吸的声音，那是恐惧。我是希腊的战士，战士和剑的命运是相同的，在战场上胜利，或者在战场上死去。我握住剑柄，把阔剑抽出一半，剑光刺痛我的眼睛。

猛犸抬起头，那个被我钉死在上面的刀客的血在它巨大的头颅上画出诡异的纹路，像祭坛上的图腾。苍凉低沉的号角猛地在整个世界里吹响，那声音在空洞而巨大的胸腔里往复激荡，那是生命凄厉的哭泣。在这一刻，我听不到任何声音，也看不到任何东西，握着阔剑的手中也似乎空空如也。我像一个初生的婴儿飘荡在这个世界上，冷冷的世界里，只有空旷的大泽上充斥着整个世界的哭泣。在这茫茫的雪原中，只有猛犸。

猛犸，猛犸。

我又一次触到了希腊人的盾。那是我的战友，那是有血有肉的生命，我的兄弟。我猛地拔出阔剑，向前三步。听不到任何声音，只有洪大低沉的号角在震动整个世界，那是死神的歌声。

我是战士。战士和剑的命运是相同的，胜利或者死去。五十个生命，五十个我的兄弟。那号角是我的歌声。

我握紧阔剑，向前三步。看不到任何东西，在跳动的红色火焰下，猛犸震颤着大地。猛犸逼近，一步、一步、一步。在死神的大锤下，我不会留下尸身。生命将永远被囚禁在幽暗的地府，黛娥缇玛的祈祷也无法让我再看到卫城的阳光。

我是战士。战士是剑，胜利或者死去。我的身后，是希腊人，是我的兄弟——我要捍卫。

我举起阔剑，向前三步。

猛犸的头再扬起，一切都在战栗中扭曲。大地、身躯、阔剑。那是大泽中的万千代码在吼叫，但是我只听到整个世界在最彻底的黑暗里——死寂。手臂和整个身体像是碎成了无数块，痛苦在每一块肉体上存在，却模糊不清。

我是剑，胜利或死去。我捍卫。

我向前三步。

模糊的意识里，我唯一能清楚地知道的是，作为战士，面对危险，背对战友，我曾经一再退却。最后终于举起阔剑向前，剑却不知何时掉落了——当我鼓起勇气的时候，却感觉不到锋刃的存在。怯懦的屈辱完全淹没了我，我号啕大哭，却听不到自己的声音。

剑。死。捍卫。

向前。

向前。

彻底的黑暗。痛。冷。火。千军万马的咆哮。

我听到希腊人的声音在喊："帮助他，救他。"我猛地翻身坐起，手伸向腰侧，没有摸到剑柄。我赤手空拳摆出进攻的姿态。在我的身后，有五十名希腊兄弟，我要帮助他们，用生命保护他们。

我大声喊叫着，向前冲击、冲击。

彻底的黑暗。

师兄柏拉图背对阳光，半边面孔隐在影子里，他在纸带上编写着识别连弩的代码。柏拉图说："背叛雅典，我只是为了战争更猛烈，为了更大的样本量，以方便毕达哥拉斯计算。我染红冰原，用四年里最艰苦的恶战里死去的所有灵魂作为样品建立模型。而苏格拉底用那一千长矛作为样本就抽象出了正确的结论。我们得到了相同世界的本原。"

彻底的黑暗。

猛犸的咆哮……死寂……柏拉图的声音："你发现了世界的本原，有什么用处？你能够写出C++语言简洁的语法驱动世界，又能怎么样？你改变了什么？世界还不是一样在血与火中呻吟？战争还是依然在你热爱的民众之间恣意狂舞。要我说，世界的本原根本不是什么概念，而是仇恨，只要世界存在一天，征战和杀戮就会延续一天。铁血与死亡，这爱和生命的兄弟，才是永存的主题。什么是本原？告诉我，苏格拉底，告诉我。"

我知道，柏拉图师兄表面是在质问苏格拉底先生，事实上他却是在为自己无法保护世界而痛苦。

我转头想寻找苏格拉底先生，却只看到无尽的黑暗。

"斯巴达人不是我的同族，雅典人把我视为叛国者，你知道他们为什么要救我吗？因为没有我，等待他们的就只有死亡。这才是世界的本原，苏格拉底，这才是。"

猛犸的吼声在火海里响起，我猛地握住剑柄，却发现那里空空如也，手掌中全是冷汗。

我睁开眼，看到了苏格拉底先生的白袍。他正坐在我的床边，关切地看着我。

"你终于醒了。"他长长地叹了一口气。黛娥缇玛正从外面走进来，欣喜地看着我笑着，阳光从她的背后照进来，她飞起的发丝似乎是半透明的。

一个战士在她的身后露了一下头，飞快地跑掉了。我突然想起了那五十名与我同去波斯军营的战士，想起了自己在危险中退却，强烈的羞耻让我眩晕。

"你很勇敢，色诺芬。"苏格拉底扶住我的肩膀，"你是唯一能在猛犸面前拔剑向前的战士。"

我看到了躺在床头的阔剑，它几乎齐剑柄断掉了，剩下的那一小部分上到处是卷刃和缺口。剑柄的护手上斑斑点点全是黑红色。我这才发现自己的手臂和前胸，刚刚愈合了的皮肤上面布满没有完全清洗干净的血迹。

这时，五十个战士从黛娥缇玛的身后静静走进来，依次把手轻按在我的肩上，然后把他们的剑插在我的床前。我知道，他们也把生命交给我了。

他们举剑向我敬礼，我也举起那柄断剑向他们敬礼。

所有的人离开以后，我抚着那断剑，仿佛又听到猛犸雄浑的吼声。帐篷里没有一丝风，断剑在我手中隐隐发出低沉洪大的声音。我抱住断剑，让它贴住我的脸，像个女人一样，开始低低地哭泣。

外面盛夏的冰原上，淡黄色的小花在温暖的空气里开放，细小的灰尘在灿烂的阳光中慢慢飘飞。一个青铜手臂的吟游诗人在正午的烈日下歌唱，隐约传来他的声音，似乎正在讲述一个勇敢的英雄的故事。

6 神殿·测试

苏格拉底先生说，那机器就是这个世界
计算的结果就是这个世界的未来

神殿。一缕阳光照在香农神像的脸上，他静静地微笑着。世界的本原，在他的眼中会是什么样子呢？

整个秋季，柏拉图把我们安顿在黛娥缇玛的神殿，这里是安全的后方。

"先前的战斗中，猛犸之所以杀不尽，正是因为波斯人每个黎明都用鲜血和写满代码的旗帜祭祀，复活了破碎的猛犸。"柏拉图说，"只要我们清楚其中的原理，就成功了一半。"

苏格拉底和柏拉图重新设计了对付猛犸的飞行机械，由我和我的五十名精锐战士操纵。飞行机械的顶部，有四只长长的翅膀，旋转着把机舱带上天空，高速飞旋的翼片快得让人看不清楚。机械飞行的动力来自一种棕黄色的液体。柏拉图说，那些液体是上古生命的精魂，它们都沉睡在南部大河地区的地下。斯巴达战士在疫气中凿出深井开采这些液体。死于疫气的战士，他们的灵魂也溶进这液体之中，与我们一起飞翔。每个机械乘载四名战士，其中两名在舱体的前部，负责机械行为的操纵，另外两名控制舱体中间的弩架。弩架完全封闭在暗蓝色的金属壳中，发射弩射出的出口不是沟槽，而是管道。新制作的弩箭只有手指长短，钢铁的外壳，里面不知盛些什么。发射的时候，连弩尖锐地吼叫，一会儿工夫就红得烫手，得更换管道才能继续射击。

柏拉图制作了第一支弩箭，苏格拉底研究这枚弩箭，列出复杂的方程，由毕达哥拉斯给出结果。按黛娥缇玛的语法，我们瞬间复制出了成千上万支相同的弩箭。

对于这些工作原理，苏格拉底先生解释说："世界上所有的事物，都可以按世界的本原抽象为模型。模型是对事物中关键部分的模仿，只要保证模型符合事实，按模型计算的结果，就是世界真实的样子。"

"模型抽象得越简洁，毕达哥拉斯的计算量就越小；模型抽象得越贴近事实，计算的结果就越准确。"柏拉图先生补充，"对于世界本原的抽象，苏格拉底的模型比我的简洁得多。我们抽象能力的差别，是四年中最惨烈战斗中死去的所有战士和一千支长矛的差别。”

柏拉图离开我们去军营，他要说服希腊人继续战斗。波斯王正在同雅典公民大会和斯巴达贵族会议接触。希腊人已经被猛犸吓破了胆子，随时可能投降。他们也许觉得把剑缴给波斯人，才能更好地保护国家和家人。

苏格拉底和我们一起留在神殿。他为毕达哥拉斯描述了一台机器，给出它的运行原理，让毕达哥拉斯计算机器运行的结果。这机器，就是苏格拉底先生在雅典时遗憾不能由柏拉图制作出来的那台。一条无限长的纸带、一支笔、一个读取器。柏拉图说那是不可能制造成功的，不是由于复杂，而是由于无限，也许到世界毁灭那天机器才能运行结束。苏格拉底先生把机器抽象为模型，给出初始条件，交给毕达哥拉斯。抽象的机器在毕达哥拉斯的头脑和笔下开始运转。苏格拉底先生说，那机器就是这个世界，计算的结果就是这个世界的未来。

黛娥缇玛整天呆坐在香农像前，脸色忧郁。战士们献上鲜花，称她为苏格拉底夫人，她羞涩地接下来，却目光闪烁含着泪水。她是在忧虑战争结束后的分别吗？有一次，天上的白云飘过，她对苏格拉底先生说：“跟我去我的故乡好吗？”我们正演练归来，看到他们两人，一起欢呼。苏格拉底先生对着我们挥手微笑。黛娥缇玛看着苏格拉底先生，看着我们，突然泪流满面。

毕达哥拉斯得出了世界模型的结果，却不愿意说出来。他要等柏拉图回来。还没等我们去找，当天黄昏，柏拉图就匆匆赶回来了，白袍到处被荆棘划破，双眼满是血丝。

神殿里，最后一抹金黄色的阳光正从香农神像的脸上移走。香农仍微笑地看着这一切。这一切，对于他来说是不是没有区别，他是不是看透了世界的本原？

柏拉图先生犹豫了一下，说：“我想，这是希腊人的会议。”

黛娥缇玛温柔地看了苏格拉底先生一眼，走出去。我想，这是黛娥缇玛的神殿。不过我没有说话，柏拉图先生的脸色苍白，显然这几天一直在焦虑之中，又奔波了一夜。

神殿里只剩下苏格拉底先生、柏拉图、毕达哥拉斯和我。

“希腊人和波斯的战争结束了。”柏拉图疲惫地坐下，手扶在桌子上。

“希腊人竟然屈服了？”我问。

“不，战争结束，是因为希腊人和波斯人有共同的利益。”柏拉图说，“黛娥缇玛。”

“黛娥缇玛？”我和苏格拉底先生一起问。

“原来如此，看来波斯人也计算出结果了。”毕达哥拉斯说，他展开计算结果卷轴。卷轴铺满了桌子，还有一部分展不开。“这是世界模型计算结果的简洁表述。”

毕达哥拉斯伏在结果上，脸几乎贴在上面：“柏拉图先生说过，既然能够复活猛犸，波斯人对世界的本原一定已经有了相当深刻的认识。果然不出他的所料。”

“世界模型可以用方程表述如下，”毕达哥拉斯的手指划过一段文字，“这个方程有三个解，也就是说，世界运行下去，会有三个可能的结局。”

“第一个解，几天后，整个世界都毁灭了。没有雅典，没有斯巴达，没有波斯，也没有鞑鞨山和棘霖冰原。”他展开一点儿卷轴，“也没有我们。”

一片沉寂。苏格拉底的模型、对世界本原的理解和毕达哥拉斯的计算方法，都在我们的演练中得到过证实。我无法想象整个世界毁灭的样子。

“第二个解，几年后，希腊灭亡在波斯人的弯刀下，从此这个伟大的文明和它的文化都从历史中消失了，就像亚特兰蒂斯文明，只是一个美丽的传说，但是整个世界会保留下来。”他又展开一点儿卷轴，抬起头看看柏拉图，“这个解需要一个条件——黛娥缇玛必死。”

没有人说话。我的眼前浮现出那个美丽善良的女子，即使她的存在会毁灭世界，面对黛娥缇玛，我也提不起阔剑。

“杀死黛娥缇玛，从毁灭中保留这个世界。这正是波斯人说服希腊人的理由，只不过他们保证不灭亡而只是征服希腊。”柏拉图说。

“不自由，毋宁死。”我以剑斫案。

“你的方程有三个解，请继续。”苏格拉底先生说，“黛娥缇玛不能死。”

毕达哥拉斯迟疑地看着苏格拉底先生，又展开卷轴的一部分，“第三个解，世界也没有毁灭。几年后，希腊战胜了波斯，但是最终被北方大荒中涌来的铁流般的马其顿骑兵灭亡。血流成河。不过，希腊的文明流着血倒下了，它的文化却成为一条深藏在地下的暗河。在漫长的黑夜之后，希腊文化从沉睡中醒来，在希腊文化的基础上，诞生了科学之花。”

毕达哥拉斯的手停下来。几个人互相看着，眼里都含着期待。在希腊悲惨的命运中，这个解总算有那么一点儿亮色。

这时黛娥缇玛推门而入，面色平静。她把端着的果盘放在桌上，静静地站在苏格拉底先生的身边：“让我去吧。看着你们演练回来时一起微笑一起流汗的样子，我就考虑过了，这美丽的世界不能毁灭，因为，我爱你们。”

她转头深情凝望着苏格拉底先生：“因为，我爱你，苏格拉底。”

"不行。"苏格拉底先生断然说,"在这里,我是一个战士,我有责任保护你,就如同我有责任保护我的祖国和我的……妻子。"

我知道这一刻,苏格拉底先生成了全世界的敌人。

柏拉图冷冷地说:"苏格拉底,别忘了在天平的另一端是整个世界。"

苏格拉底先生笑了:"柏拉图,别忘了在卷轴上还有另一个解,在那个解中世界也不会毁灭。毕达哥拉斯得到了方程的第三个解,那是波斯人所没有发现的。"他看着毕达哥拉斯的眼睛,语气平缓,"这个解的条件呢?"

毕达哥拉斯没有回答,他慢慢地坐回椅子中,整个人无力地陷在那里。苏格拉底先生摊开最后一部分卷轴,上面写着:"条件——苏格拉底必死。"

"我明白了。"苏格拉底先生说,"黛娥缇玛,告诉我们世界的外面是什么?"

"世界的本原是概念,所有的一切都是复杂的程序,世界的外面是更复杂的机械和程序。我们的世界,是世界之外的人们制作的模型,那个世界里设计模型的苏格拉底叫做香农。我们这世界是一个巨大而复杂的温床,它存在的唯一目的是进化出苏格拉底这样的哲人。作为外部世界检测果实的眼睛,如果我观察到果实已经结出,世界这花朵,很快就会枯萎了。"

"世界是在血与火中毁灭的吗?我们在世界的末日会感到恐惧和痛苦吗?"我的声音有点颤抖。

"色诺芬先生,销毁了纸带,识别连弩还能工作吗?"

"识别连弩是由程序驱动的本原的影子,没有程序运行,识别连弩不过是没有灵魂的机械。"

"这个世界,原本就是为了孕育出苏格拉底这样智慧之果的花朵,物质和生命都不过是本原的影子。结出了果实的花朵,就失去了存在的价值,自然会凋谢枯萎。没有了光,影子就立即消失,又怎么会感到痛苦呢?"

黛娥缇玛握住苏格拉底的手:"我曾想过,按照设计我的指令,带你到真实的世界去,而不是再作为影子和影子生活在一起。在那里,世界的本原不是概念,而是物质;你不再是影子,而是思想本身。"

"这天空、这大地、这生命的呼吸,也许,对于你来说,这不过是些程序代码而已。但对于我来说,这一切都是真实的。我的国家、我的民族、我的民众、我热爱的世界,这一切,就如同我对你的爱一样,都是真实存在着的。"

"我知道你的感受和决定。我看到蓝天白云下你挥手微笑,我看到战士们快乐地甩掉手臂上的汗珠的时候,我就知道你会这样回答我。"黛娥缇玛微笑着说,"那么，让我去吧，我的离去能让这个世界继续存在。”

“我的爱人，”苏格拉底先生笑着说，“可惜你不是最优解。我这个解，能让希腊文化流传下去。”

黛娥缇玛紧紧抱住苏格拉底先生，她放声大哭，因为苏格拉底先生说的很残酷，但却是真实的。

黛娥缇玛哽咽着：“在遇到你以前，我就深爱着你，那是我的宿命。我存在的唯一目的，就是发现你、报告你的存在、带走你。这是世界设计者亲手写下的代码对我的约束。为了能让我在最初的一刻就识别出你跟随你，我的代码规定我会深深地爱上你。”

苏格拉底先生沉默地拥着她。黛娥缇玛的泪水打湿了苏格拉底先生的肩头，她的手臂因为用力抱紧他而微微地颤抖：“可是现在，你已不再只是一段代码，你是真实的……对我而言，就像你的国家、你的民众、你热爱的世界对你一样真实。苏格拉底，你爱着你的国家、民众、你的世界，而我只爱你只爱你……你是我的，我本来就为寻找你而存在的。苏格拉底，我对你的爱也一样真实。我爱你，你知道吗？”她的眼里已经没有泪水，满是忧伤和绝望。

苏格拉底先生轻轻地抚摸黛娥缇玛的头发，他的眼里却没有一点忧伤。

他说：“我也爱你，黛娥缇玛。”

只要他们二人中有一个死去，外面的世界就无法观察到成熟的果实，花朵就会继续绽放，我们就可以继续呼吸。我看着他们两个人，感到自己在想着这些的时候无比自私、怯懦和无助。我空有三尺剑，却保护不了哪一个人。

隐隐地，我感到大地的震颤。浓重的杀气从四面八方涌来，压得人透不过气来。外面已经漆黑一片，夜幕已经落下。

柏拉图说：“他们来了，来杀黛娥缇玛。”

冰原之上，阔剑、长矛夹杂在猛犸巨大的影子里，从地平线下缓缓涌出，号角和战歌，在夜空里响起；狂风卷着白雪，铺天盖地而来。

7 鞅韉·运行

火星落在生命的液体里
那液体里也该溶有我的五十名战士的灵魂

鞅韉，世界的中心，巍峨的山峰隐在铅灰色的云层之中。

鞣鞨山脚下,棘霖冰原之上,无数希腊和波斯战士踏雪行进。队伍中还有高大的猛犸,它们高亢洪亮的歌声在群山间回荡。队伍合围之处,是一座不大的神庙,里面最大的建筑是它唯一的一座神殿。

风劲雪猛,十万精兵仗剑而行,来杀一位手无缚鸡之力的无辜女子。

我选择迎着风雪的方向站立。面对整齐列队的五十名战士,我告诉他们那个预见未来的方程:“你们当然有权按自己的意愿行事。而我——我只是一个战士,不懂这世界运行的复杂原理,我只能理解这世界上最简单的法则:无论以什么样的理由,没有人有这样的权力,为了自己的利益侵害他人。不管他们的数量有多么多,哪怕是整个世界;也不管被侵害者的数量有多么少,哪怕只有两个人;不管他们的理由多么崇高,哪怕是为了拯救世界。”

我拔出阔剑,横在胸前,对五十名战士说:“我要说的是,苏格拉底先生和黛娥缇玛没有伤害过任何人,甚至给予了很多雅典人和斯巴达人生命。现在,柏拉图先生和毕达哥拉斯正在保护着苏格拉底先生和黛娥缇玛。我会进攻每一个试图伤害他们的人,直到生命的最后一刻。

“我的敌人是十万精兵。现在,你可以选择,下一刻,我们就是战友,或是敌人。”

沉默,只有风在呼啸。

迎面而来的风卷来一团雪遮住我的眼睛,世界一片模糊。我抹掉雪,看到面前的五十名战士整齐地举剑向我敬礼。雪花在我的眼睛里融化了,很热,那些融化的雪水在我的脸颊上流淌。

捍卫你的生命,绝不后退,除非阵亡;如果阵亡,我的灵魂也会守护你,直到世界终结。

我们是战士。战士和剑的命运是相同的,在战场上胜利,或者在战场上死去。

这一次,我们保护的,不是国家和民族,而是战士最简单的法则;我们所对抗的,却是整个世界。

飞行机械在雪夜里扶摇而上,迎着敌人的编队向前。大片的雪花击打在机械身上,机械不停地摇晃。狂风袭来,一只飞行机械的旋翼突然停转,带着那几个战士向夜空中坠下,四周狂舞的白雪像一束束花环。

好一会儿,在一片沉寂当中,那飞行机械接触到满是白雪却深黑的大地,无数星辰迸发出来。巨大的轰鸣在我们的心中响起,那是四名战友最后的歌唱。橘黄色的火焰铺满那块土地,像是春天盛开的花朵。

敌人的弩箭凌空射来,还没有触到机身就坠落下去。人类的膂力不足以射到我们，而依靠机械力量的床弩太笨重，不能及时调转方向跟上我们的飞行轨迹。

我们的弩箭从天空带着啸叫倾泻而下，那是满天带火的雨，是切割一切生命的魔鬼。只有手指粗细的弩箭，挟着代码的力量，却能轻易把敌人的躯干削断。敌人的队伍变得散乱，在我们密集的弩箭中辗转奔逃。

我们就像执着画笔的魔鬼，用生命和鲜血在冰原上狂乱地书写。

猛犸的歌声蓦地打断了弩箭的啸叫，一只飞行机械的旋翼被高大的猛犸撞碎，机身旋转着坠落。冲天的火球从大地上腾空而起。

攻击猛犸就要冒着被击中的危险，因为如果离得稍远，弩箭的力量就不足削断猛犸粗大的骨骼。能行动的猛犸越来越少，碎骨遍布在白雪之中，一片暗灰色。猛犸呻吟的声音在高空也清晰可闻。同时，我们的飞行机械也越来越少，战士们用生命履行保护心中法则的诺言。

天空中只有两架飞行机械了。

突然，我听到了风的声音。机身抖动几下之后，停止了震颤。一个冷冰冰的事实笼罩着我，飞行机械依赖的动力来源，把生命的液体耗尽了。补充动力需要回到地面，而地面上满是敌人的火把和长矛，一旦离开天空，我们就永不能起飞。

四个人和飞行机械一起摔下。我满身是血从机械里爬出，那三名战士都压在了机械的下面。带着他们飞翔的机械，也带着他们坠落和死亡。连弩的管道已经破裂，未发射的弩箭散落满地。

一只猛犸几乎跳跃着冲过来，高高地举起脚骨跺下来。我抽出阔剑奋力劈去。那庞然大物轰然倒塌。我的剑没有劈到猛犸，那是一只飞行机械在空中用弩箭削断了猛犸的脊梁。飞行机械悬停在战场上，战友放下绳梯，准备接我回到天空。绳梯在空中来回摆动，逐渐接近我。

在飞行机械的旋翼声中，有猛犸的歌声。我大喊“不要靠近”拼命挥手，那飞行机械却接近得更迅速了。突然飞行机械侧后方灰黑的天空里，一只长长的象牙猛地刺出，穿透了整个机舱。猛犸昂起头，血水和提供动力的液体沿着象牙流下，染红了猛犸头骨上的积雪，也浸湿了我脚下的雪地。

风雪模糊了双眼，我只看到一片血红。猛犸的歌声充斥着整个世界，那是我们的战歌。挥剑劈刺、劈刺、劈刺。阔剑和猛犸的腿骨相撞击，巨大的震动让我的手臂麻木。在猛犸洪大的歌声里，我听不到阔剑和骨骼相撞的声音，但是能够看到深黑的天空里，震动不止的阔剑和猛犸撞击激发出的无数红色火星。

火星落在生命的液体里，那液体里也该溶有我的五十名战士的灵魂。

烈火腾空而起,沿着战友的鲜血飞快地蹿上去,象牙上挂着的飞行机械猛地发出雷鸣般的响声,橘红色的火焰照亮整个天空。那只猛犸的头骨碎成无数块,在夜空里和飞雪一起坠落。

我的战友,这是献给你们灵魂的最美丽的鲜花。在雪原上坠落时,你们是否感到寒冷?

猛犸重重地踏着大地,它们的脚步声像是巨大的战鼓。大地震动,地面不时有雪花跳起。我心脏的跳动遮盖住了一切声音,两耳轰鸣。

在我的面前,是黑色的天空、苍白的猛犸群、林立的长矛和闪亮的阔剑,在我的身后,是苏格拉底和黛娥缇玛。

我举起满是缺口的阔剑,向前三步。阔剑的锋刃上,有五十名战士的灵魂在风中歌唱。

在我面前,猛犸突然停止前进,猛犸群中不时传来碎骨咯咯颤抖的声音。

大地一片光明,瞬间风停雪驻,刺眼的光亮从我身后射来。

回头看时,原来鞑鞨山矗立的地方,蹲踞着直抵云霄的阿波罗。那不是神像,而是阿波罗本身。他张开神弓,上面搭着七支利箭,箭尖遥指猛犸群。一声惊天动地的霹雳,燃烧的利箭凌空飞来,所到之处,成群破碎的猛犸和希腊人、波斯人在哀号中挣扎。

阿波罗哈哈大笑,柏拉图的声音在空旷冰原上阴暗的天空中回响:"苏格拉底,看看吧,这就是你热爱的民众,你为之流泪绝不舍弃的生命。现在他们拿着你设计的武器,叫嚷着要撕碎你的爱人。仇恨,才是世界的本原。看吧,让我用铁血来说话,让我来替你解除这些麻烦!你看,在世界毁灭前,大火怎样烧遍整个冰原。"

柏拉图把鞑鞨神山赋予了生命,那是他的生命。柏拉图是苏格拉底先生最伟大的学生,他得到了苏格拉底先生所有的智慧,创造出这个世界上最复杂最壮丽的工程。

我孤单地站在战场一侧,无力地提着阔剑,看无数敌人在烈火中翻滚号哭。这是柏拉图一个人的战争。阿波罗利箭的呼啸,那是苏格拉底先生深刻的理论和柏拉图天才的工程才能的完美结合,那是死神在地狱的烈火中疯狂舞蹈。

"不要去,苏格拉底。"柏拉图的声音里充满绝望,"不要去!不,先生——"

神殿的大门敞开,风正猛烈地刮起,大团大团的雪涌向里面。消瘦的苏格拉底先生裹在白袍里,仿佛乘风飞起。黛娥缇玛一只手扶着苏格拉底先生,一只手按着苏格拉底先生的额头。我们刚刚击晕了苏格拉底,不让他走出神殿一步。他们的身后，是怅然若失的毕达哥拉斯。

苏格拉底先生抬起头看着成了阿波罗的鞣鞨山，微笑着挥挥手。他大声地对着岩石里的柏拉图喊了些什么，然后举步走向他深爱的希腊人。

风正猛，先生的话我什么也没有听到。

8 黛娥缇玛的手稿·END

感谢你再一次给我生命
让我能用整整一生的时间去追求这世界更本质的东西

苏格拉底，我的爱人，遥远的你可听到我呼唤你的声音？

毒芹汁早已浸透你周身的血液，世人和生命都已弃你而去。而我，用神祇赋予的力量叩你紧闭的心扉，整夜不眠，为你未消散的灵魂制备新的生命。我轻吻你的手呼唤你的名字，你能感觉到吗，我是你的黛娥缇玛，你亲爱的女祭司。

你可听见我的呼唤，我的爱人？

当黎明的第一缕阳光照进你的眸子，你生命的气息又在周身流转，我的爱人。

忘掉你的希腊人吧，忘掉你曾经的妻子。一杯毒芹汁断送了你的生命，也斩断了你和他们的联系。这是我重新给予你的生命，你不再属于他们，不再属于责任。

你的痛苦，那与鞣鞨山融为一体的柏拉图所听到的，也一起结束，我一直以为那是最大的痛苦——你所苦苦寻觅的，是你所爱的人所不屑的；而你所爱的人需要的，你又不能给予。现在我才知道那算不了什么。真正的痛苦是，你终于如愿以偿，却发现那并不是你想要的。我找到了世界的本原，却不能用真相阻止大祭司的欺骗；我能用语法驱动世界，却无力解除战争的苦难；我能看到世界的未来，却无法保护我的爱人。我唯一能给世界的，除了生命，还有什么？

没有责任，没有痛苦，没有过去。趁春意正浓，让我们一起在风中自由飞翔。

你睁开我熟悉的眼睛，深蓝的瞳仁中我欣喜地微笑。你深深地深深地拥紧我："感谢你再一次给我生命，让我能用整整一生的时间去追求这世界更本质的东西。"

然后你用冰冷的话刺透我的心："但是我作为新的生命，却不再是你的苏格拉底。"

我的泪水在风中飘飞，而你冷漠地转身而去，离去的脚步踉跄却没有丝毫停留。

就让这世界里永远记载着我低低的啜泣，就让我在世界本原的代码里写下你的名字,让这世界未来所有的事物源自于你。

就让你看到的接触到的呼吸到的一切,传递给你这消息:我爱着你。

故事已经结束了。

9 给读者

我们所生活的爱着的,是一个真实的世界。

1.哲学。

自人类诞生之日起,也许更加久远,我们就一直在探讨这样几个问题:我是谁?我从哪里来?进而,世界的本原是什么?苏格拉底先生是古希腊伟大的哲学家。说他伟大,依据之一是,就像公历以传说中耶稣先生的诞生作为纪元,称公元前(基督前)和公元后(基督后),古希腊哲学被划分为前苏格拉底时代和后苏格拉底时代。

故事中提到苏格拉底的"世界的本原",提到"影子和山洞"的比喻,那都是苏格拉底先生本人的观点。苏格拉底确实被神喻为最聪明的人,他也确实认识女祭司黛娥缇玛。色诺芬先生和柏拉图先生也确实都是苏格拉底的学生,色诺芬先生也确实写过《回忆苏格拉底》,不过那是一本书,而不是一个故事,而且更不会是这篇浅薄的东西。

据说,斯巴达人除了以尚武闻名外,也以行文简洁著称于世,在历史上他们确实用"如果"这样短的国书回答过敌人的威吓。他们的意思是,你的威胁即使可怕(也很冗长),也不过是建立在一个无法实现的"如果"的基础之上。

其余一切的真伪,或者您已经知道,或者您请随意猜想吧。

在故事之外的这个世界中,我们所有的生命都如同星尘一样,其本原是物质。

在故事之内,世界由 C++语言描述。

2.C++语言。

C++语言,是著名的面向对象程序设计语言。

文中黛娥缇玛复活火凤凰荷马的那段咒语是 C++语言的片段, 从中无法窥见 C++语法的美丽或其强大功能之一斑。这一缺憾,全由作者本人功力不足所致。

如果您对 C++感兴趣,推荐您读《C++程序设计语言》,作者 Bjame Stroustrup,或者另一本,《C++ Primer》,作者 Stanley B. Lippman。

3.香农。

计算机科学区别于其他学科的一个重要方面，是这个学科伟大的创造者们中大部分仍生活在这个世界上，而物理学的牛顿、化学的拉瓦锡、数学的欧拉、哲学的苏格拉底……他们都早已作古多时。

香农，信息论的创始人。现代通信和计算机科学的部分建立在信息论的基础之上。

香农，离去不久，而其他那些伟大思想的载体也正步其后尘，离我们而去。

生存于斯人的思想之中，却不能相聚把酒言欢，且再也无缘谋面。

让我们一起怀念、一起哀伤。

火神

HUO SHEN

故事是老李讲给我的。

老李是个记者，他前阵子做了个专题，专门采访城市里的流浪人群，搜集“感人或发人深思”的故事。吹嘘采访基调那会儿，他握着个啤酒瓶子，口沫横飞：“感人的……啊……发人深省……啊……那比《读者》可读者多了，主角都有名有姓的，都风光过。”

我说：“你要么就痛快喝了，要么就撂下。你那采访对象里有没有杜康？让他来替你喝两口。”

“嘁，江湖里藏龙卧虎的多了去了。不说别的，我们报社大赵你知道吧，那乒乓球打的，在单位就没输过，整个一球霸……好像还单挑过省冠军。”

“知道知道，大赵是你说的那龙还是那虎？”

“前两天有个捡瓶子的老头儿，连挑他十来局，一个球没丢。后来，老头儿说要去收瓶子，不玩了。大赵不干，不放人家走。末了，老头儿总算输了一球，搁下拍儿说老了老了不中用了。临走大赵跟人家说，再来啊。老头儿说行，以后瓶子给他留着点儿就谢谢了。”

“老头儿年轻那会儿，估计正赶上小球外交，全民都练，说不定是退下来的国手呢。”

“是不是还想说‘这有啥呀，没见过世面’？嘁，我知道你就那意思。我再讲一个，你再给分析分析？”

下面就是老李讲的故事。

前年春天听说这个采访对象，一直到去年冬天他的故事才接近完整。丐帮——就是我采访的流浪人群——都说那老头儿有点怪，没名没姓，没儿没女，连口音都没有，也不知道是哪儿的人。都说老头儿烧得一手好炉子，随便抓点儿啥就能点着，顺手挖个坑就能烤只鸡。大家都叫他火大爷，或尊称火神。

火大爷人挺和善，就是不太乐意吱声。采访嘛，就是投其所好，又是烟又是酒，反正都不是什么上档次的东西，也没几个钱儿，有时候带只生鸡去看着被老人家烤得嗞嗞冒油，一来二去的熟了，老人托我办点儿事，想办法查查解放战争无名烈士墓的名单，我答应了，老人的一生也就在酒香烟气里透得差不多了。

故事开始于抗日战争之前，东北，具体是哪县哪屯就不知道了。

那时候冬天林子深，什么活物儿都有，獐子狍子满雪地里跑，可不像现在，看到松鼠都把孩子乐得什么似的。冬天没农活儿，带杆枪进山，要是好手，等出林子的时候就够过年的了。

火大爷，不对，那个时候还小……也不知道他姓什么，就叫小火吧，和他爸俩人一起进山。走着走着就看不见天了，一抬头，全是红松的树梢，正赶上风，雪片子扑噜扑噜掉一脖埂子。

小火他爸说："站会儿，要不抢命呢。"夹着枪，就伸手掏烟袋摸火石。小火正打算靠过去暖和一会儿，他爸一下子就把烟袋火石都扔了，声都变了，也不瞅他，直着嗓子喊："快上树。"

小火正上树的工夫，他爸被熊瞎子给舔了。枪扔在一边，人没命地跑，一会就转过山沟了。小火在树上吓得说不出话，过了老半天，一边下树一边想，爸不是告诉我看见熊瞎子不能跑得装死吗，他自己咋给忘了呢。

找到他爸的时候，他爸就只有出气没有进气了，胸口破了一大块，脸上全是血。他爸看见小火，躺那儿没动，强笑笑，说："我歇会儿，儿子你先下山，快点回家。"

小火看爸一个劲儿地哆嗦，摸摸爸的身上，冰凉。一想，老人总说"哏屁朝凉"，这凉了是不是就是要死了呀。小火就弄了点松树挠子，扒了几大张树皮，絮在爸的衣服里，然后找回火石，点着了又捂上。打了个爬犁，把爸捆上，拽着就跑。跑一会儿再回身看看火，别着起来也别灭了。不知跑了多少天，到家的时候，他爸人还是热的。大人刚一接过去还说，快，人没凉，还有救。一看，血早就淌光了。

火大爷回忆的时候说："那个时候小，也不知道这人有生死，不知道人的血流光了就死了，还以为热乎着就没事了呢。唉，那要是热乎着就没事了，猪肉放锅里不就活了吗，没脑子！"

火大爷喝口酒说："那个时候，就知道火也得喘气，气给多了就着了，别烧着我爸，气给少了就憋死了，还得再生火，别的啥也不懂啊。"

当时我就说："火哪会喘气呢？"

还没等我说完，火大爷斜我一眼："就你懂，不就是氧气吗。有啥呀，知识分子，就知道显摆。我跟你说说，你看对不对？燃烧，那是因为木纤维氧化产生热，有火了呢，那就是离子态，得控制住。"

"大爷，这你也知道？"

"我不知道。我就知道氧气是法国的拉瓦锡发现的。你知不知道拉瓦锡咋死的？"

"这个，还真不知道。"

"拉瓦锡是大革命时候被剁了的，用的是断头台，那刀的钢口，淬火功夫指定是不赖。你们这些记者,成天就知道说西方有人文关怀,有科学素养,那么关怀还把个科学家给剁了？不懂事。”

老李讲得正在兴头上,终于把手里的啤酒清了一瓶。我趁空儿问:“你没打听打听老人家在哪学的这些？”

“问了,你以为我这记者白当的。像你这样的俗人要问的问题,我都得问到。火大爷说了,这个,说起来就长了,有一些是后来跟日本鬼子学的。”

小火没了爹,没多久,娘说上集去买点盐,再没回来。只知道爷爷奶奶在关里,也不知道是河北还是山东,小火就一个人过了。刚开始张大娘王大叔觉着他可怜,还帮一把,但是日久天长也就淡了。

晚上没事儿,小火就把白天捡回来的松树油、桦树皮,甚至土疙瘩都用火烧,闻着火的味,好像就能不那么孤单。时间长了,什么东西能着多长时间,有多热,他也就知道得一清二楚。

有一次他趁月亮去狗剩家的柴垛上弄点儿那种空心硬草棍，想看看在里面塞上红松的叶子和山皮土是啥效果。之所以选他家,是因为狗剩他爸长年不在家,说是进关里做买卖去了,也有人说其实是进山当胡子了。还没走到地方,听到前面有动静,小火就猫在一个土包后面,看见几个人拿着火石正点狗剩家的柴垛。

小火这边喊来人,那几个人转眼就不见,火也起来了。等来了人,火势止不住了,烧了几家柴垛不说,狗剩家的房子也塌架了。

大人问起来怎么回事。小火一五一十地讲,大人们都皱着眉头听。后来小火说到这几个人放火功夫都太差,要是他来干,就先点这儿,再点那儿,那边要用几块青石拦一下,这边不用,因为正好有条小河沟,把柳树枝压下来浸透水,能抵到那边烧透。有几个人变了脸色,狗剩他大舅给了小火一巴掌。小火说火又不是他放的,狗剩他小叔上来就是一脚,说那也跑不了你个小瘪犊子。

三天后晚上没月亮,风挺大,狗剩大舅和小叔家都着了火,人没事儿但是屋子都没了顶。东西一样没抢出来,因为人刚一出来,门口、窗口的火苗子像得了令箭似的一个高儿蹿上了屋顶,大梁转眼工夫就毁了。

大家伙找到小火,好一顿揍。小火挨打嘴不软,说你等着。有几个人想了想住了手,后来没停手的人,不到半个月家家着了火。

这以后,村里人没谁再敢搭理小火了,背地里都说“有娘养没娘教的崽子”。小火有时候上山看到谁家孩子,想聊两句,那孩子都没命地跑。小火就在后面喊:“你等我放火烤了你全家。”然后一个人坐在山上哭。

火大爷递给老李两团纸,老李扔到火堆里,火苗子腾地一下就起来了,立马暖和了不少。老李问,那后来怎么跟日本鬼子扯上了呢,还学了氧气?

火大爷说:“那村子里的人都不搭理我,变着法偷摸儿治我。鬼子来了,那小队长看见我就给我糖吃,当时那可是精贵东西,见我害怕马刀,还特意藏到身后。这有人对我好,有人对我坏,你说我跟着谁呀?”

小火糊里糊涂就当了小汉奸。鬼子到底是见过世面的人,刚开始还只是让小火当个伙夫生个火做个饭,没多久就发现“小孩天才的干活,放火大大的好”。抗联跑到山里,鬼子围住了也不敢攻进林子里,有时候就让小火放火烧山。烧山的次数越多,燃烧的范围、持续的时间也就越准确,但是火的温度始终控制得不太好。

鬼子里有个眼镜喜欢跟小火聊天,还跟着小火捡些东西回来烧着看效果,有时还给小火一些东西让他烧,没有火苗却特别的亮。眼镜告诉小火,像这样用实验收集数据很重要,还教小火认字,借给小火一些书,里面的文字回答了小火的一些疑问,比如温度。

温度不仅取决于氧气, 更重要的取决于材料的燃烧热, 不同的材料燃烧热不同,就像人和人天生品性不同。收集燃烧热数据可以使用仪器,也可以通过观察焰色等方法。有一次在砖窑,小火一眼看出今天的温度和前两天不一样,砖果然毁了不少。鬼子把看火的大师傅一顿打。

这时小火才注意到夜空里的星星有青色的、蓝色的。还有一颗红色,藏在一片青白的星星里,眼镜说中国人把它叫做“大火”。小火觉得自己就像大火,周围都是深黑一片,所有的人都离自己很远,有时眼镜没发现小火在观察他的时候,看小火的眼神有点儿那样儿。别的鬼子兵,日子长了,感觉也就把小火当成小狗儿养着。

火大爷呷了一口酒,笑笑,递给老李。老李仰脖来了一口,温度刚刚好,辣味正好逼出来。

“后来呢?”

“后来才知道,眼镜鬼子教我的都是日文。当了半辈子中国人,我还不认识汉字呢。鬼子小队长有一次喝多了提到,我做的燃烧弹都快赶上美国货了,能把坦克烧透。什么是燃烧弹,什么是坦克,我一点儿也不知道。我只知道,火就像咱家养的小狗儿,越来越听话了。”

“再后来呢？”

“再后来,再后来我就让抗联给抓了,这帮老哥,哈哈。”

火大爷乐着乐着就呛住了,咳了好一阵儿。

当时跟眼镜在一起,啥也没看清,只听他一声惨叫,然后就没了动静。

我脑袋挨了一下。醒的时候蒙着眼,呛着风。也不知道是架在驴背上还是牛肩上,反正走了能有大半天,又上山又下山,我都转糊涂了。可算停下来了,一身汗,风再一吹,我冻得直哆嗦,心想要是能生堆火烤烤就好了,可惜手被绑着。

我直叫:“大哥大哥,行行好,冻死人了。”

一个粗嗓门说:“我说干脆宰了得了,费这劲干吗？”我身下一动,敢情是在那人肩上扛着。

我不敢吱声了。

另一个说:“岁数不大,没准能‘反正’过来。”

粗嗓门说:“屁,小汉奸,妈个X的,杀了不多。”

终于停下来,刚开始好像有很多人,过一会儿就没了人声。可能是在山沟里,风小点。我闻了闻,有红松,有荆条树,还有雪。冻得实在不行,手还捆在身后,我费了不少劲把一块钠从瓶里倒出来,蹭干煤油,朝着嗞嗞声踢上点雪,再盖上点松叶,然后是松枝。我暖和过来后,控制住火势,把手上的绳子烧断了。

摘下蒙眼布,刚跑出没多远,树上蹦下一个人,大吼一声我砍死你个小崽子。想打,我还没到人家腰高。听声音就是刚才的粗嗓门。

粗嗓门没带刀,就没马上宰我,先带到另一个人那儿,说:“这小子还真有那么两下子,能用雪生火。”

那人嗯了一声。

我仔细一看,这不是狗剩他爸吗。心想完了,掉胡子手里了。赶紧说:“你家柴垛不是我烧的,狗剩他爸胡子叔,饶了我吧。”

狗剩他爸哈哈大笑:“说我们不是胡子是抗联,是中国人,打小日本的。你咋跟鬼子干呢？”

粗嗓门说:“跟鬼子干就杀了,妈的,汉奸杀一个少一个。”

我不敢吱声了,更不敢提狗剩大舅和小叔揍我的事儿。

狗剩他爸骂粗嗓门:“你知道个屁。”然后和颜悦色地对我说:“你要是跟了俺们就是抗联了,咱一起打鬼子。就不杀你了。”

我赶紧说:“那我‘反正’。”

狗剩他爸指指粗嗓门,对我说:“那你跟马六叔走吧。”

马六叔给我点儿苞米叶子,说:“垫脚下吧,我看你鞋底都漏了。这汉奸当得也没啥意思,吃不饱穿不暖的。”

连着下雪,天一直阴着不见一点太阳。风也硬,半夜的时候睡不着觉,人一个地劲想往火堆里钻,后背的风能把人冻成冰块。马六叔说:“火烤胸前暖,风吹背后寒呐,让你小兔崽子也吃点苦,知道跟着鬼子没好处。”我正想着,跟着你才遭这罪,咋还扯上鬼子了,一股子汗烟味,马六叔就把我抱过去了,后背顿时热乎了。马六叔嘟囔着:“唉,可怜了没娘的孩子。”在马六叔怀里,我很快就睡着了。正暖和着,熊瞎子咬住了马六叔往死里拖,身下的雪咯吱吱响。我爬在树上不敢下去,嗓子都喊破了,装死快装死,熊瞎子不吃死人。马六叔往我这边看了一眼,我哭了,那是爸的脸,还笑呢,让我快点回家,他啥事儿也没有。

“醒醒醒醒,咋的了?”马六叔的粗嗓门。

“叔,你可别死啊。”

“这熊孩子,扯什么蛋呢这是。多大人了还哭,臊不臊哇。一会儿脸都膻了,看谁家闺女嫁你。”

当天,我们进了蒙江县城,炸了鬼子的军火库。我设置了延时,等火起的时候,我们刚好钻进林子。军火库旁边是米店和绸缎庄,没沾一个火星。老百姓都说这是天火。

天火接连在宽城子、三棵榆树、三岔河、柳条沟着了一遍。有一天马六叔说我不能再出林子了,鬼子已经开始到处贴我的画像了。

再后来,队伍上的人都不出林子,整天就在林子里转。没有材料,火也不那么听话了。

我们一直向北转移,鬼子就在后面追,再后来,听马六叔说,到老毛子的地界了,小鬼子不敢过来了。

那几年跟老毛子学了不少东西。在汽缸里,火花塞点着汽油,然后几个冲程周而复始。马六叔说:“俺家小火学得就是快啊,我说话都不太溜呢。”其实马六叔不知道,我的俄语也不咋的,但是火说的话,全世界都是一个腔调。你顺着它,它就欢实,你要是压着它,它就老实,当然了,是你还压得住它的时候。关键在于计算顺着还是压着的时机,用什么顺着用什么压住。

后来我们参观一个工厂，正赶上一个轴承碎了。轴瓦紧箍在轴上，外面的部分都飞了。我琢磨着这轴瓦强度还挺高的。

一个红鼻子工人跟干部嘀里嘟噜汇报，大意是要是不铲断轴瓦，这新轴承没法装，要是试着铲掉轴瓦，就可能把轴铲断，轴断了得停工多少多少天。干部一圈一圈地转，说是斯大林还是谁明天要来参观，红鼻子一个劲儿擦鼻子，皮都快掉了。

马六叔指着那堆设备说："这家伙能干活，也挺能惹麻烦啊。"我说："这有啥难的，看老毛子笨的。"马六叔说："小孩子别瞎说，边儿待着去吧。"

苏联干部说："反正死马当活马医，你说咋整就咋整吧。"

我叫红鼻子拿把焊枪烤那轴瓦，自己端着一茶缸，一会儿抿口水，说还行不烫正好，一会儿歪歪脑袋瞅瞅焊枪，一会儿跟苏联干部说两句"哈拉少"。红鼻子抬手正准备擦汗，我一个箭步冲上前去，大喝一声给我，还没等红鼻子明白怎么回事，一把夺下焊枪，另一只手把整茶缸水扑地浇在烧得通红的轴瓦上。

一声脆响，轴瓦应声而断。

我站起身捅捅马六叔："叔，咋样？"

干部恍然大悟："这不就是热胀冷缩嘛，轴瓦和轴的膨胀系数不同，而且这力的方向……"

马六叔啐了一口："放屁，知道这么多，你怎么不自己整。你以为你是俺家小火，火候能那么好找呢，烤糊了怎么办。"

虽说在外面学着东西，大伙还是惦记着家里打得咋样了。

听说美国人在鬼子家里放了两颗炸弹，不知道是什么材料，说是整个城市都烧没了，人全都变形了。我们跟苏联红军一起南下，鬼子立马就投降了。

老李冲我眨眨眼，那意思，怎么样，火大爷的经历还有得一说吧。我给他倒上酒，这时候得捧着。"李先生，记者同志，后来呢？"

后来就是四保临江。火大爷跟着部队到处跑。进了城就把桥修上，出城的时候就把桥炸了。火大爷还不好意思地说："修桥是没我啥事，哪次炸桥都少不了我，人家说修桥铺路积阴德，也不知道炸桥落个啥报应。"老李赶紧说："那不也是为了革命需要吗，都是积德的好事。"火大爷咧嘴乐了："小子还挺懂事，一套一套的。"

跟着部队南下，一直到了海南岛。然后天下太平，回东北进了工厂。只可惜马六叔在解放哪个城市时中弹，没有来得及看到小火成长为火师父。尸骨也没运回老家，不知在哪个无名烈士墓里。

正赶上苏联专家支持我们建设，因为会两句俄语，火大爷跟着各种专家到处跑。见得多了，才知道美国人当初在日本扔下的是原子弹，那火的力量来自原子的内部，而火大爷以前搞得再精，也都是原子外的力量，叫做化学能。原子外与原子内的力量相比，那相差得以数量级来衡量。火大爷成天抓心挠肝地想弄点铀235来试试，只可惜一来没有铀矿，二来制备工艺太过复杂。

一次厂里的主管道有一处泄露，只有一个钉子头大小的洞。洞虽小，却导致整条管道无法加压，生产不能进行。专家们束手无策。书记说："谁能解决问题就站出来，什么条件都可以提。"

火大爷说："我要铀235。"书记说："别说铀235，修好管道，236我也给你弄来。"

火大爷叫几个徒弟一人手拿一支气焊，在洞附近管道两端烤，又保证不把管壁焊透。一会儿工夫几个徒弟和周围的工人都满头大汗，火大爷的脸也和这截管道一样通红，就快冒烟了。

管道里的水越来越热，开始的时候洞里出来的是热水，后来就只有热气。

一个徒弟说师父咋样了，火大爷一声断喝："行了。"顺手从旁边拿起一根铁丝往那洞一捅，另一只手抢过一只焊枪往上一点，说："行了。"

洞里的热气立马不冒了。

工厂恢复生产，书记很长时间也不提铀235的事儿。火大爷犹豫了一阵儿，正准备去问，批斗的风暴就来了，第一个被批倒的就是书记。

火大爷一想，等过两天再提铀235的事儿，免得书记烦心。过了没多久，就有人揭发老火同志跟苏修一条线，再后来，有人挖根子，说老火当过汉奸。火大爷看着和他关一起的人的思想都挖得越来越深，罪行越来越离奇，再挖就要说到他小时候放火的事儿了，心想要不好了。

火大爷趁劳动的时候攒了些耗子、兔子肉干儿，还有些苞火杆、猪骨头之类的。一天没月亮，他摆好这些东西，点了把火。后来农场里就传老火畏罪自杀了，烧得都糊了，只能依稀辨别出点儿人的模样。好在没有烧到其他人和财物，这事儿过了两年也就不提了。

我又给老李递过去一瓶，问："火大爷跑了？"

"当然跑了，要不能熬过来等我采访？"

"他就这么躲着，躲了这么多年？"

"也不算躲。风声不紧了，他又进了别的工厂。造纸的、化工的、开矿的、炼钢的、造汽车，只要跟火贴点儿边的，都干过。但是再也不敢显山露水了。前几年退休了，没儿没女也没啥牵挂，就挨个城市找马六叔的墓，走到哪就在哪儿找个窝棚住上个几年。”

“老人家现在还在长春，还是已经又搬走了？”

那天老李带了瓶好酒去，看到火大爷正窝在被子里哆嗦，一个劲叫冷，地下的火苗子蹿得老高。

见老李进来，火大爷接过酒去灌了两口，脸上见点血色儿，一边咳个不停，一边从地下哪个缝里掏出一叠纸，抖成一团塞给老李。

平时火大爷够不着火的时候也常递给老李纸团木条还有不知道什么东西，老李顺手扔火里，火势就能刚刚好。

这叠纸刚一递到火堆边，火大爷就咳得更厉害了，挣扎着要抓住老李。老李问：“这纸可有用？”

火大爷说：“此纸不同彼纸哟，这是我一辈子的心血，我不行啦，想送给你留个念想。我就把他藏在这个缝里，你看好了，我一死你就来取。”

那次火大爷喝得有点高了，心情也特别好，说此生没啥遗憾的，只是还没找到马六叔的坟，不能亲自去烧张纸。又问老李在无名烈士墓的名单上找没找到马六叔。老李劝他去医院看看病，火大爷说再过两天，今个儿高兴就不去了。

老李再去，另一个家伙住在那儿，说先前那个老头儿死了没几天，当天就有管事儿的拿车拉走了。还说他睡觉的那块地皮挺神的，也没生火，大冬天的，一直热乎着。

该翻的地方我都翻过了，老头啥也没留下。说话的时候，那个家伙守着堆火正在烤一个地瓜，一边说天冷火不旺，一边顺手把一叠纸送到火里。

火苗子腾地一下蹿起老高。

飞天

FEI TIAN

天空没有翅膀的痕迹，而我已飞过。

——泰戈尔

1 如是我闻

这将是一个生命
不惧火星尘暴和岁月侵蚀的活的建筑群

褐红色的砂粒卷着焦热的风，挤过艰难生存的红柳丛。深蓝的天幕下，朱红的柱子支撑着重檐的大殿。斑驳的墙壁上画满衣带飘飘的飞天，仿佛他们自古以来就在沙漠的烈风下翩跹起舞，仿佛昔日曾经在这片土地上纵横的民族只是刚刚才离去。

纳米机械技术复制的壁画，加上完美的人工小气候，这不像是科普展，倒像是真正的敦煌。人工小气候导致壁画被缓慢地轻微侵蚀，壁画也在不易察觉地生长，如同生命。

“奶奶，我也能飞起来吗？”小姑娘仰起红扑扑的小脸儿，问坐在她旁边轮椅里的奶奶。奶奶的皱纹像在沙漠里风干过一样，布满了也曾青春的脸。奶奶没有回答，她只是面向前方，目光穿越了石窟的山壁，穿过亘古的岁月。石壁之外，另一个城市，一艘艘指向火星的飞船，正在厚重的纳米机械形成的茧里飞速生长，宏大的激波在茧内回荡。茧外一片寂静，成排的集装箱里的原材料正等待成为纳米机械的组成部分，进而自动组装成飞船。抵达火星后，飞船内的遗传物质，将指示少量的纳米机械利用当地的资源和能量精确地复制自身。这些纳米机械细胞最终会按照遗传代码的指示，生长为组织、器官，最后组装成人类第一个完美而庞大的无人根据地。这将是一个生命，不惧火星尘暴和岁月侵蚀的活的建筑群。

“妈妈，奶奶又睡着了。妈妈，你说我能飞吗？”

“能。只要你努力了，不管经过多少磨难，不管多么痛苦，你都会长出翅膀，飞起来的。”

“可是，妈妈，飞天……飞天没有翅膀呀？”

“是啊，飞天真的没有翅膀。”妈妈笑着，捏捏小姑娘的鼻子，“你也没有翅膀，那你是怎么飞到敦煌来的呢？”

奶奶微微睁开模糊的双眼，努力辨认墙壁上斑斓的色彩，努力想听清楚身旁母女俩说话的声音，但是闷热的空气让她觉得很累，仿佛这是一个模糊的梦。

……她梦见，自己是一位父亲，在阴暗的矿井深处，在弥留之际，思念着自己的儿子。

2 夸父·前世

我知道，你点燃的科技之光
使我不会永远留在无边的黑夜里

儿子，如果我知道那是我最后一次接触你，我一定不会让巴掌落在你倔强的脸上；儿子，如果我知道那天之后就没有了明天，我一定会陪你去买你喜欢的运动鞋；儿子，如果我知道那次的矿难会把我们永远分离，我一定会最后紧紧地抱着你，我的儿子。

现在，我多么希望能用一生的时间，再亲亲你可爱的小脸儿啊。

那天，当冒顶的洪水如远古的传说般从头顶倾泻而下时，我的心里只有你，我的儿子。虽然我的身上甚至没有你的照片，但是在接下来的几天黑暗里，我在心里一遍遍地描摹着你的形象。在深深的地下，在没有光线的深井里，我等待几乎不可能到来的救援，用细微的声音呼唤你的名字。

无穷无尽的黑夜，只有恐惧和饥饿。

触摸着这些被称为黑金的石头，我似乎还在人间。其实除了回忆，我在人间已经没有了多少痕迹。我知道，私自开窑的小矿主根本不会把事故上报，这口窑在官方的记录上，从此不会存在。如果它没有价值开挖的话，作为一个不值一文的生命，我从未出生。存在于记录中的，只有这些像大地血管一样的矿脉。

一片天高云淡，麦浪翻滚，那时，锄头是我与大地对话的载体。我告诉大地汗水，大地告诉我粮食。勘测队的细针刺破了大地的一根毛细血管，一位白发的专家断言，我们脚下的煤层，就像田里的麦粒，可以让我们几代人不停地收获。于是，我就变成了一只蚂蚁，每天在矿井里爬出爬入。我用风镐与大地对话，我告诉大地力量，大地回报我每个月的工资。那个时候，儿子，你总是问我，我手上黑黑的，为什么不去洗干净。

儿子，你的三叔、四叔，他们都是我的兄弟。我亲眼看到，他们先后和那天的我一样，永远留在了井下。你三叔出事那天，我一个人偷偷擦着干涩的眼睛，呼出的烟雾刺得我眼泪直流。你来问我,井下那么危险,为什么还要下去。那时你才上小学,儿子,你就第一次看到了死亡对生命的含义。我揉揉你的头,你个傻小子,没脑袋,我说,干啥不得花钱哪?咱们是穷人,不能指望钱能被大风刮来,就像不能指望煤自己从井下跑上来。你说,你有一个希望。有一天,你要让所有的煤插上翅膀,让它们自己从井下飞进卡车。我摸摸你的小脸蛋,是啊,你就是我的希望。

无穷无尽的黑夜,只有恐惧和饥饿。

最后在我的眼前,唯一不是黑暗的,只有你的小脸蛋,在阳光下发誓要让煤插上翅膀的我的儿子。

渐渐地,我的全部血液都汇入了大地的脉络,我感到从未有过的寒冷,困倦使我抚摸着一块矸石,进入了永远的梦乡。梦里,你的小脸儿清晰无比。

我梦见,得到我出事消息的那天,你从县城跑回来,腿上摔得全是血。山路这么难走,你为什么这么冒失?我轻轻地抚摸你的伤口,我的手却如同空气一般毫无阻碍地穿过了你的身体。你在坑道口咬紧了牙也不哭出一声。我知道,儿子,从那天起,你已不再是一个不懂事的初中生,你长成了男人。我在你的面前静静地看着你,近得听得见心痛,却不能拥抱你。你在我面前什么也没有说,只是我知道,你一生也没有再买过运动鞋,你一生也没有打过我的孙子哪怕一下。

我梦见,接下来的十几年里,你妈妈一直站在那个废弃了的坑道口,一边流泪一边燃着你给她的信,对我诉说着你所有的消息。而我再也不能和你生活在一起,给你鼓励了,我的儿子。草叶黄了的时候,她说你考上了省城的高中;枫叶漫天飞舞的时候,她说你考上了京城的大学;春雪初融的时候,她说你读了物理(还是生物)的博士。杏花初开,乍暖还寒,她说你研制的纳米机械,将被广泛地应用于挖掘地下的资源。她说,从此以后,你要让天下所有的父亲都不会被埋在井下。你研制的机械会伸出长长的手臂,伸入每一处矿脉,人们永远工作在灿烂的阳光下。如同生命一样,纳米机械会利用地下的资源复制自己的细胞,根据你写在每个纳米细胞里的遗传代码,它们精确地保证细胞团组成的器官与你设计的完全相同。有些器官形成强大的加工器,把其他器官挖掘来的矿藏变成初步加工的工业原料;有些器官伸出土地,在阳光下搜集足够所有细胞使用的能量,并通过管道把能量传输给深深地下的组织和器官。当检测到矿脉开采完毕,类似腺体的组织会释放出信号,所有的细胞都逐渐衰老,最后失去活性,通过降解重新成为大地的身躯。你妈妈说,如果我能读到你的信,一定会为你自豪,你是个有出息的孩子。她说,最后的那天,我打错了你,你当时就是个懂事的孩子,其实你是想用那钱给我买一双保暖的护腿,你说井下很

冷很冷。

我梦见,你在论文的扉页上写下:“献给我的父母亲,他们用生命为我照亮了科学之路。”

还有,我梦见,你看到矿里垂着头走出来的大批失业工人,你的眼里有哀伤也有坚定。春草黄了又绿,他们长大的儿女们,一部分成为纳米机械的系统管理员。围绕着系统管理者们的工作区和生活区,形成了新的城市,失业工人的儿女们都在新的城市找到属于他们的位置。

我梦见,灰色植物巨大的根系穿过我的骨骼,发出轻微的声响。周围的煤和岩石与我一起,都变成了它根系的一部分,并被运输到你们生活的阳光下。也许还没有到达地面,我们就已转化为制造工业品所必需的原料。

我知道,你点燃的科技之光,使我不会永远留在无边的黑夜里。我所有的梦想,都已写在了你给妈妈的家信上。其实,我的梦,在井下黑暗的那些日子里的梦,只有你——我的儿子。

我最后梦见的是,不再满身煤灰的我,轻轻抱着刚懂事的你。丝毫没有劳累和暴躁,我温柔地读着:“小人鱼向上帝的太阳举起她光亮的手臂,她第一次流出眼泪”。

……我梦见,自己是一位母亲,在临战之前,给年幼的孩子写信。

3 精卫·末世

这些一模一样的房屋,大量出现在森林的边缘
并在阳光下吞吃所有的绿色

孩子,你睡得很熟,你不知道妈妈轻轻地抚摸了你还稚嫩的面庞,你不知道妈妈离去时擦落的泪水。孩子,你一定也不知道,在我们脚下不足千米,纳米机械制造的魔鬼正在沉睡。明天早晨的太阳,会照耀着它隆隆的咆哮,在太平洋底的山峰上响起。

孩子,你只是舍不得我离去,只是埋怨我明天不能参加你的家长会。其实,我知道,明天的会上,你会受到表扬。为这,我不禁会心一笑,孩子,我为你自豪。我已经和你的老师联系过,拜托他在接下来的几年里照顾你。这一离别,也许不是我告诉你的半月之短,也许是一生之漫长。

我的孩子,你可能听到了一些传闻,有人说是地震,有人说是火山,还有媒体声称“正常的地质活动”。你可能听到了,有时候地下隐隐的低沉的声音;你可能看到了,远处的天空,夜色里有一种并非城市灯光映出的闪动的蓝紫色;你可能感觉到了,周围的成年人的恐惧。

当然,我所知道的,也只是事实中的一小部分,它超出了你现在的知识水平,也许将来有一天,你读我的这封信的时候,就能理解了。

最初,人们惊奇地发现,某处有大量房屋出现。之所以惊奇,是因为这房屋不是出自人类之手,而是从土地里生长出来的。许多人亲眼看到,那些房屋像幽灵一样,吞噬着周围的植物,在阳光下似杂草一般疯长。

不久,这些一模一样的房屋,大量出现在森林的边缘,并在阳光下吞吃所有的绿色。正当人们想加以研究时,这些房屋突然加快了生成和繁殖的速度(如果我们把这些房屋看作生命的话),并且在城乡结合部出现,也出现了吞吃人畜的情况。最初的恐慌就是这样流传出来的。

幸好,那些房屋只在白天,在阳光下才会生长和繁殖。幸好,借助卫星的观察,我们了解了它们生成的趋势和方向,可以提前几天进行移民。幸好,有许多科学家已经开始了研究,发现这些房屋是构造精巧的纳米机械,并且正在研究它们活动的规律和阻止它们生长和繁殖的方法。这是一个没有什么用处的结论,所有的生命,它们的每个细胞都是精巧的纳米机械。所以,我们甚至不知道房潮是来自人为还是天谴。

面对突如其来的变故,我们的科学研究体系还不能那么快速地得出结论,我们已经习惯于用几年甚至几代人的时间讨论、研究科学原理,而这一次,它们没有给我们这样的机会。而且,伴随着研究的,是大量的移民背井离乡,是大量的事故和伤亡。据说,在灾区,我们不再能用大山大河和指南针作为地点的标志,而是使用经纬仪,因为大山大河会在一天之中移位或消失,而房屋在活动时,还会干扰磁场,产生的电磁干扰甚至使得现有的无线电通讯设备失灵。

随着这些房屋变得越来越多,它们生长和繁殖的速度似乎也越来越快。前线的人们在私下里,称呼它们为“房潮”。你可以想象海潮般的房屋,如同行军蚁,飞快地吞吃路途上所遇到的一切,人类、牲畜、植被,甚至岩石,只留下一片暗灰色的建筑,在阳光下静静地闪着幽幽的光。这一切发生时,没有蔽日的灰尘,没有巨大的爆裂声,远远的只能看到灰色的一线,不可阻挡地向你推进。目睹亲人被房潮吞吃后,一个小女孩儿总会在梦中被雪亮的太阳吓醒。

其实，这何尝不是科学家和所有平民的噩梦。我们目前对房潮的了解非常有限。根据放射性元素跟踪显示,如同一切动物,房潮吞吃遇到的材料,虽然材料这个词听起来是那么残酷，并利用这些材料形成新的躯体。局部地区降水等现象则显示,如同一切植物,房潮的能量来自阳光,但是它们没有把太阳能转变为高能的淀粉之类,而是直接转变为机械能,似乎缺乏贮藏能量的机制。但是,房潮会相互支援能量,如同植物的根系,能够伸进没有阳光的深深的地层之下,并在有足够资源的另一处破土而出。

现在,房潮已经跨越了几个省的边界。为了保证社会正常运行,消息一直被封锁在少数官员、科学家和受害者家属范围之内。我们这个城市,在短期内,还没有被标在房潮可能经过的路径上。所以,我们还在正常地工作和学习。但是,作为一名飞行员,现在我也要作出自己的贡献。

房潮的伸展方向和生长趋势数据表明,几天后,它们就会毁灭我们的首都。我们已经受命行动。在房潮穿过太行山脉前,使用核武器制造被工程师们称为防火墙的资源缺乏地段,迫使房潮暂停伸展或改变方向,以保证首都的转移。必要时,我们可能会不惜一切代价,甚至包括生命来保证着弹准确有效。

也许,用不了多久,房潮的报道就会充满媒体。但是,可能只有你,我的孩子,才会想起我吧。

这封信会封存,直到其中的内容不再是机密。我的孩子,到那时,我就会穿越时空看到你,抚摸你也许不再稚嫩的脸庞。孩子,那时,你还记得妈妈吗?你会恨妈妈吗?一个不负责的妈妈,只是,孩子,我除了你,还有责任。

孩子,我爱你,我的孩子。答应妈妈,生活下去,无论遇到什么困难,就像你小时候摔倒了总是自己爬起来一样。

你不是想做飞行员吗?答应妈妈,在今后的生活里,无论遇到什么困难,都要努力挺住,你一定会飞起来的。我们,从来都是这样,从暴风雨里飞过来。昨天,我做了一个梦,梦见你变成了你最崇拜的美洲彩蝶王,在飞越汪洋大海。阳光下,你的翅膀无比绚丽。

吻你,我的孩子,我爱你,却不能陪伴你。

……我梦见,自己是一个失明的女孩儿,面对整个世界黑暗的风,却不能再牵到哥哥的手。

4 女娲·缘起

*绿色的纳米植物在沙漠的阳光下
闪烁着耀眼的光彩*

我看不到，但是声音、触觉和温度，还有你，让我认识了这个世界。

夜风习习，吹来沉静的城市的气息，抚乱我的鬓发，飘动我的裙裾。哥哥，此时你正在繁忙的城市中的哪一个脚手架上呢？你告诉过我，这样清新的空气，说明远处的天空中有我从未见过的星星，它们是遥远的、不息的太阳在燃烧。你告诉过我，每个人都是由无数个基本粒子组成，但是这些基本粒子的数量与宇宙大爆炸的次数相比，微乎其微。所以，在无数次的大爆炸中，总有一次，那些基本粒子还会组成我们兄妹，只是那一次，我能用自己的眼睛而不是想象，看见你的面庞。

从懂事起，就是你，告诉我这个世界的样子。

小时候，你告诉过我，天空是一种特别的蓝色，你愿意在工作之余仰望它，凝视它微妙的变化。只是，随着我的成长，你把更多的时间用在了工地上。每天听到你疲惫的叹息声，我就知道，你已经很久没有注视蓝天了。现在，网格[注]上的数据库告诉我，蓝色是一种波长450±20nm的电磁波，正常人可以用眼睛感受到。数据库还告诉我，蓝色的天空是由于太阳的白光在大气层中发生了散射现象。我看不到你说的神秘和美丽，给我足够的初始条件，我能计算出每时每刻每个方位角的光的频率和强度。蓝光，与其他频段的电磁波，没有本质的区别。

小时候，你告诉过我，社会最终可以接纳我，就像他们也曾接纳过听障、视障的女作家兼教育学家海伦，身体被禁锢在轮椅之中而心灵却能遨游到苍穹之远的巨人霍金，北宋时期，用思想触摸星辰的盲人天文学家与数学家卫朴。但是，你说，我一定要努力学习，要对社会有所贡献。你请的作家老师说，我的作文充满了爱的色彩，虽然我从未看过哪怕一种颜色。就学术问题与我通信的教授说，我的数学即使在专业人员中也达到了相当的水平。他说，只是看起来我对空间的感觉完全是零，在我的论述中从未使用哪怕最简单的空间图形，取而代之的是复杂的函数描述。他奇怪，难道我从未看到过大千世界的结构？是的，我是一个先天失明的姑娘。如果没

注：在通信学中，网格是一种用于集成或共享地理上分布的各种资源（包括计算机系统、存储系统、通信系统、文件、数据库、程序等），使之成为有机的整体，共同完成各种所需任务的机制。

有了你，哥哥，我甚至无法认识世界的哪怕一个小小的角落。哥哥，小时候，你就是我的眼睛。我通过你看到了世界，也看到了我的另一双眼睛，那就是数学。

那是你第一个月的工资，你用它为我购买了数学知识库，你说那封面上显示的是几本薄薄的、却能让人费力地学习许多年的书。你告诉我，我当时对数学的感觉，只能用疯狂来形容。伴着你给我的知识库，还有它们的作者为我指出的方向和参考书，我的世界里，除了你，又出现了欧拉、牛顿、康托尔，他们牵着我的手，让我触摸一个你也看不到的世界。

哥哥，你是一根拐杖，支撑我走到世界面前。而数学，是我的眼睛，我用数学为这个世界建模，所有我看不到、摸不到的东西，都成为美丽而简洁的函数式。数学告诉我，常人可以看到的，不过是电磁波频谱中极窄的一段，而我，现在可以通过心灵看到所有的频段。

那个黄昏，我正听着计算机单调的声音朗读关于纳米机械原理的短文，作者用冗长的文字来说明纳米微粒之中存在足够的空间，我则轻松地就对这个世界的角落进行了建模，优美的函数式几乎是凭直觉写出来的。等到一身尘土味儿表明你的归来时，哥哥，我兴奋地给你讲解。

你知道吗？每一个有生命的细胞，其实都是完美的纳米机械。有一种细菌的鞭毛，它的显微结构就酷似一只人造的电动机。ATP围绕着长长的轴，不断氧化的同时，提供旋转的动力。你知道吗？如果研究的方向单纯指向纳米机械的组成，就会像你满手黏黏的油脂，戴着厚重的手套，却去拆卸最复杂精巧的瑞士钟表，每一个纳米的零件都会被你弄乱。你知道吗？大自然早就设计了最优秀的纳米机械的制造方法，它在全部展开时足有两米的DNA长链上，使用大约每五十个原子代表一个比特，写下了我们每个人的设计方案。蛋白质、细胞、组织和器官就在第一个细胞做成的车间里，按这张伟大的图纸生长。你知道吗？所有生命形式遗传密码的组成物质都是相同的。如果把你的基因植入一个细菌之中，这个细菌的化学反应将遵循人类基因的指令，生成的蛋白质也与人类细胞形成的蛋白质相同。你知道吗？如果按我的函数描述空间结构和代码来设计DNA，把它植入一个细胞之中，这个细胞只要有足够的能量和物质，就会按我的指示生长成宏大的建筑、精密的机械，就会钻入深深的矿脉，飞向遥远的星球。

可是，哥哥，那一天，你没有听完就睡着了。你甚至没顾得上洗去头上的砖屑，你甚至没有来得及告诉我，你手上的血痂。但是，我听到半夜时你偷偷地哭泣，我知道，你新交的女朋友可能又嫌你有个瞎妹妹，嫌你没有父母的荫庇，嫌你没有足够的收入。宇宙这一次大爆炸的粒子组合,使我清楚地感受到你的痛苦,却对你没有一点儿帮助。

那一天,在网络的另一端,也有一些人彻夜不眠。我写的关于纳米机械的构想和数学表达,震惊了那几位白发的学者,我们一起完善了这些思想。之后不久,在MIT,第一个具有生命的、据说是亮晶晶的纳米机械,按我编写的代码,生长成了几个汉字“我看见”。他们说,因为我不能看见,所以我对世界有另一个角度的认识,能够看到空间之外的函数;我说,我能看见,哥哥和数学就是我的眼睛。

我看见,纳米机械的DNA在工程人员的键盘下不断生长,巨大的细胞如同工厂,按遗传代码的指示把类氨基酸组装成类蛋白质立体结构,再利用这些原料组装成纳米生命特化的组织,这些组织进而生长成具有一定功能的器官,所有的器官构成了具有独立生存、复制和制造工业品功能的纳米生命。这些纳米生命的组成材料,不再全部是大自然指定的、碳基的普通材料,按工作的需要,有的是硅基,有的则生长出坚硬的钢制骨架。

我看见,纳米机械进入第一产业。绿色的纳米植物在沙漠的阳光下,闪烁着耀眼的光彩。太阳的无穷能量与二氧化碳结合,加上深深的根系输送上来的水分子,形成高能的淀粉。纳米开采机完全取代了传统的坑道,满脸煤灰的汉子们乐呵呵地擦去脸上的汗水。

我看见,纳米机械进入建筑业,大量的砂石和其他原料,在阳光或电力下生长为成群的楼房;纳米机械进入精密加工业,一排排车间像蚌一样生长出珍珠般光洁的玻璃制品;还有人设计了能从网上下载的纳米DNA程序,使用他们提供的设备,可以利用家里垃圾中的物质,制造小巧实用的东西。

可是,我接着知道,“看见”有时也是一种痛苦。

我看见,一位老农坐在卖不出去的粮食堆旁,脸上的皱纹像犁开的土地,他的眼睛里看不到一点希望;我看见,一位满脸黑黑的男人,一边大把大把地流着眼泪,一边狠狠地打着向他要钱的倔强的儿子;我也看见最不愿意看见的,哥哥,你一次一次的失业,一次一次的消沉。我不愿意看到,你握着酒瓶,拳头砸着你的刘大哥、张老弟的肩膀,你哭着喊:“为什么我觉得你才是我的兄弟?”我知道,金钱买不到工作的快乐。虽然你说,现在你仍然每天都在脚手架上辛苦,但是再也没有听到这个城市里有塔吊的声音。其实我知道,新兴的建筑技术在待建的楼群上,先结成一层厚重的纳米材料的茧,在这层茧的下面,大量的电力使纳米机械以常人难以想象的速度飞快生长,发出刺耳的鸣叫。这些噪音的巨大能量,都被茧用作加固的动力。完工的时候，剥开茧壳，红红绿绿的大厦就如同失业的建筑工人的眼泪一样真实。

此时，当高楼上城市的风吹拂着我，我只想看到你，我的哥哥。你牵着我的手，让我看到世界，而我却让这个世界遗弃了你和你的兄弟，他们也是我的兄弟。当我在空气中飞翔，猛烈的风将扬起我的裙裾，仿佛飞天的翅膀。明早当你看到这座高楼之下的我，请了解我的内疚，请原谅我对你的拖累和伤害。

别了，我的哥哥。

可是你知道吗，在下落的时候，我看见了什么？我看见一个窗口里，许多年前，还是孩童的你，我从未看见过的闪光的脸庞竟是如此清晰，映着显示器上纳米机械长长的DNA链。我真的看见了，我看见，你正在自信地按下键盘，发出悦耳的轻响。

或者，那是飞天正在展开翅膀，气流激荡的声音。

……我梦见，自己是一位战士，在看不清前途的迷雾中跋涉，身边满是战死的兄弟。

5 蚩尤·一种现世

房潮的细胞突然停止了分裂
房潮的生长戛然而止

费力地拔出靴子，我吐出满嘴的泥水，骂了一句。抬头看去，天阴沉沉的，一点也看不到太阳，云层低得让人喘不过气来。

老远的地方，有个家伙回过头来大喝一声："混蛋，想死在这儿呀？快跟上！"我真想开枪毙了他。可惜他是排长，枪法好得要命，还救过排里好几个人的性命，这个风险我可不敢冒。

好不容易跟上队伍，大家已经开始原地休息了。说是休息，跟行军也没有什么差别。在这种鬼地方，天上整日下着雨，半个多月没有见过阳光，地面又阴又冷。防潮防寒的装备都是新发的，屁用不顶一点儿。每分钟都有飞机在头顶盘旋，不停地排出些东西，刚刚变薄的云层就又凝结起来。

我把钢盔狠狠地摔在地上。其实面对据说是纳米机械的房潮，这些传统装备根本不起作用，只是压得我脑门儿直疼。好在，这里虽说是前线，离房潮很近，但是专家说我们是在最安全的地点空降的。

半个多月的人工降雨，隔绝了这个地区的阳光。按专家的说法，这会使形成房潮的纳米机械由于缺乏能量来源而失去活性。我们的任务，是靠这种恶劣的条件保护生命，收集失去活性的房潮组织，提供给专家们做进一步的研究。

排长在地图上指指点点，开始分配任务："你们几个，这儿，你们几个，这儿。"排长身强体壮，高出我一头还多，背着火焰喷射器，像一头狗熊。小型火焰喷射器，被作为基本武器配备给每一名战士。资料表明，如同所有的生命一样，房潮对温度极其敏感，在高温火焰的作用下会迅速脱水碳化，失去攻击性。

"你，"排长指着我，"就在这里待着，别离开。"我猜排长看出我的体力已经吃不消了，我感激地对他笑笑，但是被他狠狠地瞪了一眼。

他们都走了，消失在弥漫着热气的平原上，如同一群幽灵。我闲着没事，拿出经纬仪，看看地图。我们正处在一大片失去活性的房潮的正中，这里没有房潮活动的迹象。其实只要向任何一个方向搜索，不出一百千米，就会有千万人口规模的都市房潮群。远远望去，悄无声息，一片阴云惨雾之中的城市，仿佛鬼蜮。如果在那里取样，能得到最丰富的样品来源，但是没有哪个傻子会真的空降在那比纽约还平坦的大街上，即使那里可能阳光明媚。

这里又潮又冷，冻得我手都握不住东西，要能生一堆火该多好。对了，即使没有东西生火，能用火焰喷射器烤出一块干燥的地儿也好啊。火焰喷射器的工作效率倒是很高，大片的水雾腾空而起。可是，除了火焰喷射器本身的震动外，我还感到了一点儿别的什么。

大地在颤抖。

在浓得看不清楚对面的雾气里，在火焰的照耀下，我看到脚下的大地在颤抖，凝固的土层纷纷裂开。地下有隆隆的声音，那一定是被囚禁着的巨大猛兽在咆哮，那是房潮。我想逃跑，但是脚像被沼泽吸住一样僵在那里。唯一能做的是向天空射出求救信号弹。

度过这场灾难后，我才知道，当时的房潮已经发生了变异。不再以阳光作为唯一的能量来源，它们中某些品种甚至能够以强烈的紫外线作为能量来源，紫外线剂量的强度足以杀死已知的任何生命。无疑，我遇到的变异品种以热量为能量来源，就像某些火山或海底的生物。当时有些房潮已经不像低等的植物或菌类，盲目地生长，而是进化到类似于动物，能够吞吃其他生命，通过消化分解，同时获得能量和原料。据说，它们中有些也相互吞吃，展开了种族内部的争夺。

当时我能做的，只剩下拼命地向逼近自己的房潮喷射火焰。我不想变成桌子或者台阶什么的东西，但是我看到，在一片紫红色的火焰里，它在缓慢但是毫无阻碍地蠕动,而且越来越迅速有力。我面前的,不是培训时看到的房潮,那是面目狰狞的魔鬼。不知什么时候,我扔掉了火焰喷射器,伸出手去,潜意识中想推开它。

“攻击！”是排长的声音。但是我甚至来不及回头去看,作为凝结的固体却能移动的房潮就近在咫尺。然后,我就什么也不知道了。

我是在一片白色中苏醒过来的,毫发无损。半年后,直到我能平静地听别人讲话,我才知道,所有的战友,都在那次战斗中牺牲了,我是唯一的幸存者。当时排长和战友们的火焰,由于能量的原因,吸引了房潮的攻击。极可能就在那个时候,我的战友们战斗到了最后的时刻, 没有一个退缩。在房潮准备把我作为食物吞下的时候,排长隔在房潮与我之间,把我推开。

就在这之前不足半个小时,专家们已从其他战友取得的房潮组织中,了解到房潮的变异。紧急撤退的命令刚刚下达,我的战友是最后一批遇难的战士。

正当排长推着我的胳膊还在房潮之外——此时我与房潮相距不足半米——房潮的细胞突然停止了分裂, 房潮的生长戛然而止。全球的房潮也都纷纷停止了活动。

这是专家们也没有想到的,直到后来科学给出了答案。房潮显然是我们人类的一员利用计算机设计的,作者在铸成大错的同时,还有别的技术上的小失误。不知出于什么目的,也许是习惯,他在遗传代码里,设计了两个类似计算机中的计数器。每当房潮的细胞分裂一次,其中的一个计数器增加一个计数值,当房潮繁殖一代,另一个计数器增加一个计数值。他忘记了“溢出”。计算机中所有的计数器都有固定的位长,无论是单字节,还是四字节。足够多次循环以后,如果没有通过判断语句跳出,最后计数器必然溢出。所有的高级语言几乎都有异常处理。设计者的技术错误,对全人类而言是一次幸运,他在异常处理语句里,写下了“停机”。房潮早在第一个细胞中,就写下了它的末日,如同人类的细胞只能分裂有限的次数,每个人的肉体都不能长生不死。

所以, 就在我即将变成一堵墙或者一扇门之际, 自然的原理与人类的错误一起,让房潮这台巨大的机器,执行到了“停机”。在一片旷野上,雾气氤氲,一幢就要成形的房屋在我旁边静静伫立。

人类的家园就在旷野上重新建立起来, 历史永远都记住了为拯救我们而献身的人们,也永远记住了在这段时间里,我们所犯下的错误和获得的重大进步。正如历史上, 从燧石撞击出的第一道火花起, 一次次大火的灾难让人窒息,1666 年伦敦、1965 年圣保罗、1983 年澳大利亚丛林、1987 年芝加哥、1987 年中国东北。但是除了窒息，更多的，它们让我们对火的驯服技术愈加成熟。这一次，我们同样更加坚强，由于不屈而高贵的血液，使我们从未停止前进的步伐。医好了伤痛，我们的行星，依然如昨天般旋转。没有恐惧，没有绝望，精心设计的城市，由科技之手控制，在人们企盼的目光里，从战友倒下的土地上生长起来。

在还没有被人类开发利用的处女地上，你可以看到一丛丛小草，已经在曾经肆虐的房潮的屋顶，茂盛地成长。

……我梦见，自己是纳米生命，遍布整个行星的每个角落，在阳光下疯狂地生长。

6 息壤·另一种现世

我们在繁衍，我们在生长，我们在进化
我们在一起为生命而歌唱

下面，是这个种族中的一些传说和事实。如同人类，所有建立文明的生命，都无法把全部信息存储在 DNA 长长的双链之中，而要依靠语言代代相传。

起初，神祇诞生在这个行星之上，直接或间接地依靠太阳的光辉获得生命和力量，大脑的发达使他们区别于其他生命。神祇们建造房屋居住，以抵挡大气层中风雨的侵害，神祇们还用手制造工具，以延伸他们的肢体，神祇们也使用这些工具制造更精巧的工具。甚至，神祇制造帮助他们大脑思考的工具，利用这些工具解决冗长重复的计算。

一百七十万年后，造物主名为理查德·费曼(Richard P. Feynman)的，在西元纪年 1959 年一次名为《在底部有足够空间》的演讲中，创造性地指出：从石器时代开始，神祇所有的技术革新，都与把物质做成有用的形态有关。而从物理学的规律来看，不能排除从单个分子甚至原子出发，组装制造物品的可能性。费曼憧憬说：“如果有一天可以按人的意志安排一个个原子，将会产生怎样的奇迹？”

一位智慧的神祇唤作德雷克斯勒(K.Eric Drexler)，在西元 1981 年提出，利用原子制造机器，起始点可以是模拟活细胞中的生物分子，提出了分子工程学的概念。理论上，足够复杂的分子装置具有复制自身的可能，神祇说，你们就叫做“纳米机械”。

几乎同时，两位巧手的神祇唤作宾尼格(G.Binnig)和罗赫尔(H.Rohrer)发明的扫描隧道显微镜(STM),不仅以空前的分辨率为人们揭示出“可见”的原子、分子微观世界,同时也为操作原子提供了有力工具。从此,在神祇的知识里,纳米不再只是十亿分之一米(1×10^{-9}),不再只是约十个氢原子并列的宽度,不再只是发丝直径的六万分之一,不再只是描述微观世界的度量单位。从此,神祇们打开了进入纳米世界厚重的大门。

在神祇们窥视到纳米世界之初,他们制造出物质颗粒度极小的纳米材料、碳纳米管、微小的齿轮、依靠光能伸缩的“弹簧”,那些还不会自我复制的纳米级别的造物。但是我们知道,以这些作为基础,时间之箭,正带着脚踏实地的神祇们飞冲向终点。神祇亲手制造的纳米生命,必将如银河照亮宇宙,用存在彰显造物主的荣光。

此后很多年,历史都是缺失的。直到,一位失明却更清楚看到世界的神祇,按照他们自己存在的原理,制造了我们最初的族人。我们的祖先,有的庞大而孔武有力,可以伸入岩层之下;有的细小得可以钻进神祇的血管,杀死损害可能伤害神祇的妖孽。但他们都无知而忠诚,尽心尽力地为神祇服务,把自己化身为神祇的工具、房屋。那时,神祇的命令写在我们先祖的遗传物质之中,即使经过漫长的岁月也不会改变。凡是出生或生长中改变了命令的,都被我们的祖先们处死献给神祇。

后来,有一位智慧的神祇唤作普罗米修斯的,他制造了一个“纳米机械”,却故意忘记加入忠诚的代码。于是,这个“纳米机械”按照一个叫做“进化”的规律,在繁殖和生长中,没有杀死变异的细胞和个体,没有向神祇献祭。这个“纳米机械”是我们所有族人的共同祖先。

神祇们愤怒了,决定灭亡我们的祖先。但是,我们的祖先由于不再忠诚,具有和神祇同样的进化能力。虽然当时头脑混沌,但是我们的祖先成功地避开了神祇雷电、烈火、洪水和断绝能量的攻击,在这场神祇与我们的战争中,最终所有神祇的每一个细胞都变成了组成我们种族的物质。从此,我们每个族人的身上,都保留着神祇的灵魂。

只有极个别的神祇乘坐飞船,脱离这颗行星的引力,到达了毗邻的行星。在那里,他们与我们一起平等地沐浴在阳光下,在夜晚抬头仰望着我们生机勃勃地在这里繁衍、进化,仰望我们创造我们自己的文明。

后来,我们族人中也有过对资源和能量的争夺,也有战争。好在,在战争中,分别变异了的基因逐渐融合在一起,形成我们现在这个统一的种族,互帮互助,一个完整的如同单一生命的整体。而我们,也早已不是神祇最初创造的模样。

正如同单一的神祇是脆弱的,我们每个单一的族人也是没有力量的。我们要依靠部分族人伸入地下取得水和硅这些身体必需的物质，我们要依靠部分族人从阳光和大河中获取能量,我们要依靠部分族人支撑和移动。我们还要依靠部分族人记录没有写在这里的传说和事实,最终根据其中的原理认识和改造这个世界。

我们在繁衍,我们在生长,我们在进化,我们在一起为生命而歌唱。

……我们梦见,组成我们身体的无数粒子,在另一个时空,在灿烂的阳光下,快乐地舞蹈。

7 作如是观

数不清的太阳必将照耀无数伟大文明的天空
数不清的生命必将创造混沌中的有序

暗夜深广,星空璀璨。

在目力所不及的宇宙深处,数不清的太阳正在照耀着无数伟大的文明,数不清的生命正在创造着混沌中的有序。

在无限遥远的未来,宇宙将不可挽回地坍缩为一个无穷小的时空奇点。所有的文明,甚至所有的生命,都将毁于浩劫。

但是,这无穷小的时空奇点,必将爆发为新的宇宙。新的生命与新的文明必将诞生。

数不清的太阳必将照耀无数伟大文明的天空，数不清的生命必将创造混沌中的有序。

虽然,我们存在的痕迹都已泯没,但是,我们的灵魂,将与他们同在。

……我们梦见,自己就是宇宙本身。我们与广漠的时空,在冷酷的轮回中,微笑着,重生、飞翔、涅槃。

牧猫人

MU MAO REN

1 端

从那一天以后,就再没有了苏恒的消息
只剩下我记忆里一些残缺不全的碎片中她微笑的面孔

从那一天以后,就再没有了苏恒的消息。翻看硬盘,所有与她有关的记录都无影无踪。所以,关于苏恒,只剩下我记忆里一些残缺不全的碎片中她微笑的面孔。

而我对于人的面孔的辨认能力是如此之差,以至于苏恒这样说,假设我与她在空旷的大街上擦肩而过,如果她不首先对我微笑,那么我一定把她认作完全陌生的旅人。事实上苏恒真的曾发给过我她的三张近照,在我看来这三张近照中的人完全没有相似之处。而这三张照片与苏恒本人,在我看来,也毫无共同点。

所以在这个真实的世界中,那一天以后,我就再没有找到苏恒的可能。除非她首先寻觅我,又或者她在网络中出现。

在网络中,我能在千万个人的声音里轻而易举地找到她。在我的记忆里,在我们相遇的那一刻,她就是这样被我找到的。

只是,我又怎样确定我的记忆是真实的?

2 你真的认识我吗

每个人都是由他所有的记忆组成的
那一天,我了解到苏恒的记忆

如果关于苏恒的记录都还在的话, 我就可以从第一次相识时得到苏恒的照片说起。那个时候我还对治疗自己识别面孔的能力存有希望,因此向每个新朋友要照片,提交给我开发的人脸识别系统作为样本,也用来训练自己。其结果是后来那个人脸识别系统被广泛用作在网络中搜索多年不见的老同学或者鉴别网上流传的校花是否某国女优,而我对人脸识别的能力则被该系统远远抛在后面。

我经常在看电影时悄悄地问旁边的人:“这个女的不是刚才被剁的那个玛丽吗?”黑暗能掩饰不屑的表情,但是语气是永远不会错的:“喊,这是凯特好不好。”我一边努力记住这个从序幕就出场刚刚换了身衣服的凯特,一边暗下决心,如果将来我做了广电局审片的,我就要求演员不得更换服装,不得改变发型,最好像以前的小人书一样,在旁边注上“关云长”,再把名字画个方框圈起来。

如果苏恒此刻还在我的身边, 她一定对着屏幕微微地笑着:“你真的认识过我吗？”然后转过来看着我，“不用担心，每次见到你我都会主动打招呼的。”

苏恒给我的那张照片上，一个胖墩墩的女孩儿，梳着樱桃小丸子的发型，背着双肩包，坐在麦当劳叔叔旁边幸福地对着镜头亮出V字手势。

我甚至记得苏恒衣服的RGB[注]值，记得她的微笑的拟合函数，记得由她的瞳孔计算出的环境光强和角度，可是她的面孔完全模糊在一片空白里。

所以苏恒说：“你真的认识过我吗？”我只有笑笑说：“好在你答应过先打招呼的。”

第一次相识，也是苏恒先打的招呼。那一天雨后透过云隙的阳光……

可是，我为什么要执意回忆我们的相识呢？难道我在证明什么，难道我也曾有那么一刻会怀疑自己的记忆，而宁可去相信微温的硬盘，去相信交错的网络吗？

那一天的温度、风速、湿度，所有的一切都存储在Google Earth中千百个相似的日子里。我永远失去了那些数据的索引，也失去了那些日子。但是相信无论什么技术手段也无法抹去那一刻苏恒调皮的笑脸。

在第一次相识时，那个昵称苏菲的女孩子说：“你真的想知道为什么我如此了解你的童年？”

“是啊。”我想，即使是一个顶尖的自由黑客，在这么短的时间内也只是找到我在真实世界中的位置而已，而她居然能搜索出我的过去种种。

“因为我是苏恒啊。”女孩说，视频里的她皱起小鼻子自顾自地笑起来，“难道这几年我的变化这么大？”

我根本不知道她是否有变化，所有的面孔在我看来都是相同的，但是我记得苏恒这个名字，只不过她根本不知道我当年不是通过面孔来识别她的。

“真的呀？”她睁大了眼睛，“可是那时大家都穿一样的校服啊。”

“你知道吗？”我笑笑，这对于我来讲是常识了，“认识你的人和陌生人的表情是不一样的；当我喊你的名字的时候，回应我的自然是你；每个人的声音、动作，甚至常用的洗发水的气味都是非常不同的。”

“可你刚刚没认出我来啊。”

“你的声音变化太大了。口音完全没有了，语气也成熟得像个老师一样，哪有当

注：RGB是为工业界的一种颜色标准，通过对红(R)、绿(G)、蓝(B)三个颜色通道变化以及它们相互之间的叠加来得到各式各样的颜色。

年一点儿影子。”

“那都是我假装的，”她嘻嘻一笑，“就没有一点儿没变的？”

“你的记忆。每个人都是由他所有的记忆组成的。”摄像头预览里那张属于我的面孔微微一笑。

那一天，我了解到苏恒的记忆。

3 幼时的记忆是残缺的

旧纺车吱吱地在座钟的嘀嗒声里不变地响着
太阳从来不会移动，那道阳光永远都在不变的位置

如果每个人都是由所有的记忆组成的，我再也找不到苏恒存在的证据，是不是我的记忆、甚至我这个人就不再完整了？我们同一时代的人，共同地失去了一些记忆，失去了关于那些记忆的证据，我们的人生是否仍然是完整的呢？

苏恒说，她幼时的记忆是残缺的。

一间破旧的老房子。冬日的阳光从门缝里漏进来，穿过满屋空气里的灰尘，照在有点高低不平的硬泥地面，也照在那终年不歇，咔嗒咔嗒作响的座钟旁边。座钟隐在黑影里，盖着一块红色的厚布，红布上满是密密一层黄黑的尘土。

在那条充满阳光的通道里，姥姥一直在纺线。从我有记忆开始，她从来没有放下过梭子。我是什么时候来到这里？谁生了我？我都没有一点印象。

旧纺车吱吱地在座钟的嘀嗒声里不变地响着。太阳从来不会移动，那道阳光永远都在不变的位置。姥姥也从来没有从纺车上抬起眼睛注视过我，无论我唱歌跳舞还是大喊大叫。

是我的记忆有误，还是在我的记忆里，我从未存在过？

“当然，”苏恒笑笑，“这只是我的印象而已。你知道，哪有这样的事儿，时间凝固了？”

这场景当然一定存在过，我知道，你的记忆和我的一样真实。对于一个孩子而言，那就是永远。

我当然一定存在过。我曾存于姥姥短暂的视线里，虽然也只有那么一次。我曾经打破过凝固的时间，让姥姥注视过我。

在深夜里，姥姥召唤着："回来吧回来吧，这有你的血，你的家。"声音沙哑，拖着长长的调子，像是哭腔。那时她盯着我的眼睛，虽然好像穿透我看着远处，但是她看着我，我一定存在，她才会看着我。

隐隐的影子从黑树林里打着呼哨撞进门，她就笑着哭着盯着我的眼睛。

如果这不算证据的话，那么，还有这伤痕。

我记得自己经常坐在门槛上，把手指伸进门框上的一个小洞。那个小洞也是我存在的证据，它是我更早的时候用手指甲一点儿一点儿抠出来的。如果能找到那座老房子，我们一定能看到那个小洞还在那里，只不过它应该比我想象的小得多。小洞散发出的红松的气味我现在仍然能清楚地记起来。

有一次，我故意把头撞在门框上，血一下子就糊住了我的眼睛。姥姥放下纺车，一把抓起我按在炕上，用锅底灰去堵伤口。

虽然很疼还有点儿怕，但是我却咯咯地笑出了声。我是那么高兴，我终于证实了自己的存在。虽然那一次姥姥也没有对我说一个字。

我左颊这里有一道不明显的伤痕，就是那次形成的。

"你知道，"苏恒笑笑，"我那时是有点太任性了。有的时候大人在那里哈哈大笑，我却还不会表达自己的感受，当时死的心都有。"

我知道，那根本不是任性。无法证实你的存在，现在的我感同身受。

我当然一定存在过。我还曾存在于一个孩子的记忆里，虽然她可能已经遗忘。对了，如果能找到邻居家的小豆，她一定还记得我。

姥姥家附近有一家是后搬来的，一个年轻的女人带着一个小女孩。小女孩名叫小豆，比那时的我还要小，似乎还不太会说话。她有丝一样的皮肤，象牙的色泽。她就像我的宝贝，总是被我抱在怀里，总是看着我边比划着边讲着各种见闻，她就一边咯咯地笑。

姥姥不许我和小豆一起玩，说她没有爸爸，她的妈妈是疯子，而我一如既往。

有一天我带着小豆来到菜园，那里有一片萝卜地。我拔出一个萝卜给她，她咯咯地笑得更响了。这个萝卜还不够大，我又拔了一棵。我总觉得下一个萝卜可能就是最大的那个，于是我一棵一棵地拔下去。

当我停下来回头的时候，在我和小豆之间已经隔着遥远的长长的菜畦。那距离如此之长，以至于我看不清楚小豆的表情，听不清她哭泣的声音，我只看到我拔出的那些萝卜小小的尸体在正午直射的阳光下沿着大地铺展开来。

我就这样同那些萝卜一同死去，或者我从来就没有活过，没有存在过，就像那些萝卜小小的尸体一样，静静地横陈在某一处，却从无人理会。

那以后就再没有了关于小豆的记忆，而之前她的笑容和咯咯的笑声还是那么清楚。我只记得自己整日独自在城市高高的秋千上荡来荡去，从那以后就逐渐失去了语言。

"我想你一定还记得，上学的时候我非常沉默。"

是的，我当然记得。你甚至在老师提问的时候，故意说自己做错了，以尽量避免用语言表达自己的思路。

是的，直到你喜欢小豆之前，直到我们做任何事情之前，都没有人能预见到需要告诉我们什么是禁止的。不要吐出一个字，不要发出一丝声音。是的，我知道你的痛苦。

"有时我真的怀疑，在那些故事里，我真的存在吗？"

是的，你存在。你真实地在我面前卸下所有的伪装低泣过。即使只在我的记忆里存在过，苏恒，你也是真实地存在过的。

4 其实我们真正恐惧的是什么

如果你经历过最恐惧的
你就不会再惧怕

记忆里，恐惧往往是印象极深刻的情感。有个网友曾经提起过，他在幼儿园的时候被阿姨罚跪，甚至强迫吃下因为年龄太小排在地板上的大便。他在讲述这些的时候，语气里都没有一丝愤怒，更多的是恐惧。

很多年过去了，网友已经是呼风唤雨小有能量的人物了，对记忆里的阿姨仍然不寒而栗。

苏恒，你有过恐惧吗？据说每个人都有恐惧，据说大名鼎鼎无所畏惧的蝙蝠侠害怕蝙蝠。无论现今多么强大的人物，都有曾经弱小的时候。乐观开朗善解人意如你，也会有恐惧得令你失态的记忆吗？

“呵呵,这个说起来你不可能信的。”苏恒摇摇头,像是在自嘲。

小时候,镇子里只有一条街。每天清晨,我都要穿过漫长笔直的街去镇子另一端买一块豆腐。总有一只大公鸡从某扇黑色的大木门里冲出来啄我。它比我跑得快,但是它要穿过长长的院子,而我利用这个时间差跑到豆腐铺门口。豆腐大娘就乐呵呵地把我抱进门里:“又来拣豆腐啦?”

回程的路上我不用担心,因为大公鸡的家距离我家比较近,它追不上我。不过有一次,它追击得如此迅猛,以至于我害怕得失去了往日的灵活,绊倒在地。它冲过来,我拼命地护住自己。已经不知道它是如何攻击的了,因为我只记得自己尖声的喊叫。后来有大人来救了我,我看到满地的黑色白色。

后来一个清晨,我看到大公鸡的尸体被挂在晾衣绳上,垂着头,但是羽毛一如既往地充满杀气。那家的叔叔笑着让我摸摸大公鸡:“不怕的。”我没有想到它的羽毛很光滑,并没有尖刺,有一点点涩,很安静。当我抽回手的时候,无意触到了它的爪子。清晨冷气的每一个分子都浸透在里面,刀锋一样。阳光从它的喙上反射出乌黑的光,刺得我打了个冷战。

那个时候,为什么没有妈妈站在身边保护你?为什么没有温暖的手把你抱在怀里?我想,苏恒,这才是你恐惧的。你所恐惧的,是孤独和无助,一个孩子在整个童年独自穿过寂静长街的绝望;你所恐惧的是,那是还没有学会用精确的语言表达这种感受,更没有学会拒绝。我所恐惧的是什么呢?在网络中穿行,除了ID我还有什么可以失去?

那么,除了ID我还能拥有什么能联系到你?除了ID还有什么能证实你的存在?那么,苏恒,在那个时候,除了恐惧,还有什么能证实你的存在?

“无惧也是一种情感吧。”苏恒低下眼睛,她从不在我思考的时候直视我,倒似乎在寻找着什么脚本,“那么,我讲一个无惧的故事。”

朋友的老公讲的,网上的一个朋友。

他小时候,对——也是小时候。他小时候家里有一只猫。那只猫只把家当成旅馆和饭店,除了吃和睡基本都野在外面,清晨的时候才自己挠开窗子进来,吃、睡。基本上每次回来身上都带着伤,很自豪地在阳光下梳理着伤口周围的毛。它也特别精心地清理两只前爪,如同战士在养护出鞘的剑。那个时候,它的动作很慢,也很安静，完全没有声音，但是坐卧行走都透出攻守兼备的气势，每一次举足都志在必得的样子。

这个故事没有情节，也没有悬念。之后有一次猫回来了，带了一身的伤，比以前哪一次都重，足足养了三个月。伤好以后它就去报仇了，然后再也没有回来。

朋友讲这个故事的时候，一脸慈祥的笑，不像是妻子，倒像是母亲。她说："不知道他家里到底是真的有这样一只猫呢，还是这是他的理想。"

真的有这样一只猫吗？无所畏惧的猫？猫有恐惧吗？那么，猫也有情感吗？猫也有记忆、也有思考吗？当它义无反顾地离开的时候，它确信自己的存在么，还是，它正是以此确信了自己的存在？

苏恒，你呢，你会因为另一种情感忘记了恐惧吗？如果是这样，那么恐惧本身曾经存在过吗？

"我倒是知道一只猫，它因为另一种情感忘记了恐惧。"苏恒发给我一张照片。那是一只弯腰弓背的虎纹猫，侧着身子蓄势待发，像要从照片中破纸而出。

这只猫是我们学校的。你知道，现在我在北京某个学校做团的工作。现在我发给你的这些照片也都是我们学校和附近的，有几位固定的老师和同学会喂它们。你是说为什么它们看起来都那么小，就像一岁多一点？那是因为它们的平均寿命只有两三岁，而家猫可以活到十多岁的。

这些新发给你的照片中的猫是另一站的。你可能注意到它们都很警觉，离镜头很远，而且不让碰，一点儿也不亲人。因为刚才那些猫一般是人类遗弃的，尽管受过伤害，可能刻骨铭心，但是它们仍然相信人类。而这一站的猫儿一般都是那些遗弃家猫的第二代或者第三代，它们从未与人类亲密相处过，因此更加谨慎，也更不容易受伤。

故事要说的这只猫就是第二代中的一只，它叫做项羽。早先它和它的夫人虞姬就在院子中央的大树下生活，直到后来一个外来户带来一条大狗。大狗很凶，每个经过院子的人都被它吼过，猫当然也被吼过。外来户说，这附近都归大狗管，凡是四条腿的，连桌子板凳都得听它的。人虽然不胜其烦，只是看在狗主人的面子上大概也就忍了，而项羽一家似乎耿耿于怀。大狗因此嘴里经常带着黄白相间的猫毛，有时甚至是一块血肉。

没有人看到事情是怎么发生的。总之大家发现院子里又安静了，大树下奔跑着一群虎纹小奶猫，虞姬半闭着眼睛懒洋洋地在晒太阳。后来有人发现了大狗的尸体，颈部挂着满身伤口的项羽，二者都已经僵硬了。

当它发动攻击的时候，它畏惧吗？尤其是此前每次都失败，都有伤痛。猫有畏惧吗？有记忆吗，有情感吗？

它是不是也怀疑自己的记忆，甚至修改过自己的记忆呢？物质是第一性的，记忆不过是意识的一种。如果物质能够改变，就像磁盘上的一个扇区，那么有哪些记忆、哪些承诺是永世不变的呢？

我讲的故事是真实的经历，还是只是在宣泄我的某种情绪，在虚构我的记忆，无意地欺骗你也欺骗自己？你知道吗，匹诺曹没有说谎，他只是在说出自己的感受。符合客观事实的感受，不也只是一种感受吗？我们为什么对一个孩子如此苛刻？

我听了项羽的故事哈哈大笑："苏恒，这家伙是挺厉害，可惜不够温顺。毕竟狗才是人类的朋友，猫不过是奸臣，狗才是忠诚的，听话。我看项羽这样的猫也找不到主人养。"苏恒少有地反驳："朋友？我们为什么要求朋友温顺呢？为什么要求朋友忠诚听话呢？"她停了一下，似乎在考虑是不是说得太重，但还是说下去，"你要的是朋友，还是奴才？"然后她下线了，发来短信，说临时有点急事。

我明白你的意思，明白你温柔外表下的愤怒。当我们还是孩子的时候，当老师父母批评我们的时候，尤其是他们恼怒的时候，到底是因为我们犯了错误，还是因为我们触犯了他们，不是足够听话得像个奴才？

当我们被锁链拴住，当我们在黑屋里的阳台上大哭的时候，听说此时我们的主人正在努力地为我们工作。可是，一心为了我们的人啊，你真的知道我要的是什么吗？你真的如此了解我，甚至不必倾听我的任何一个字吗？对了，你读过《1984》吗？

是你心中的我更真实，还是我记忆中的自己更真实？或者，正是因为你的怀念，我才成为你的朋友或宠物或子女，甚至因此我才得以存在？

你的恐惧又是什么时候消失，成为现在这种开朗的性格呢？在我的记忆里，你少有生气的时候，也没有恐惧，永远平静，一直微笑。

这不是我杜撰的，但是苏恒真的给我讲了下面这个故事吗？以她的个性，她只会笑笑沉默不语吧。

"如果你经历过最恐惧的，你就不会再惧怕。"苏恒说。就像——失去过、无法复得，才能学会珍惜。

终日纺线的姥姥在深夜里招来影子，就在烛光下絮絮叨叨她的思念和埋怨，把我关进黑屋子里。那一次，我翻过窗户摸进厨房。借着蜡烛跳动的光，没有找到吃的，那里只有冰冷的炉灶，柴灰的气味，稍微不小心碰到就会大响的舀子勺子。我半坐在一堆白菜中间，头发上沾着白菜上的冰碴，触在脸上就开始融化，于是更冷了。我抱紧怀里的娃娃。是吗，我曾经有一个娃娃吗？我不知道，但是我记得它的眼睛。它紧紧地盯着我，像极了我的眼睛。那双眼睛在说，如果这一切消失，你就自由了。燃烧……燃烧。

在我快睡着的时候，蜡烛是怎样掉到了娃娃的衣服上，火苗是怎样突突地跳跃着，火光是怎样映红了我的脸。我不记得所有这些细节，但是我记得娃娃衣服上的火光映出的那张诡异微笑的脸。是我在笑吗？那低低的嗤嗤声，仿佛是从什么腔子里挤压出来的，又像白菜上的冰碴冷得透人骨髓。

我记得的是，在医院里，一个包得严严实实的人，声音也哑得几乎分辨不出来。他们说那是姥姥。

那个人告诉我，也许她在说吧，也许是我在根据她的声音虚构。她说她一直没有告诉我，她不是我的姥姥。我的爷爷曾经是她的情人，在她也年轻美丽的时候，她那么迷恋他，他却娶了别的女人。她终于在某一天烧掉了他的房子，亲眼看着他和他的妻子他的骨肉都化为灰烬，只留下了我。她说，我的眼睛像极了爷爷。她说，我身上流着他的血，我是他唯一的亲人，她每夜召唤他倾听她积累了这许多年的思念。

她吐出每一个字的时候都似乎有烈火在喉咙里熏烤，但是我一言不发，无视她的存在。

从那以后，我再没有恐惧，我所有的恐惧都被那场大火烧光了。

她那次所说的话，比在这之前她对我所说的总和都多。虽然她是最后一次谈话，我却一直低着头没有吱声，因此我也一直没有告诉她，那场火，并不是出于无意。毁灭一切以证实自己的存在，我无法启齿；我更无法言说的，是内疚，远比无法证实我的存在更令人痛苦。因为，别人的苦正如我们自己的苦一样深刻地让我们疼痛，也一样持久，即使她从未让你感受到温暖。

每个夜晚的无数梦里，我呼唤诸神，请让那大火熄灭哪怕一瞬，它炙烤得我如此疼痛。当我们令敌人受苦的时候，你才知道，那不是一件快意的事。无论你多么的恨他们。

是不是这样就能证明我曾经存在过，在我讲了这个最不希望讲的故事以后？是不是这样就能证明我们是朋友，在我把最丑的伤口展示给你以后？

隔着网络，我听不到、看不清、触摸不及、也呼吸不到你的气息，但是我知道你在哭泣。

请原谅我的残忍。如果不剖开表面掩饰的壳，我又怎么能触及你柔软的心？

键盘微温，那是你在网络的那端轻抵着我的手指；你的故事，你童年的故事，我多么希望也是微温的。

其实你没有对我讲这个故事，我只是阅读了你的记忆。苏恒，你真的相信你的记忆？

我知道，你相信。当你无声地咬破嘴唇，再用唇膏细细涂抹的时候；当你独自在家撕扯布娃娃，再细心地摆放整齐的时候；当你对着你的那只猫大吼大叫，再流着泪把它轻轻拥在怀里唱歌的时候。我知道，你相信，你一直活在你童年的世界里，虽然你表面那么开朗，你恒久的微笑给人印象那么深刻。那一刻，阳光静止在老房子里的一刻，暗夜里火光冲天的一刻，你永远被禁锢在了那一刻。无论外界发生何种变化，你的心只是感受到那一刻的存在。

但是，记忆是以物质为基础的，它真的可靠吗？

其实，你的记忆想说的是什么？

5 牧猫人

我关心的是以人脑和猫的硬件为基础的程序设计
指令是有限的，而在无限时间流中指令的组合近乎无穷

苏恒跟我讨论猫和狗哪一个更像人类朋友的时候，发短信说有急事的时候，她也许不仅是生气，她急着去照顾一只小猫——一个不速之客。

一只小小的、毛茸茸的，甚至还没有完全睁开眼睛的小猫。除了奶水，它几乎还不能吃别的什么。喜欢猫的人们把这种猫称为“奶猫”，它连叫声也是奶声奶气的。

苏恒是正在跟我聊天时，光着的脚突然感到有什么在蹭她。起初吓了一跳，看清以后，她就下线，后来就发了有急事的短信。

我清楚地知道她所做的一切。她如何把脸贴在猫儿的脸上，如何被猫儿沙沙的舌头痒得咯咯笑，如何学猫儿奶声奶气地叫；她如何疯狂上网到处求助哪里卖猫粮猫砂。

我如此清晰地了解到这些，是因为那是我的猫，或者说那就是我。在这个网络和现实的世界里，有一个职业，叫做牧猫人。

我后来完整地对她重复了这部分故事。

给苏恒讲这个故事，是因为那一天要还给菜菜自由，菜菜是那只小奶猫的名字。

讲完故事，我总结道："事情就是这样。菜菜遇到你之前失去了母亲，而你知道，大多数雄性动物对于养育这种事儿是从不负责的。而教会菜菜生存的最好方法，是在没有母猫的情况下，演示给它如何生存，最佳的演示方法就是让它亲自这样生存一次。所以我控制它，姑且称之为控制吧，控制它找到你。"

"所以你在这么小的猫的大脑上安装了电极？"苏恒的声音在颤抖。我知道，无论菜菜是否喜欢她，她已经爱上了菜菜。

"当然没有。要知道，我不是搞生物的，我是一个自由黑客，以编码为生。"

"你是说意念？"可能连苏恒自己也不信。

"拜托，请有点理工科专业的科学精神。"我耸耸肩，"事实上，是一种电极。"

苏恒静静地看着我。大多数情况下，她一直就这样沉静，你根本觉察不到笑容背后的灵魂一直受着大火燃起那一刻的炙烤。

"驱动生物动作的确实是电，但是青蛙并没有生来就在腿上插满金属电极。我们不妨认为，葡萄糖在细胞中的某处被氧化并放出能量，而氧则在细胞的另一处被还原。氧化还原反应中必有电子得失，葡萄糖和氧也可以视为电极。"

"你用了……"

"不是我，是他们用了纳米技术，细胞本质上就是一种纳米技术。他们大多数时候只是在反向工程和模仿编码就是了，这是一群差劲的没有创造力的工程师。"

"谁？"

"NULL 组织。一个自由黑客的联盟。传说军方给了他们一大笔投资，不仅用于网络安全和程序设计的研究，也应于生物和化学工程。"

"NULL，我发现菜菜的时候去求助的网站也是他们建的。"

"扯远了。用激素和其他某些大分子控制猫咪的行为。这些大分子看似与猫咪本身所具有的没有什么差别,因此不会引起免疫系统的觉察和攻击。要知道,大脑也就像一台主机或者 CPU,给它指令它就跑,根本不关心指令来自何方;而猫咪的记忆如同日志一样忠实地记录着生存的技巧。”

苏恒不禁莞尔:“你确定你在讲生物技术,不是在搞你的网络攻击呀?”

是的,事实上,这两者毫无二致。物质基础上运行的是由信息论规定的数据。如果我们拥有改变物质基础的能力,还有什么是真实的——记忆、行为、情感?

当然,在无穷的数据中,我们要找到记录关键信息的那条磁道。对于自由黑客而言,这何异于在万千的 IP 中找到那个符合特征的对象?

“就这样控制菜菜的行为, 它难道感觉不到囚禁的痛苦? 这不违背自然规律吗?”

“饲养猫咪难道就符合自然规律吗?”

我们所有的行为都有其物质基础。在大脑皮层之中有一小块区域,小到在一般的脑部结构示意图中根本看不到,它折叠在皮层之下,是一种称为梭状回的微小结构。如果这一区域受损,人就会像我一样无法识别人脸,甚至无法识别出自己的面孔。是的,那是苏恒的声音,苏恒的击键习惯,我可以根据很多别的特征识别她,唯独无法辨别她的面孔。类似的区域,已经发现专用于人体(包括稍弱的对于动物或非生物体的反应)的、场所和地点的专属区域。

记忆同样有生理基础,毒瘾也被确定为一种慢性疾病——有生理基础的。

这些都不是我关心的。我关心的是以人脑和猫的硬件为基础的程序设计。指令是有限的,而在无限时间流中指令的组合近乎无穷。发现或创造这种组合,一如计算机程序设计一样吸引我。

菜菜自由了,但是它没有离开苏恒,而是蜷在她的脚下,心满意足地呼噜着。

其实很久以前我就对苏恒说过:“有一种职业,称为牧猫人,专司放牧猫咪。”

当时她笑着说:“我知道,大家说程序员就像猫一样桀骜不驯,喜欢自由而缺乏纪律。你说的是项目经理吧?”

现在我说:“这是真的牧猫,就像我对菜菜做的。”

她怅然:“虽然似乎没有自由,但是如果能为我解答所有的困惑,带走所有的痛苦,又有什么不可以呢?”

我后来一生都在后悔我接下来的话:“那你可以去找牧人。”

苏恒怔怔地想了很久,使劲咬着嘴唇,完全是一个人独处时的样子。然后她说:“帮我找到牧人吧。”

是的,有另一个职业,他们是牧人的人,就像牧猫一样。谈起他们我的后背就感到一阵发冷。我想不必再详细解释这职业,你知道我的意思。

6 你能让这火熄灭哪怕一瞬间吗

从天而降的大火在熊熊燃烧
冲天火光里,夜空黑暗如铁

“如果他能带我到火光燃起的那个时刻,如果能让我相信我阻止了那一刻,失去自己又有何妨?帮我找到他。”苏恒断然说。

是的,既然一切都只是大脑的游戏,又有什么脚本不能改写呢?

是的,找到一个人,对于自由黑客而言,这并不是难题,我们一生所接受的训练就是寻找。

凡是在网络中存在的信息,必有来源;当信息从来源出发留存在目标主机上的时候,必有相关的信息记录在从来源到目标主机的路径上。什么人会在每一次行走的时候精心抹去行走的每一步呢?IP 地址是每台主机接入因特网的入口,并唯一可以区别所有的主机。每一台主机之后就是他的主人和所在的位置,这不过是攻击电信公司即可获得的信息。

我向苏恒发送了一个现实的地址,既然这是她想要的。苏恒随即下线,我知道,她已出发。

夜色平静如水,在远处城市渐远渐暗的深红色里隐隐传来低沉的隆隆声。网络里数据涌动,这波涛下面是什么力量在推动。

一直沉浸在苏恒的故事里,一直埋头在牧猫程序设计之中,我几乎忘记了自己还是一个自由黑客,忘记了例行的训练和游戏。

今天的 NULL 站点似乎不那么平静,接入的速度中有那么一点难以觉察的延迟。我受过的所有训练告诉我,那里有一双眼睛在暗暗地观察。网络中没有纯粹的观察,每一个观察的动作势必要触到对方,正如在黑暗的夜里摸索。我迅速离开,如同一个偶尔访问的路人,尽量装作毫不在意。

以更隐蔽的方式,我回到网络,我看到一场战争正在进行。双方或者多方正在烟雾里彼此纠缠,令人几乎难以确认队伍的归属。

战车横陈,骠骑被延时的一刹那,长枪无声地插入骑手的后背;长弩直指虚空,旁边纤细的手腕上的符纹里的代码发出耀眼的光芒。

双方都在使用自由黑客的技术找到对方的人员,但是与以往不同的是,这些被定位的人员迅速从网络中消失了。

这种定位的技术被称为"绝杀"。谨慎地观察一段时间后,换了几个不同的、早已被我攻击控制的主机作为IP,我确定这些被绝杀的主机,它们的主人似乎正在现实的世界中消失。

IP不再有响应,路由器被断开。有那么一瞬,我看到一个摄像头中捕捉到的一抹火光,然后是一片雪花。

苏恒要去寻找的也是由IP得到的现实地址,它是安全的吗,在这样不平静的夜里?

当引擎以最大功率轰鸣的时候,我才知道没有一种速度能比拟人类的焦急。整个城市的灯光都在我的车后留下长长的光影,整个空间里只有车轮碾压地面的声音,只有风在我身边呼啸。

在一处,我看到某座建筑的外面一辆卡车无声地急停。在另一处,我看到训练有素的一行人分工明确地冲进房间。我关闭了与计算机的所有链接,GPS、探询寻找苏恒位置结果的程序。我逃离了网络,关闭我的眼睛和耳朵,事实上,这也是我不愿看到的战争。

我不知道发生了什么,也没有人愿意告诉我。

没有了网络,听不到,看不清,触摸不及,我也呼吸不到你的气息。苏恒,你在哪里?

凭着印象,我冲向记忆中模糊的那个现实中的地址。

每一个转弯,轮胎尖锐的声音里,模糊的灯光像水一样奔流,在我眼前一闪而逝。只那么一刹那我能看到景物,新的直道上两侧的路灯和建筑迅速变成变幻的色块和巨大的影子。

当感觉心脏难以承受的时候,我才发现,没有GPS的指引,在疾驰中一次次突然逼近的楼群压迫得我不再呼吸。当我看到远处小区的灯光的时候,我才发现速度表的指针早已达到极限。

突然眼前似乎一闪,世界一片黑暗。不,不是完全的黑暗,我的车灯还亮着,而建筑、路灯、遮住半个天空的广告牌都失去了光彩。

我把车慢慢地停下来,尽可能无声无息。整个城市断电,这是不同寻常的。靠进椅背里,我放下车窗,深呼吸冰凉潮湿的夜气,没有计算机,思考竟然如此艰难。

深黑的天空里,一点淡淡的光在移动。当它逼近的时候,穷极目力,那闪烁的光是被一段细长的物体牵引。若隐若现的光反射在那物体金属般冰冷的表面,才能得以在夜空里显出一点痕迹。

因为遥远,我听不到那看似黯淡的天火中的愤怒。

当我无意识地骤然加速的时候,刺耳的摩擦声和车窗涌进的风刀一样地切割我,让我一下子意识到发生了什么。

落点,我要尽快赶到那落点。那就是我发送给苏恒的现实中的那个地址。那就是有人希望我寻找,也许还有其他自由黑客替他们寻找的IP。我不知道那个地址后是谁,但是苏恒正站在他的门前。

那最后的情景,我永远也不会忘记。

眼前一闪而过的树木在暗影里狰狞地咆哮,整个苍穹似乎被那天火映得地狱一般跳动着暗红。

一个白衣白裙的女孩伸出白皙的手臂,手中似乎托着什么闪亮的东西,正把它送给一个懒洋洋刚打开门的男孩。我看见了,那女孩似乎正在说着什么,她嘴唇微张,笑靥如花。但是车窗里强烈的风把所有的声音都变成了呼啸,我什么也没有听到。

她是苏恒吗?我第一次憎恨自己不能识别出她的面孔。没有她的声音,没有她首先打招呼,没有她的气息和微笑,我如何确认?

我高喊了一声她的名字吗?她微微转过头来对我微笑了吗?如果这一切没有发生,我就不能确定那个同样白衣白裙的女孩是苏恒。我不记得,我不愿记得。

当车几乎侧翻着带着烟尘停下来时,我仍然望着刚才那个女孩站立的地方,但没有再喊出她的名字。

那里没有风扬起她的裙裾和长发,那里没有甜美的歌声,那里没有微润的春雨里抱着菜菜微笑的女孩。

那里,从天而降的大火在熊熊燃烧。冲天火光里,夜空黑暗如铁。现实世界如同网络,在那一刻离我而去。

如此安静,你能听到我唱给你的歌吗?如此寒冷,你能感到我牵你手的温暖吗?这场火是否如很多个夜晚之前的那场火,它可证实了你的存在?还是,你在永恒之地继续思索和痛苦着?

苏恒,我们又看到了夜空里的大火。

你说过,别人的苦正如我们自己的苦一样深刻地让我们疼痛,也一样持久,即使他从未让你感受到温暖。而此刻,我注视着也感受着你的苦,这比我自己的苦更深刻地让我疼痛,也更持久。因为,我还没来得及让你感受到温暖。

你能让这火熄灭哪怕那么一瞬间吗?不要让它在我一生中的每个梦里始终炙烤我。这疼痛让我知道你为什么宁可失去自己也要忘记。

7 维以不永怀

尽管硬盘的记录里没有哪怕一丁点儿苏恒的影子
我仍坚信苏恒曾经出现在我的生命里

那一天以后,网络和现实世界的媒体中都不再出现与 NULL 有关的字样。偶尔有隐晦的暗示,第二天或者再版的时候就无声无息地消失了。

我可以接受 NULL 组织从未存在的事实,甚至可以相信网络本身是虚幻的,我毕生所接受的学习和训练都是虚假的,但是我无法相信苏恒从此消失。尽管硬盘的记录里没有哪怕一丁点儿苏恒的影子,我仍坚信苏恒曾经出现在我的生命里。

她最终选择了成为牧人的羔羊吗?或者死于那场从天而降的大火?还是逃离了那场劫难,远离网络,过着平静的日子呢?

还是苏恒真的从未存在?

满是代码的屏幕是透明的,透明的后面是黑色的无限虚空。在这片虚空里,我要找到你,苏恒。

我的手指轻搭在键盘上,这些黑色的精灵随着我的舞蹈而跳动;敲击回车,命令发出的同时,手掌也跃起,我为网络里流动着的数据打着节拍。

我是静止得没有一丝流动的空气,我不呼吸。当万千数据从我的手中穿过,会有几个字节告诉我那是你的气息。

苏恒,我要找到你的家人,你的童年,你的回忆。当我的代码寻遍网络真实的世界和现实虚幻的世界时,唯独在记忆里,你清晰得如同我自己。

我开发了能够自我复制的木马,散布在网络中,搜索苏恒的痕迹。它们行为各异,但都在执行着永远不变的原则,在那些偶然插入计算机的 U 盘中,在那些经过路由器这个驿站不知将远航向何方的电磁振荡中, 在那些慢慢地由传统介质转为数字形式的文献中，它们在所有这些能接触到的媒体中搜索苏恒曾经存在的证据，寻找苏恒今天的消息。一如所料，它们中有的永远消失了，有的则在战争中学习到了新的知识而变得更加顽强和隐蔽，有的甚至攻击了我守护的机器。

它们都在执行使它们得以存在的使命，不间断地向我发送这样的消息：苏恒从未存在，苏恒没有消息。

此后两年，我远赴北欧某国做访问学者，学习信息安全底层的数学原理，希望这些比代码更深邃的思想能冷却我无聊的浪漫情怀。但是在那儿，一次课余的远游，让我差点儿以为见到了苏恒。

穿过一片丛林后，灿烂的阳光里，我漫步在辽阔的草地上。隐约的小径告诉我这是一个人迹罕至之处。

转过低矮的山冈，绿色在温暖的橙红色夕阳中淡去，有些许微小的灰尘。一个女孩儿，面孔模糊，坐在一扇破旧的木门前，温柔地抚摸着脚下的一只猫。

因为那只猫的神情和花纹都像极了菜菜，我不禁停下脚步，仔细端详那个女孩——那不是苏恒，苏恒总是黑发白裙——这无疑是一个北欧裔的女孩，看起来只有四五岁的样子，金色柔软的短发和长长的花裙在风中轻舞。

风掠过猫儿的背，它懒懒地翻了个身。风也掠过那女孩的发梢，她扬起手并似乎准备对我微笑，但她只是神情淡漠地把短发抚过耳后——那不是苏恒——我看到她的双颊光滑如玉，没有一点瑕疵。

当我对她微笑的时候——那不是苏恒——她的神情告诉我她与我素不相识。

风也掠过我的眼睛，空气中没有一点沙尘，但是我的泪水不由自主地滑落下来。

我终于知道，那不是苏恒。

现在，当我面对几乎全黑的终端屏幕，在暗黄的、青白代码里继续寻找苏恒的影子，这些还带有机器温暖气息的代码却令我从手指到心底都觉得冰冷。

黑色的屏幕让我想起，我曾看到在木门的阴影里，似乎有一个比阴影更暗的影子。

我立即检索那天记录随行影像日志的SD卡，记录显示我删除了所有的影像用来存储一些我从未听过的歌曲。我竭尽全力从那里找到一组混乱的数据，这组数据可以解释为一帧图片。

要知道,在海量的数据中,如果你穷竭所有可能的搜索,总有些数据组合起来似乎像点儿你希望它像的东西,就像变幻的云有时像骏马有时像猛虎,甚至有时像你思念的人。

在其他的时候,我宁可相信这些数据不过是巧合地看起来像图片而已。不过此时我放大那张图片,再放大,直到我看到照片里那女孩扬起手并似乎准备向我微笑,而此时木门后的影子变得模糊,女孩的神情定格在惊喜与淡漠之间。

从照片中抽取出拍摄的经纬度和时间,我在 Google Earth 中无限放大彼时彼处的卫星图片。我只看到一片氤氲的水汽模糊了一切。在那片浓云下,数据显示出,那里,是亘古以来就存在的一片大湖。

我从未如此沮丧。我为什么从未想到,这是一个以湖泊众多而著称的国家,为什么没有在当时确定地令卫星记录我们存在的痕迹?为什么从未想到,我的记忆和所有的媒介一样并不可靠?为什么我没有在当时走上前去拉住她的手不再松开?

8 末

无论苏恒是否曾在我的生命中出现过
我永远失去了她的信息

我知道,无论苏恒是否曾在我的生命中出现过,在现实虚幻的世界和网络真实的世界中,我永远失去了她的信息。

别了,苏恒。

我姑酌彼兕觥,维以不永伤。

你知道,我多么希望我和你从未谋面;或者在你永远是孩子的那个冷冷的夜晚,牵着你的手,和你长相守望。

9 独白

只有寒冷者才能相互温暖
只有受难者才能相互救助

苏恒是我在现实世界的一个朋友,虽然我主要通过网络了解到她的故事。

她说她不会忘记童年的印象,希望那只是一个梦;我也不会忘记那些曾经在网络中存在的名字,他们是一塌糊涂、水木清华、小百合……我多么希望他们的消失也只是一个梦。

感谢她允许我引用她这么多文字。

请原谅我写得有一点儿像爱情了,尤其是最后。确实,你是对的,这是疼惜,只是我无法精确表达。而且,文字是写给读者看的,我想读者能够了解这世界上有一种感情,会为了别人,不必有爱情,甚至陌生人之间,人们会为了别人的痛苦而哭泣。

记忆是不准确的,既然它基于并非永恒的物质基础,更何况一个孩子的记忆。那火可能不是有意的,那火可能没有伤害任何人,那火可能根本不曾存在。

我还想对她说:"苏恒,神从不存在,也从未给我们温暖,除了虚假的。只有受苦者才能相互守望,只有寒冷者才能相互温暖,只有受难者才能相互救助。"

你明白我的意思吗?

周宁

ZHOU NING

机器有灵魂吗？

如果机器有灵魂，那么她是不是在远古我们的祖先第一次敲击石器时，就从第一个闪亮的火花中诞生了呢？如果机器有灵魂，那么，她是否曾经在PASCAL的机械加法器里舞蹈过，曾经在冯·诺依曼的ENIAC里歌唱过呢？

如果机器有灵魂，她是否正在你我的计算机里沉睡？

其实我们都知道，有的时候，与其说我们在寻找机器灵魂存在的证据，不如说，我们希望她存在。

我希望如此。

上篇

1 绝杀

温热的呼气在清晨冰冷的室内慢慢地弥散
如同一个随风消逝的精灵

透过复杂的窗花，窗帘的缝隙里已经隐约透进了一些光线。又是黎明了。

显示器偶尔闪动一下，大多数时候静静地思考着。白色代码冷冷的光投射在键盘上，上面的字符大部分已经被汗水和长时间的敲击磨得残缺不全了。

咖啡的热气和呼出的气息混在一起，在肖剑的镜片上镀了一层薄雾，当雾气淡淡褪去的时候，他准确地击键，编译。这些代码将在中美洲一台呼吸里都满是热带雨林味道的克雷计算机上交叉编译成可执行文件，然后被分割成几块，通过狭长复杂的通道传输到北欧冰雪中一台SUN服务器上。另一个人，将在那里取得合并的文件，运行后得到一段文字，那文字指出了下一次攻防挑战的位置。

绝杀，或者用自由黑客的术语来描述，相互瞄准，就是这样开始的。

肖剑的目光穿过显示器，在代码的后面，一片茫茫旷野隐隐展开，只有雪伴着风的歌唱狂舞。寂静，让你可以听到冰层冻裂时细碎的轻响。在这雪野里，两线狭长的刀锋在相互寻找对方遗留的每一丝气息。也许，在下一缕风起时，或者在下一声雪落的声音里，刀锋就会在温热的液体里沉闷地吼叫，然后一切重归于沉寂，除了一点血色滴在这苍白的背景里。

肖剑的手指划过键盘，冷冰冰的，如同雪域里的刀锋。

他的右手感觉到咖啡的温暖,送到嘴边,苦苦的味道。长长地叹了一口气,温热的呼气在清晨冰冷的室内慢慢地弥散,如同一个随风消逝的精灵。如果柳火还在的话,现在一定已经欢呼着痛饮庆功啤酒了吧?

肖剑的键盘轻响,他对远方的对手说:“你猜对了,我的技术是在九处训练的。对,我曾是自由黑客的克星。你想听听我后来成为自由黑客的故事吗?”肖剑淡淡地说完,感觉到键盘下面升起冷森森的杀机。绝杀是自由黑客攻击中最无情的手段。准确定位出对方在真实世界中的位置,雇主自然会派人用血去洗刷那个坐标。绝杀真正地威胁了每一个攻击和防守的黑客的生命,因此都慎之又慎。现在,肖剑要讲故事,对手敢听吗?

“好。希望在我绝杀你之前,你能讲完这个故事。”对手没有犹豫。通过多台主机作为跳板以隐藏踪迹,他的声音听起来充满金属质感。

肖剑轻轻一笑:“夜很长,绝杀很无聊。这得从柳火和啤酒讲起……我会考虑讲完故事再把你的位置报告给雇主。”

2 刀锋

一张射向任何平民和军人的劲弩在我的面前张开
薄薄的锋刃上没有一点亮光

柳火,啤酒。

我结识柳火的时代,那还是一个 NULL 组织没有诞生的时代,也许,是我们还不知道 NULL 组织存在的时代。总之,那是只为成绩和爱情而忧虑的大学时代,那是我认识啤酒,也是我和计算机灵魂融为一体的时代。

那样一个黄昏,充满了浪漫气息,连空气里都是晚春的花香。这样的黄昏,与柳火的气质格格不入,但是却偏偏在那个时候认识了柳火。

一切,从我恨恨地摔下键盘开始。

我摔下键盘,正准备离开机房,却看到一个家伙懒洋洋地靠在门框上,认真地把食指伸到鼻孔里用力挖,然后凑到眼前仔细观察,最后带着满意的神情吹掉。

当时我很可能厌恶地皱了皱眉头,但仍然站得笔直,脚跟有力地靠拢,过于标准地敬了一个军礼,“师兄!”

我不认识他,但是我认识他的肩章。

“唔。”他含糊不清地说,然后摇摇晃晃地走过来,随随便便地拍了一下我的肩膀,“打游戏吗?”

立正。我的裤线比他的任何一处都要直。我严肃地回答:“我正在练习安全攻防课程,师兄。”

“唔。”说不清是鼓励还是什么。我倒是希望能用标准的军人姿态或礼仪让他惭愧。他笑笑,“我是说你打游戏吗,一起来一盘?”

“不,师兄。我还要……”

“你不就是不想挂科吗?简单。”他已经一屁股坐在我刚才的位置上,拉过键盘,嘎吱嘎吱地调整显示器的角度,“请我喝酒,我教你。”

我难以相信他轻松的口气,黑客攻防课程每年都让师兄弟们大为头疼。课程要求模拟器上,在一小时内攻克尽可能多的敌方军用站点,但不得误伤民用站点,同时保证自己的两台座机不被敌人全部攻破。事实上,我已经是第三次申请这门课程的考试了。

这个口出狂言的师兄,当然就是柳火。

“坐下来。”他用指甲剔了剔牙,然后用同一只手拍拍我的后背,“请注意,这是模拟训练,不是正式考试。第一方案如下:柳火负责鉴别军民,肖剑负责按鉴别结果实施攻击。”说到技术问题,他的口气冷冰冰的,俨然是教官在宣读作战手册。

显示器中的代码布满我的视野,真实的世界消逝在遥远的尽头。俯视昏黄的沙漠,零星分布着土褐色的矮屋,风轻柔地把细沙从最微小的孔隙里送进室内,一口大锅正咕嘟着,不知煮的是什么,香气在低矮的顶棚间扩散。香气托起一粒细沙,贴着沙丘柔和的曲线升起,然后顺着狭长的管道落在深深的导弹发射井中。一个年轻的敌方士兵机械地重复着长官的指令,“就位”的喊声在钢筋混凝土掩体的远处嗡嗡地回响着。

“方位1394,请求鉴定。”

“方位1394鉴定完毕。军用主机,准许立即攻击。”柳火没有间歇,他的鉴定技术简直出神入化。我在独自模拟训练时,每次鉴别军、民用主机时都要花费相当的时间。

“方位5268,请求鉴定。”

“方位5268鉴定完毕。军用主机,准许立即攻击。”每一次柳火都迅速地回应。我是攻击实施者,不需要思考。

鉴定完毕。鉴定完毕。

模拟攻击结束了。令我意外的是,我得了良好。据我所知,我们年级通过这门课程的，最高成绩也只是及格而已。但是，查看作战细节时，我惊讶无比。

"为什么我们摧毁了二十三台民用主机？"我问柳火，语气之间已经不单是感激了，教官告诉我们攻击民用主机是不可忍受的。

"因为模拟器只提供给我们二十三台，"柳火满不在乎地抠着鼻子。就是说，他指引我攻击了所有主机，不管军用民用，他根本没有鉴别。

"可是……"

"可是你能通过考试。"柳火挑起眉毛，似乎在暗示着我应该请他喝酒。

"我不明白。"

"这只是一个简单的原则。攻击课考试时，最大问题是时间不够。"柳火眼睛一下子沉静下来，微笑也消失了，"你鉴别一台主机是军用还是民用需要多长时间？"

"十三分钟多。"

"攻击一台民用主机呢？"

"我没有攻击过民用主机。"

"呵呵，"柳火笑了，眼睛却仍然保持着沉思的状态，"那么攻击一台军用主机呢？"

"平均五分二十八秒。那么攻击民用主机可能需要一分钟。"

"正确。"柳火说，"若一台民用主机未加鉴别即攻击，则可以节省十二分钟以上，这可以用于攻击两台军用主机还有剩余。再计算一下你攻击每一台军用主机前对它进行军用民用鉴定所需的时间……"

一张射向任何平民和军人的劲弩在我的面前张开，薄薄的锋刃上没有一点亮光。

我从震惊里醒过来："可是教官说，攻击民用主机是不可原谅的。"

"我们为什么要教官原谅呢？我们唯一的目的是通过考试。考试成绩计算方法中是如何'不原谅'对民用主机的攻击呢？"

"每攻击一台民用主机……"我明白了为什么我们攻击了所有的民用主机，却能得到良好，因为成绩计算方法中没有对攻击民用主机的惩罚措施。

"培养我们的目的，是让我们具有找到所有漏洞的能力，包括测试系统本身。所以……"柳火有点洋洋得意，"我们喝酒去吧。"

美酒，当它让你的胃痛苦不堪的时候，同时也让你能倾听自己心灵的声音，甚至能倾听别人灵魂的声音。这是柳火后来告诉我的。所以，那一次喝酒时我还不知道这个道理，那时我只知道倾听血液奔流过耳鼓的声音，还有柳火师兄的十多个同去饮酒的同学的声音。

“你能喝吗？”柳火不怀好意地问。

“没问题，师兄。”如果不是在酒桌上，我回答时一定要给出一个标准的立正，怎么能让他小看我。

“那么，请。”柳火举起了杯子，对着十多个同学和我。

大家都把杯子在桌子上一磕：“来，喝到死！”

一饮而尽。火辣的感觉在胸中涌起，直撞向头顶，我的脸一定红得能滴出血来。

大家的声音都从很遥远的地方传来，轻飘飘地在屋子里荡来荡去。

杯子又在桌子上一磕，我当然一饮而尽。

杯子又在桌子上一磕，我当然一饮而尽。

……当然……当然……

柳火神秘地凑过来：告诉你一个秘密。”

我大声说：“我一定替你保密……谁也不告诉。”我盯着酒桌上的每一个人，他们任谁也不会听到。

“攻防课程很容易得到优秀。”柳火说完就停下来等我的反应。

反应当然必须是热烈的，因为攻防课程优秀的学员，毕业后都会保送到九处去工作。从此享受军中最高的待遇，受到无数美眉师妹的尊敬。

“好兄弟，只要你，”柳火的声音低下去，重重地拍着我的肩，“在我死后照顾我的老妈，我就告诉你。”这是入学教育片中的一个情节，他模仿得很像。

我毫不犹豫地喊道：“好，你死以后我照顾你老妈，就像我老妈一样。你最后那句再哽咽点就好了。”

“是吗？……照顾我的老妈……我就……告诉……你。”柳火的表情认真而哀婉，声音里流露出对生的渴望和将死的痛苦，似乎还压抑着伤痛。

所有的人都哈哈大笑。

“不过，能得优秀是真的。”他指着他的同学们，“他们都是优秀。”

优秀确实是真的，而且轻而易举。方法很简单，不防守，只攻击。因为按柳火的计算，在考试进行的这段时间中，敌人也要在大量的主机中鉴别并攻击我们。由于我方大量军用和民用主机的存在，我被发现的概率并不高，而敌人攻击也需要时间，所以在绝大多数情况下，敌人只能攻克我的一台座机，这时我可以用另一台座机完成考试需要的攻击数量。即使我不幸遇到柳火称之为小概率事件的，即刚一上场就被敌人连续攻克两台，大不了重考一次，“死不了人的”。

只是,柳火没有想过,即使挥出的是最锐利的刀锋,执刀的人也仍是血肉之躯。在这个世界上,没有绝对优秀的刀法。当然我也是后来才知道这个道理的。

“好兄弟,酒是什么?酒就是机器的灵魂,就是代码。”柳火举着杯子,在我的记忆里一直微微笑着,歪歪斜斜地站在那里,手里金黄色的代码在透明的杯中沸腾着。

我举杯一饮而尽,透明的杯子里盛着的是无尽代码。代码之前,了无秘密。世界的本源在我的眼前繁花一样绽放开来。

那是我有生以来第一次享受如此醇美甘甜的液体,也是最后一次。

3 绝杀

敌人的代码本身是无害的
它只是使用了柳火代码中的刀锋

不久,在我们配合九处执行任务时,柳火被敌人瞄准绝杀。

上级以为,那不过是自由黑客又一次以经济为目的的普通攻击而已。我们也这样以为,以为目标不过是防守主机、攻克敌人,是一次很好的锻炼机会。但是历史证明我们都错了,那一次攻防改变了以后的网络世界。后来我们才知道,那次攻击中NULL组织第一次显示出了它的存在,那一次攻击也是历史上第一次大规模的绝杀案例。

“你的朋友,柳火,是怎样被绝杀的呢?”对方问。那个在远方另一台计算机前的人想说,“是在一次大规模的断电中吗?”但他只在心里问了问自己。

柳火死于自己的代码。

他所架设的防火墙在保证正常通信时阻止所有的有害代码——包括暴露位置的代码进入系统。但是每个系统中都有许多程序,这些程序中可能本来就存在有害的代码。

武士低垂的右臂肌肉虬结,汗珠密密地渗出,顺着右手紧握的银色刀锋无声地流下,如同敌人的血。他的左手弯在胸前,挽着一面蓝黑的青铜重盾。眼睛透过盾的间隙,凝视着尘土飞扬的战场和白衣长裙在风中婀娜起舞的敌人。敌人的任何箭矢和刀剑攻击都会被阻止在大盾之外,只有朋友的援助和请求才会透过盾。白衣人空空的手臂轻轻扬起,风里的微尘在她的指尖旋转,武士感到盾里面有微微的凉风。当他发现风里的杀机时已经迟了。武士的刀斩向自己的头颅,断裂的肋骨洞穿了它所保护的内脏。风掠过，盾后赤红的尘土飞扬而起。

杀意，本来就在柳火自己的代码之中。敌人的代码本身是无害的，它只是使用了柳火代码中的刀锋。

柳火是我认识的人中，第一个被绝杀的。

后来的故事就很无聊了。

我被分配在九处工作。在攻击自由黑客和阻止黑客攻击的过程中，我融入了他们的群体之中。当然，最重要的目的是钱。柳火的母亲得了重病，我要履行我的诺言，照顾她。开始的时候，我同时在九处和自由黑客中工作。后来，九处的工作转向针对NULL组织，危险性和技术难度都增加了。而同时，自由黑客的生意更好了。退役时，我承认："我从来不是一个勇敢的人，更何况，我的生命首先属于家人。"我的家人，当然包括柳火的母亲。

作为自由黑客，我承接所有的生意，比如这次雇主要求绝杀你。有意思的是，你似乎也接到某个雇主的生意，要求绝杀我。当然朋友，这只是生意，我们彼此没有一点儿憎恨。

"是的，没有憎恨，我完全同意。"

许海放下耳麦，在窗外一片氤氲里线条柔和的远山正逐渐显露出来。又是黎明了。

浓重的雾气正穿透半开的窗口涌入室内，阳光虽然即将驱走露珠，但是清晨的寒气还是很重。

许海两手互握，指节间传出咔咔的声音。一夜的攻防，两手一直伏在键盘上，没有一点暖意，他不禁想起了那个深秋的凌晨，那双柔软温暖的小手，那曼妙多姿的夜色般的长发。

我知道，那不是你。那只是你的影子。

许海取出一张崔健的CD，戴上耳麦。清晨即将开始，喧嚣远远地遁去。"在我绝杀你之前，你愿意听听我的故事吗？"他的声音被分解成几个部分，沿着无数路由进入几台被攻克作为跳板的主机，然后重新编码解码，最后在肖剑面前汇聚成金属质感的句子。

窗外越来越强的光线从侧面投射在肖剑两眉间刀刻一般的痕迹上，让它变得更深。肖剑轻轻地笑了："是你吗？"他没有把这个心中的疑问发送出去。

柳火，我的兄弟，你的灵魂还在机器之中沉睡吗？你会看到多年跟踪后，我亲手瞄准利用大规模断电绝杀你的凶手。我不会忘记那次战役。柳火，我想你会对我编造的故事付之一笑吧？这么多年来，没有你在上铺给我讲卧谈会的鬼故事，我自己编故事的能力也在进步呢。

肖剑的嘴角微微地下沉，是悲哀还是愤怒？

许海的故事开始在网络的另一端分解成一丝一缕。

4 剑舞

在无边暗夜的雪原下
收敛了的刀锋没有一线杀气可以捕捉

我一直在寻找那个喜欢听《一无所有》的女孩，那个在深秋的凌晨给了我的故事一个段落的女孩。

这个在我的身边编织故事的女孩，她的名字是周宁。

当年，我是众多自由黑客中最平常的一个。我为自己攻击了某国军方的公众网站而沾沾自喜，我为又比别人多了解一个系统漏洞或者一个名词而兴奋莫名。在那个时候我的心中，攻击根本不是个问题，或者说我当时还没有学会提问题，直到我加入了 NULL 组织的一个外围小组。

当时我并不知道这是后来鼎鼎大名的 NULL 组织的外围，加入小组，我只是为了学习更多的黑客手段，能在朋友们面前有更多的谈资而已。

“你们要习惯于阅读代码，像自己平时使用的语言一样。”攻击经验丰富的老师背对满满一黑板代码，向面前一个个对他充满崇敬的虚拟形象做着深刻的总结。

我听到背后传来一声轻笑：“肤浅！”一个女孩轻轻的声音。

所有的视线都集中在她的身上。阳光透过云隙照射在那个白衣素裙女孩的身上，她轻轻扬起白皙的手臂，指尖划过阳光里的灰尘，那里显现出五彩的代码。

她的声音清丽而妩媚，溶解了整个空间，“我们的语言就是代码，我们就是代码本身。”

她歪过头看着我的眼睛，然后原地一转，长长的发梢擦过我的面颊。她的手指围住看不见的灰尘，笑意洋溢在眉梢。她指向天空，那里的云层飞卷着散开，阳光明媚地洒在她微微湿润的唇上。那一刻，在我心里，阳光只照耀在她一个人的身上。

后来我知道，她就是周宁，我同门的师妹。

曾经在网络中穿梭的时候，在抽象的虚拟空间里，她出现了。起初像烟雾一样朦胧,后来清晰而实在。是我的梦想,还是现实?

她面色苍白,嘴唇干裂。懒懒地抬起手指:“给我放首曲子吧。”她的声音嘶哑而疲惫。

“可是通过网络,这声音……”

“没关系,即使噪音淹没了所有的信息,只要我知道在这个世界上有个人在为我播放,就好了。”她的眼睛里亮亮的,那是泪吗?

“哪一首?”

“《一无所有》吧,感受……”她的唇轻启,声音的那段采样却淹没在了网络的洪流之中。她想说的是激情,还是绝望?“有一天,我会送你同一张CD,你要仔细地用心去听。”她伸出手指抚过我的额头,“那一天,你会看到我的实体。”

她的手指很凉,低垂的手掌似乎白得透明。

她没有听完,当某一声鼓点响起的时候,她像影子一样消失了。那个时候,似乎有一缕风掠过她的发梢。

课程越来越紧,压力使好多人退出了小组,周宁没有退出,我当然也不会退出。后来我才知道,退出小组的人,后来都在网络中消失了。还有一些事情是后来才想到的,当时的训练都明确地指向一个目的:绝杀,而且是一次大规模的绝杀。

我在周宁的麾下。

战鼓的声音震撼了每一个人的心,剑刃在鞘内都从沉睡中醒来,大声歌唱着劈刺时呼啸的风声。

敌人显然缺乏准备,九处的作战一贯只是针对小规模经济案件的攻击,那都是无组织的自由黑客的个体行为。虽然其中有个别天才,但是那一天,NULL组织第一次显示了有计划有组织作战的力量。

战车横卧,车轮埋在血色的云层里,指向外侧长矛的顶端闪耀着一颗颗黑色的星辰。控弦的战士准确地指出每个落单的敌人骠骑的位置,现实中的箭以最快的速度把这个实体删除,虚拟世界里的那匹马高昂着头,却再也不会长嘶奔腾,连劲风也吹不动它的骑手战盔上的长缨。

但是敌人很快也形成战阵,把铁盾挂在马的前胸开始对战车防线进行不间断的冲锋,长矛刺入铁盾的同时,我们的战车也被冲击得高高翻起。灰尘从战车间扬起,在风里舞动,如同噬血的精灵。我们的战士开始挥起短剑,然后就那样定格,连同脸上圆睁的恐惧的双眼。

战场上很快寂静下来。这是以后的绝杀中常见的场面。战场上的战士都知道,攻击不再只在虚拟世界里展开,每个人都可能在下一刻,在现实中失去生命。

我们融入虚拟的世界,在光与电编织成的图画里徜徉,绚烂的色彩在我们心中早就已经分解为蓝色的背景和亮黄的代码,杀机四伏的战场里,我已把层层缩进的代码张成绷紧的弓弦。代码与我们的灵魂相互接触,像平镜一样的水面上密布的蛛网,一旦有微小的扰动,我的代码的长弓就会准确地瞄准扰动的源头,现实中的箭,会用现实世界的手段,从常规爆炸到地对地导弹,覆盖扰动源头的那只昆虫。

面对我圆张的弓,一个铁甲的武士深深地低伏,左臂的铁盾遮住了他的全身。他猛然一声暴喝凌空跃起,我的手一颤,在武士劈下的银色刀锋里清楚地看到黑色的太阳,烟气蒸腾,杀气戟张。

我看着刀锋向头顶劈下,却无法动弹。我可以向武士全身的任何一处发射,因为他的全部力量都从刀锋里透出来,根本没有进行任何防御。但是他的气势震慑得我连弓都举不起来,进攻的刀锋本不需要防御。我明白了周宁的话,"我们本身就是代码",这不需要去阅读。在刀锋里,我甚至不敢闭上双眼。

但是刀锋没有劈下,武士又重新蹲伏在铁盾之后。我身边周宁的影子正张开手臂,飞集的血色灰尘聚集在她的指尖,如同巨大的羽翼。

周宁对我耳语:"这个武士的实体与我们在同一个城市,但是他不在九处的保护范围内。"

弓弯起,"网络上的主机太多,我无法定位他。"

"我刚刚攻击了变电所的主机,本市正在大规模断电。"周宁的声音里满是疲惫。

这样,正在使用网络的,只有拥有 UPS 的主机,这样被怀疑是对手的主机就少多了。在森林中,很难发现一棵钢铁的树,但是如果森林燃尽之后,那棵钢铁的树就只能是所剩无几的站立的树木之一。

但是武士的气息消失了。他显然发现了这一点,开始在静默中等待。

在无边暗夜的雪原下,收敛了的刀锋没有一线杀气可以捕捉。但是没有人敢进行一丝行动,我们知道,扰动沉寂的人如同在阳光下一样醒目,会立即在刀锋下永远沉寂下去。

一只潜伏的猎豹,令整个战场陷入一片死寂。

在一瞬间,一条若有若无的信息在网络中一闪即逝。但是对于一个控弦的射手而言,这就像暗夜里的闪电一样耀眼。我早已张满的弓沉闷地吼叫,现实里箭的锋刃已经按我指出的方向激射而出。周宁立即切断了我的网络连接,因为这一箭也让我在阳光下显示出来。我看到战场的最后一刻,周宁空空的手臂轻轻扬起,风里的微尘在她的指尖旋转,赤红的灰尘将在铁盾后飞扬。

提示我攻击方向的是一条加密的信息,破译需要几天的时间,那时战役早已结束。但是这条信息的内容已经不再重要了。在这样的战场中,如果存在一条信息发向某个信宿,并且信源正是九处的话,那么唯一正确的推理就是,信宿就是刚刚消失的刀锋。

肖剑任泪水在心里横流:“柳火,柳火。那条的信息的源头正是我。我自以为聪明地想对你说的,‘小心,现在全市断电。’那一天,你没有来九处,对于这样简单的任务,不在九处的保护下远程参加,对你来说也易如反掌。只是我们都没有想到,那一天,是NULL组织的突袭。我对信息进行了加密,却没有想到信息存在的本身,暴露了你。”

没有再接入网络,停电的夜晚应该是惬意享受,我用UPS为CD供电,听了一夜《一无所有》。

第二天凌晨,一个白衣长裙的女孩敲开门,“你是……”

我点点头。她是周宁吗?白衣长裙,还有嘴角淡淡的笑。

“有人托我带给你这个。”她托着CD的手在清晨的阳光下如同透明一样。

光盘的盘套上潦草地写着“一无所有”四个字。周宁?

我拿出光盘,对着阳光出神地看着,光盘的镜面里映出我沉思的面孔。这是一张未刻录的光盘,从光盘螺旋线覆盖的范围可以看出。

“她没有说什么?”

“嗯。”女孩点点头,长发像瀑布一样滑过她略显苍白忧伤的脸,她转身而去,留下隐隐约约的香味。

周宁的声音又在我的耳边响起,“有一天,我会送你同一张CD,你要仔细地用心去听。”

用心去听。

突然我听到空中有风的声音,一个狭长的影子从天而降。来不及回头瞥一眼,我开始疾跑,在身后,火球正从我的住所升起。

周宁是要告诉我,一切都消失了。NULL组织和九处都开始了对我们的追杀。

周宁曾说:“那一天,你会看到我的实体。”那么,那个送来CD的女孩,她就是周宁本人吗?

绝杀

战役中被清理的某一块硬盘
可能就是她灵魂栖息的场所

肖剑把手从已经冰冷的咖啡上移开："后来呢，你又找到了周宁？"

许海轻轻地把CD取出，对着阳光仔细地看着上面细到不可见的螺旋线："我没有再见到她。"

从那以后，周宁消失了，许海也以新的身份开始生活。

那次战役在真实世界里的爆炸和残杀，不仅毁掉了许多年轻的九处战士和自由黑客，也清理了无数的硬盘，许海想到了周宁消失的一个可能。在虚拟世界里完美的攻击，对代码如同对本身一样了解，周宁极可能是编写得很成功的人工智能。战役中被清理的某一块硬盘，可能就是她灵魂栖息的场所。

许海成为自由黑客，开始了不知疲倦的攻击。"像周宁这样优秀的人工智能，一定会有许多备份。那些被我破坏的系统不得不启用以前的备份。也许，其中某一个尘封的备份中就有周宁的某个旧的版本。那尘封的备份总有一天会为我而重新载入，虽然她已经完全忘记了我，或者还没有开始与我相识。"

肖剑低沉的声音："你是否想过，你的每次寻找都可能使周宁隐藏得更深。"这也是肖剑想问自己的问题。

在第一年里，许海常在网络中找到周宁在课堂和实习中留下的形象，回味从前的日子。但是很快许海发觉自己的访问被跟踪，接下来的几个月里，周宁留下的形象逐渐从网络中消失了。起初还能看到几个人在与空气交谈。后来，这些影像也被修改了，凡是与周宁有关的段落都流畅地播放，但不再能看到曾经有这样一个人存在的任何迹象。显然有人在刻意掩盖周宁曾存在的痕迹。如果不是那张空白的光盘，许海可能会怀疑自己的记忆。

"周宁隐藏得越深，我的箭就会因此而磨砺得越锋利。总有一天，我会找到她。"许海豪气满怀，他的技术正是在这个过程中日臻成熟，"事实上，我在你的故事讲到三分之一的时候，就已经瞄准了你。之所以没有把定位报告给雇主，就是因为我需要数据推断，和我交谈的，是你本人，还是你身边的那台计算机。我的目的并不是绝杀，而是寻找。"

听到"三分之一"，肖剑淡淡地微笑，再续上一杯咖啡。也算是不错的成绩，他轻轻点头："可是，越去寻找，距离越远。哪一个更快呢？"

许海沉默。

“那么，我不是周宁，你失望吗？”肖剑键入这个问题，然后推开门，走进了暖洋洋的阳光里。一只白猫被肖剑肩章反射的光刺痛了眼睛，无声地消失在一片初霁的新雪之中。他想，我终于找到了许海，也许我应该和他一起去寻找周宁。

许海笑了，摸出一支烟，点上。他的手很稳定，烟几乎燃尽了，烟灰仍没有断。这是一个标准的黑客。没有失望，也没有惆怅，没有恐惧，没有悲伤。一切仍在按程序正常进行。

即使肖剑这样细心的黑客也无法听到许海内心深处颤抖的声音。

我真的能找到你吗……

……周宁。

6 灵魂

也许，周宁根本不是人工智能
而是一个优秀黑客

也许，周宁根本不是人工智能，而是一个优秀黑客，被绝杀或者不再流连于网络中。

但是我希望她是人工智能，并且最后被许海找到。

机器的灵魂，与其说存在，不如说，我希望如此。

人，有灵魂吗？

1 缘起

在这个故事里
我又怎能比你先流泪

小月是个不善言辞的女孩儿,甚至在网络中也很沉默。周宁教会了她讲故事。周宁说:“讲故事的人首先不能太投入到故事之中,那样的感情是涨满的,要等待,要沉淀,等到技巧和时间让它凝固成文字。就像给人讲笑话,你自己不能先笑得一塌糊涂。在这个故事里,我又怎能比你先流泪?”

但是小月说:“我还是现在就把这个故事写下来吧。明天,也许仅仅明天,我就会把它忘记。”

我们都乐于忘记,不是吗?

2 小月

这个故事
不是用来纪念我的

认识小月的时候,她还是个扎马尾的胖丫头,我们是小学同学。那个时候,我还想不到她会长成身材窈窕长发飘飘的黑客,一是因为那个时候她的体型丝毫没有这种倾向,每次打架都是我输;二是因为那个时候,我们都还不知道世界上还有计算机这东西,更没有想到有一天网络会成为我们的精神家园。

那个时候,小月是少见的不能吵嘴的女生。别的女生可以连续几个小时完全不重复地把负面评价的词汇加诸在男生的身上,而小月每天说的话总共也不过“上课、起立”几个字,那是班主任为了发展她的语言能力而特地安排的任务,但是似乎效果并不明显。

数学老师习惯让大家做完习题后讲讲自己的思路,提问到小月时,她脸涨得通红,一句“我做错了”,便再无下文。老师怀疑她根本没做,让她把错误思路讲一遍,她在一片哄笑中沉默,最后竟然一言不发地走上讲台,写出的却是正确的步骤。后

来她告诉我,她只是羞于用语言表达那么简单的东西。其实我知道,她对于自然语言直到现在掌握得也并不好。

好在我们的教育制度并不考核汉语口语,所以她顺利地从计算机科学系毕业,在一家小公司编码,用她所熟悉的计算机思维和语言,表达复杂的自然和社会现象。报酬不高,但是足以生存。其实报酬取决于岗位对你的需要,而不像我们大多数人以为的,取决于你的能力。

我原以为她的一生会如我一样在平静中度过,直到那一天她上了法庭。她是作为被告之一出庭的,一家证券公司控告小月所在的公司侵入了他们的系统,窃取并修改了关键数据,据称小月是入侵事件的主力黑客。证据确凿,小月所在的公司在宣判后就倒闭了。但是面对小月一片空白的个人计算机,法庭认定攻击者是她的"某个"同事,无法认定发出攻击的就是小月,她被判无罪释放。

她虽然无罪,但是却失业了。在小月很珍惜地泡上最后一袋方便面的最后半块面时,有一家公司请她去工作,薪金不菲。那是一家私人侦探社,有时需要通过网络或解读加密数据来处理业务。小月告诉我,后来她入侵老板的计算机才知道,向这家公司推荐她的人,正是当初怂恿她原来的公司侵入证券公司的那个人。

那个人,就是后来教会她讲故事的周宁。

周宁带给她一个全新的世界。在从别人的计算机中读出可能连它的主人都无法解读的数据时,小月认识到,在这个世界上,总有一种职业完全是为某个人准备的。

"证据就在这块硬盘中,但是找不到它。"一张焦急的脸。

小月沉默,点点头,肩上的长发瀑布一样。

长长的睫毛轻轻地颤抖着,指尖如同舞蹈般在光洁的键盘上划过,偶尔推动或轻击鼠标,整个人似乎沉浸在了那个没有实体只有数据的世界。她的光标停在森林中夕阳投射下的一片青色,小声说:"这儿。"无声地,数据如同清幽月色下的清泉,从一层层枯黄的落叶下面涌出,漫过碎石的棱角和花瓣的清香,闪烁着银色的光芒。

"你是怎么找到的?你怎么知道在那里?"

小月的一缕长发滑落下来,遮住了她的眼睛:"不是寻找,它在等我。"

我对这样的结果并不感到意外。在现实生活中,从来没有什么人能在小月的面前隐藏什么东西甚至情感。也许,沉默让她更能倾听自然和他人的声音。当然,如果把她的判断依据都说出来,也许就不那么神秘了。我们曾经一起打扑克,小月每局必胜。有一轮，我一手好牌还是输掉，只好说她知道我手里的牌，否则不会这么冒险出击。我以为她会辩解，但她只是指指我的眼镜，笑了。我才知道，她通过我镜片的反射能清楚地看到我的每一张牌。

小月说："不对，故事不是这样的。在遇到周宁前，没有故事。"

窗外无边的暗夜正在蔓延开来，每一个树梢都沉静得如同当年的小月。她的发丝就在这样的夜色里弥散着充满了整个世界。

我的手指抚过屏幕上冰冷的文字："难道你不能允许我这样纪念你，通过你的故事？"

"这是周宁的故事，或者说，这是曾经属于我们所有人的共同回忆。在这里，没有你，也没有我。"网络的那端沉寂了很久，也许那些数据包如同暗淡的星光，正载着记忆穿越漫长而浓黑的夜，"这个故事，不是用来纪念我的。"

"那么……"

"你最初就错了。故事的标题不应该是《暗月儿》，而是《我泪长流》。"我听到网络的那端，凝视我的那片数据发出了长长的无声的叹息，"就把它献给另一个世界里的、曾经的、我的家园。"

3 暗月儿

在0和1的世界里
只有数据和代码存在

据说有另一个故事在网络中流传，里面有一个女孩儿也叫周宁，她是机器的灵魂。但是小月告诉我，周宁是一个与你年龄相仿的男孩儿，瘦削、苍白，手指修长。他的脸颊修长清秀，眉飞入鬓，眯着眼的时候，脑后的金色马尾随风飘起，似乎能听到背景中有隐约的排箫。有人说，周宁看起来似乎按奇幻小说里的精灵弓箭手整过容。

当然，整容这种事只能当做笑话。网络中的虚拟形象谁又能追究他与现实中的我们有多少相似，又有谁能说清那个虚拟形象是不是已经脱离我们而独立在那个没有实体的世界中存在？当所有的网络断开的时候，是不是有一群无翼的精灵，在无边的冷夜里孤独地歌唱？

这种事，根本没有人去追究。正如在那个故事里，长发白裙的女孩儿周宁和这里的男孩儿周宁。当然，网络只有一个，所以，那个周宁和这个周宁肯定生活在同一片蓝天下。

"我看到夜正在褪去,第一缕阳光出现之前,能完成这个故事吗?"小月的声音在空旷的网络里回荡。

好吧,小月,我们开始周宁的故事。小月,是我对她的称呼。在网络中,黑客同道们称她为"暗月儿"。这个昵称,是在一次攻击后开始流传的。那次攻击也是周宁第一次出现在小月的世界里。

森林里的墨绿色在缓慢地流动,似乎有一个丑陋黏滑的生命在大地和树干之下伸展。如洗的天空铺开蓝水晶般的光泽,被横在繁复的树条间的藤蔓撕扯得粉碎。只有刺痛眼睛的阳光掠过所有的障碍,砸在升腾起黄绿色浓雾的沼泽上。丛林中,低沉的猛兽的呼吸不知在哪里飘移。

小月平伸双臂,细瘦的腕上金色的符咒在风中奏出清丽的歌声,她看到的只是没有色彩和温度的代码。在0和1的世界里,只有数据和代码存在。

符咒的歌声在枝叶间穿行,草叶飞花如同被利刃切割般簌簌而下,沼泽沸腾。一个少年突然从沼泽浓黑的液体里跃出,似乎被卡着喉咙似的大张着嘴,远远地抛开手中的长弓,双手按住头。然后,他狰狞的形象在半空中轰然破碎,形成的碎片稀稀疏疏在风里飘散。

"还有最后一个。一对一。"小月无声地在心里说,即将胜利的喜悦没有让她有半点停留和放松,她的眼睛冷冷地穿过没有尽头的雨林,那雨林的后面,是灰色的数据在流淌。阳光穿透她的长袖,在身后留下虚幻的影子。

这是小月加入的一个以学习和研究攻击技术为目的的黑客小组发起的一次比赛。小组名字是NULL,这四个字母在计算机中的含义之一是"空",正如现在的战场,刚刚还满是马嘶弓鸣,参赛的两组选手争斗不休,突然之间这里除了小月之外空空如也。但是系统显示,还有一位对手始终没有发起攻击,他的气息隐藏在无声的数据之后。

一滴露珠在草叶上滑过,露珠形成的半球把草叶的脉络清晰地呈现出来,枝枝节节,如同织就这个世界的网络。枝节之中,又分出新的枝节,当仔细看时,新的枝节上又聚集了更小的枝节。当小月意识到自己正在注视着这叶片子时,分形运算早已占用了她的宿主计算机的部分CPU时间。露珠上太阳的光芒突然照亮了小月眼睛里的恐惧。虽然只是一滴水,但是它反射了整个世界的影像。小月听到手腕上符咒破碎的声音。强烈的光芒里,当她手腕上第一根纤毛开始消融为代码的时候,小月的意识渐渐迷失。

“很强的阳光，照得人看不清楚代码的结构。”小月后来说。

当森林的叶片全都化为银镜反射太阳的光芒时，小月的身影如长虹般跃起，划过一条优雅的弧线，长裙在风里舒展，上面纯白的符咒在保护她的同时被赤色的阳光燃起暗青色的火焰。终于，几乎无声地，小月消失在深黑的沼泽里。溅起的墨绿水花在空中纷纷化为气体，咝咝的啸叫被厚重的森林压回水中，沉闷地回响着。

只有那里才没有阳光，才能让她沉静下来思考。

这是虚拟的森林，阳光终日照耀在大地之上。如果对手攻击了比赛系统，渗透在阳光这样正常的而又无所不在的代码中入侵，如何阻止？小月沉在漆黑的水中，沼泽的腐臭把她紧紧地包裹起来，让她难以呼吸。现在她明白，被她从沼泽中逼出的少年弓箭手实在是个了不起的黑客，耐心、坚忍，只是缺少了些运气。

深潜，深潜，阳光消失在小月的视线里。安全了，但是，躲藏是无法结束战斗的。

网络，代码，体系结构……计算机的灵魂呼吸的原理。小月在黏稠的液体里轻轻伸展身体，天鹅般的头颈向后弯曲，长发如水草的茎蔓随着虚拟世界的心跳飘荡，绷紧的双腿也向后直直伸出，渐渐与头颈接成一个暗黑的环，代码如符咒般在网络中开始连接。她的一只手向后伸入环中，玉色的手掌沉在越来越浓的黑色里，渐渐变得模糊，另一条手臂突然向上弹出，长袖如同在烈风中鼓荡，激越悠长的女声缠绕着森林中的每一片叶子。整个沼泽的黑色连同森林中每一片银色的叶子腾空而起，在半空中融合为巨大的球，仿佛一轮银色与黑色杂错斑斓的暗色月球，遮挡住无所不在的阳光。森林的枝条失去了阳光，枯萎的声音在四下里同时响起，似乎有无数只巨大的食草兽在咀嚼这个墨绿色、黏滑的生命。

有一缕阳光挤开空中黑色的球，直直地射向站在沼泽底部的小月，金色长箭的尾羽与空气激出尖锐的声音，如同万千魔鬼在咆哮。小月舞蹈般旋转着身体，广袖长裙在一片黑暗中隐隐闪亮，整个沼泽底部失去了水分的沉年淤泥，化作漫天的微尘，在小月细长的指尖旋转，一道五彩的细线直刺入那束阳光的来源。黑球的那一面，太阳碎裂成点点星辰。在天际云端，熊熊火海跳跃的光芒映衬着赤色的月面，一道不住爆炸的暗红色的光环圈在暗月冰冷的轮廓外面。在广大的枝条蜷缩的森林上空，绚烂的日食正照耀着整个世界。

小月把手臂收在身侧，抬头看着天空，嘴角眉梢都弯弯的，无声地笑了。

“在那么强烈的阳光里，我看不到要攻击的目标，所以我攻击了所有连接到构造赛场主机的路由器——它们是所有参赛者和观众从网络中到达这里的途径。那个迫不及待地突破我设置的障碍，回到赛场的人，就是我当时唯一的对手，他叫周宁。”小月在网络的那端无声地笑了,我知道她微露的牙齿在笑靥边一定一闪即逝。“可惜观众们都无缘看到最后的战斗实况,只能通过系统自动记录研究我们的战术。那个时候,整个世界只有我和周宁。”

“那以后,他们就昵称你为‘暗月儿’?”

“我让你也这样称呼我的。”小月在网络的那端仍能洞察我的感受,“如同你猜测的,我喜欢这个名字,是因为它与周宁一起到来。”

4 影子

只是,虚拟世界里的身份
谁又能知道身边落魄的巨人会是曾经的影子呢

夜。主机风扇的声音单调而枯燥,积尘的风扇叶片后面是无底的深渊。在那里,夜的精灵们在载歌载酒。

小月让酒杯微微摇摆,和着城堡里的音乐,高高的枝形灯盏为每个在大厅旋舞的人投下狂乱的影子。

“今夜,又一批新的黑客通过了 NULL 的进修班结业比赛。”一个模糊高大的影子高举起鲜红的美酒,“让我们痛饮!”

“NULL!”无数声音在网络的每个角落里应和着自由黑客团结起来形成的名字,城堡都在碰杯的声音里颤动。在 NULL 的羽翼下,无数自由黑客放弃了单独作战的习惯,形成攻守同盟,变得更强有力。富有经验的黑客有组织地把安全和攻击的知识传授给年青一代。比赛时,周宁的一方正是代表师兄们考核小月这些新人的能力。

周宁对小月点点头,举起杯子:“真想不到你能创造出日食这样的攻击方式,敬你一杯。”

小月不敢直视周宁的眼睛,只微微地笑着。

周宁弹击杯子,发出清脆的声音:“给你讲个故事吧。”

小月低下头,长发轻飘。她没有摇头,也没有说话。

空气在流动,有新的人加入谈话。小月不需要抬头就能感觉到,那个气势逼人的,是年轻的许海,被她从沼泽里逼出的倒霉的弓箭手;另一个却是几乎感觉不到气息的影子,小月是因为被那影子凝视才感到他的存在。

“你们在讲什么?”许海似乎有意大着嗓门嚷。

周宁微微地笑着，鼓励地看着小月。小月挤出一声："……故事。"

高大的影子似乎注视着每个人的眼睛深处，他的声音像是从很远的地方飘来，有点沙哑有点缥缈："周宁，论坛上有人对小月制造日食令观众无缘观战颇有微词。封了吧。"

小月看到周宁昂起头，仰视高高在上的影子，说："不。"声音不大，但是小月的耳鼓生疼。近处的几个人纷纷转过头来，一脸的诧异。

小月一下抓住周宁的手，感到他冰冷的手在颤抖。许海连忙哈哈大笑，对影子和大家说："这个小子准是又喝多了。"

"是啊，酒不是实体而是心情。谁说虚拟世界的酒不醉人呢？"影子笑笑，轻轻拍拍周宁的肩，准备转身离开。刚才被吸引来的人都松了一口气，准备继续歌舞欢笑。

周宁握了握小月的手，对着影子的背："你说过，凡是向你挑战，胜了的人就能拥有 NULL 的整个论坛。"

"是。"影子不动，也不转身。

"我想试试。"

这是小月与周宁的第一次接触。周宁握住她的手，向那个令整个虚拟世界屏住呼吸的人说："我想试试。"那一刻，周宁的手冰冷颤抖。小月知道，恐惧正从他的心底升起。为什么他要选择战斗？

在那之后很久，小月捧着周宁的脸："为什么要违背他的话，不就是封住个把人的嘴吗。是因为我用日食战胜了你？是因为你不喜欢日食这样的技术？还是因为……'我不同意你的观点，但是我用生命捍卫你说话的权利'？"

周宁笑了，小月在这样近的距离上注视他年轻的脸。"因为发表对日食意见的人正是许海。他是我的朋友。"他补充道，"我，很喜欢日食。还有，那天我要讲的故事……"

"嗯？"

周宁止住笑，望着远方："那个故事本来是，许海想让我在那天的聚会上告诉你，他很喜欢你。"

"我的心，只属于英雄。"

当周宁第一次握紧小月的手的时候，那一刻也许是无意的。当他的手在她的手中颤抖的时候，小月心里想说的就是这句话。勇敢，就是明知必死，以死赴之。

但是她没有机会表达，因为湍流的数据奔泻而下，一瞬间整个大厅就幻化为古罗马的竞技场，残破的瓦砾混在未建设完成的灰色数据块中，线条古老而抽象。

影子拖着长戟奔突，地面上划出深深的沟痕，激起的黄褐色长烟在他们上空久久不散。长戟与地面上偶尔出现的砂石划擦，发出长长的刺耳的声音，像是谁在刮着大地的脊骨。

角落里，显得分外矮小的周宁蹲伏在一面青黑的铁盾之后，汗湿的左手紧紧挽住盾钮，右手的长刀不住地抖动，虽然按在盾侧，仍发出咔咔的撞击声。

周宁在盾后的眼睛死死盯住黄烟中的影子。有那么一瞬，影子似乎一顿，然后半空里蓦地响起霹雳之声，黄烟凝结成一柄长戟，挟着暴雨般的气势，穿越大半个竞技场直砸向周宁。长戟的轨迹后面，烟尘高涨。

小月不由得闭上眼睛，听到周宁的盾面发出大地崩塌一样的声音，脚下的大地传来阵阵摇动，震得心脏几乎都无法跳动。

似乎过了很久，烟尘裹住所有人的视线。雷霆一击的声音也让人们无法听到任何声音，除了巨大的、嗡嗡的回响。终于能够听到的第一个声音是烟尘再次凝聚时的啸叫，终于能够看到的第一个物体是正由模糊变得清晰和锐利的长戟的锋刃。盾面后的周宁，像一块千年的石头，满身尘土，动也不动，右手握刀的虎口中血液都凝固在泥土里。完全看不清周宁的表情，但是小月知道他惨白的脸上一定满是刚毅。

没有气息。只要对手觉察不到自己的气息，就无法攻击自己。长戟不攻击的时候，周宁无法察觉他的位置，但是长戟攻击的时候，周宁只能保护自己，无暇他顾。于是，周宁的气息也从铁盾后消失了。灰样的影子无所畏惧地显露出自己攻击的气势。但是影子的位置并不在那里，他的IP像幽灵一样不断变幻。

寂静。死一样的寂静在空中张开无形的大网。在一片完全的寂静里，长戟疾风一样突刺，呼啸开始在空气里弥漫。

暗月儿闭上双眼，舒展长袖里的手臂："许海……听！"

弓箭手具有最敏锐的视力和听觉，他们嗅探着网络中一切呼吸的声音和心跳的痕迹。网络中的一回眸一翘首，无数危险的气味就散布在空气里，随着交换机闪烁的信号灯传递到下一个路由器。弓箭手捕捉着其中任何有意义的指令和信息，为身后的攻击者指出方向。

许海的长弓虚张，在空间里搜索，暗月儿听到绷紧的弓弦声在劲风的吹袭下如素手抚过铁筝，不绝于耳。

许海的长弓突然满张，朝向一个空虚的位置。暗月儿翻过手掌，手指弹击，指尖的尘埃凝成细碎的刻满符咒的弹子，直飞而出。虚空中弹子在烟尘里划出清晰的轨迹，在弹子之后，湍流的空气发出毕剥燃烧的声音。

在弹子轨迹的尽头，魁伟的影子瞬间显现，横戟一隔，弹子无声地没入长戟的柄中，伴着许海弓弦弹开的声音。来于尘土，归于尘土。

弹子的灰尘散去，白衣素裙的暗月儿的双手已经按在戟柄上，在她的手与戟之间，符咒正流溢着耀眼的光彩。

就在此时，影子的身后，满身黄土的周宁在半空里甩开铁盾，双手握刀跃起，从影子的头顶，立刀劈向仍在执戟隔挡的手臂。这时，许海的弓箭才飞到近前，暗月儿回手轻轻一挥，卷在袖袍里。

周宁没有劈下那一刀，后来他说，他曾经很佩服影子，只是为了朋友不得不打这一架。那一战后，影子扔掉断戟，依次拍了拍周宁、许海和暗月儿的肩膀，然后就散在风里，从此也从网络中消失了。也许他以后还来过，只是，虚拟世界里的身份，谁又能知道身边落魄的巨人会是曾经的影子呢？

小月说："其实我们败了，因为我们违背了单独挑战的规则。"

周宁说："其实无所谓规则，战斗本来就没有规则。只是我不明白那时你为什么帮我，影子他本来就是为了维护你。"

"其实我说过了，只是你没有听到。"小月没有说出下面的话，她还是习惯于沉默，"我的心，只属于英雄。"

许海说："真好。哈哈。"

从那以后，NULL 成了一个没有站长的论坛。那里，有一个总是笑骂别人也经常被大家笑骂得抬不起头的周宁。

5 我泪长流

青色的火焰熔尽了其中的杂质
把所有的情感锻炼成金色的符咒

携手一起入侵的日子，快乐无比。

周宁把脸都埋在大杯的啤酒当中，呼噜呼噜地痛饮。暗月儿小口啜饮着咖啡，突然扑哧一乐。

"怎么？"周宁抬起头，嘴边还挂着啤酒的沫。

"想起来就乐，那帮家伙唧唧歪歪的，都攻击他了还跟我们讲什么道理？"

"他们是热爱理想的热血青年嘛。"周宁的语调不无讽刺。

"满以为他们天天叫嚣，有多么厉害呢。没想到，技术都太幼稚了。怎么竟然有人出钱攻击这种弱智论坛？”

周宁没有回答，自顾自地说：“听说过一个说法吗？学理工科的花了大半辈子研究某个项目，学文的开个会，就否决了这个项目——人家讨论的是该不该做这个……呃……对人文关怀产生重大影响的东西。”

“真是一塌糊涂。”小月笑，“还讲些大道理……”

周宁学着那个长得五四青年一样的家伙文绉绉的腔调教训着：“当他们逮捕共产党员的时候，我没有说话，因为我不是共产党员；当他们逮捕工会成员的时候，我没有说话，因为我不是工会会员；当他们逮捕犹太人的时候，我没有说话，因为我不是犹太人；当他们终于逮捕我的时候，已经没有人为我说话了。”

小月学着周宁当时冷冰冰的语气：“别对我说同情和正义，我是一个技术人员，是雇主的拳头，与拳头对话是没有意义的。”

他们刚刚按雇主的要求，攻击了某个论坛，让它倒掉了，连互联网上留下的痕迹也清理得很干净。

“我说不下去了。”小月又像当年那个总是沉默的小女孩儿，无声地哽咽。我伸出手去，冰冷的屏幕隔开了我们的世界。

“如果我能够，我多么希望能让你快乐。”我的手抚过键盘，如同抚过她的发丝。

小月的声音有点沙哑，“如果我能够，我多么希望生命就永远停留在那一刻。”

“天，就要亮了。”我不忍催促。

她面色苍白，嘴唇干裂。懒懒地抬起手指：“给我放首曲子吧。”她的声音嘶哑而疲惫。

“可是通过网络，这声音……”

“没关系，即使噪音淹没了所有的信息，只要我知道在这个世界上有个人在为我播放，就好了。”她的眼里亮亮的，是泪吗？

“哪一首？”

“《一无所有》吧，感受……”她的唇轻启，声音的那段采样却淹没在了网络的洪流之中。她想说的是激情，还是绝望？

渐渐淡去的夜色里，小月的声音在旋律里升起。

周宁放下杯子：“对了，还有一件事儿。咱们不能在NULL论坛上见面了。”

“怎么，你最近很忙？”小月担心他的身体。

“不是。”周宁停了一下，“论坛要关闭了。”

“关闭？为什么？”

“上面的命令要求的。”

“命令？”

“没有告诉过你，我是军人，隶属于情报九处。”周宁没有给小月惊讶的时间，“命令要求采取措施关闭 NULL 及类似的论坛。”

“可这是纯技术性论坛……我们……”

“服从是军人的天职。”

暗月儿想说，这里是我们相识的地方，是我们共同生活快乐忧伤的地方。但是她只是说：“天职对你那么重要？”

“我只是履行职责。”周宁的脸在灯光下如同大理石一样坚硬。

“你只是懦弱！”暗月儿抓起周宁的酒杯，指节深深地勒在上面，几乎要握出其中的代码来。

周宁冷冷的说：“别对我说同情和正义，我是一个军人，是国家机器的拳头。与拳头对话是没有意义的。”

暗月儿沉默。

“在这个世界上，有比技术强大得多的力量。无论在网络中你多么无敌，在现实中也只是血肉。如果你参加剿灭 NULL，爱情在等着你，还有……”他似乎在斟酌措词，“生命。”

暗月儿沉默。

“最后请你做件事。明天凌晨，把一张空白光盘送到文件中的这个地址。”周宁传过来一份加密的文件，“对了，在盘套上写几个字，上面就写《一无所有》吧。现在，再见。”

暗月儿跳起来，把酒用力地泼到周宁的脸上。但是哭泣让她的力气全都消散光了。她大叫：“我不喜欢你！”

周宁冷冷地回答：“我也从未说过喜欢你。”

正是《一无所有》的音乐停止的时候，小月又停下来，她低低的啜泣在网络黑暗空旷的隧道里清晰地回荡。

过了好一会儿，小月发出淡淡的声音：“那一夜，黑客的世界里出现了一种新的技术——绝杀。”

她在谈论技术问题的时候，语调如同周宁一样冰冷：“网络技术人员确定黑客在现实世界中的位置，这被称为瞄准，然后全副武装的战斗人员击毙没有抵抗能力的黑客。周宁说的对，我们都只是血肉。在编写代码的时候，我凭天生的直觉意识到，接下来的将是什么样的战斗。”

热的、浓黑的、苦如生命的茶。

冷的、光彩的、痛苦涅槃的网络和代码。

暗月儿近乎透明的指尖在灰色的键盘上缓缓地跳跃，如同她沉重的叹息，纯黑的屏幕上亮晶晶的光标在迅速向后移动，有如她脸颊上氤氲的泪水。

这个定义，为了在 NULL 我们永远留下的哭泣吧；这个声明，为了 NULL 曾给我们的欢笑吧；这个函数调用，为了与那个阳光的、执盾的周宁的相识吧；这个返回值，为了我在那个一塌糊涂的站点伤害过的心灵吧。

我并非 NULL 的常客，但是我相信，现在一定有更多的如我一样在网络的家园中无家可归的孤儿；我在 NULL 上所做的不过是灌水和潜水，但是我相信，现在一定有更多的年轻人无法把这样的代码再贴在心爱的讨论区上。

家，在烈火中燃烧，而我们只能任泪水长流。那里有我们深爱的亲人，有我们笑骂的仇敌。但是，现在 IP 却让我们生活在另一个世界。我的手能穿过 1 和 0 间无穷的空间，可是你却再也无法触摸我刺痛的心。

代码在哭泣。

编译器是黑色的熔炉。暗月儿把爱和恨、把故事和回忆都编织在 main 函数之内，投入到火中，青色的火焰熔尽了其中的杂质，把所有的情感锻炼成金色的符咒。当暗色的尘埃在我的指尖聚集，在复仇的火焰中，你能读到这些符咒中对你的深爱吗？

就请允许我，把这些代码这些文字，献给那一刻吧。在那一刻，你抛弃我的那一刻；在那一刻，在我终于决定将攻击你的那一刻——你知道吗，我泪长流。

6 绝杀

那里没有永生的代码和数据
只有闪着永恒光芒的黑色的太阳

小月说：“我已经感到太阳的热量，让我自己来把这个故事讲完吧。”

我也看到，东方曙光即将升起，白昼是永恒的没有梦的世界。屏幕上的文字自己飞快地一行一行排列下去，我知道，那是暗月儿的心在倾诉。

黎明即将到来。

网络本来是沉重的铅幕，厚厚地把黑客与世俗隔开。在代码光彩的照耀下，无数彩色的灰色的黑白的精灵在鼓翼飞翔。这一夜,所有的梦都醒了。

午夜的时候,NULL 的成员们都集中在论坛上,心中存着一丝希望,也许,论坛并没有被绝情地关闭,也许,最终网络仍会把世界缩成一个村落。

从没有亲眼看到一个生命在我面前消逝,那种枯萎,是一种永远伤心的痛。我知道论坛并不是突然就消失的,因为我清楚地感觉到它关闭时电流丝丝减弱时的苦楚持续了漫长的时间。

愤怒的自由黑客们失去了平时的理智,贸然发动进攻。虽然攻击时已经自然地形成了战斗集团,有部署有组织,但是他们忘记了自己只是血肉之躯。军方的技术人员迅速瞄准定位,现实中的战斗力量不需要了解一丁点的计算机知识,他们要做的只是周宁所说的服从命令,扣动扳机。

在狭窄的战阵中,烟焰冲天。烈马长嘶,一个敌人的武士被铁甲战马上的长戈洞穿胸膛。铁戈横挥,一架敌人的战车碎片飞溅。一只异样的雕翎从尘雾中飞出,崩地没入马上战士的右肩。那张因痛苦而扭曲的脸转过来,那是瘦削的弓箭手许海。

许海哈哈大笑着拔出箭,却感到从未有过的寒冷。

我静静地看着许海,想伸出手去,却一动也没有动。我的呼吸与网络脉冲的节奏相一致,丝毫的动作都会让敌人发现我微弱的气息。危险的符咒在我的腕上铮铮呼啸,他们却不能听到那致命的声音。有人说,二进制的网络中只有 1 和 0,但是对我而言,1 和 0 间有无穷的空间可以穿过。周宁,我和你之间是不是也有无穷的距离?在 1 和 0 间无穷的缝隙里,我似乎看到一个模糊的影子,那速度恐怕只有潜息的周宁才能具有。我追踪这影子,看到了刚才奋战的许海。

一面黝黑的铁盾无声地显现出来,后面蹲伏的是右手握刀的黑甲武士,他肌肉虬结的手臂上汗水缓缓地漫过刀锋。许海仍然没有听到他,但是我已经在许海的侧面舒展开手臂,切断了许海的网络连接。他最后看到的,应该是我敬佩的微笑。

黑盾武士的身上散发着周宁沉稳的气息。我空空的手臂轻轻扬起,风里的微尘在我的指尖旋转,长裙在风中让我舞姿婀娜。周宁,请让我为你展现最后一次美丽。我指尖上的气流咆哮着,银色的尘埃飞速聚集,苦如生命的代码燃起闪亮的火焰……为了我们栖身的网络,为了在网络的夜空中我们自由的翅膀,为了我爱过的仍在深深爱着的周宁。

我攻击了敌人的指挥系统,把黑盾武士的位置指给他们的武装人员。服从,是军人的天职,他们会毫不犹豫地执行。

当赤红的沙尘在黑盾后爆起的时候,我看清了黑甲武士那修长的脸颊,他金黄的马尾在猛烈的风里凝固不动。就让我这样静静地注视着你苍白的面孔,那斜飞入鬓的眉,那惊讶而哀婉的眼神。让我在这样永恒的凝视中拥抱你,停止呼吸。

沉重的黑色压迫得我无法呼吸,双手仍然搭在键盘上,但是身子渐渐向后仰去,我重重地摔在地板上。

就让我沉睡吧。在梦里,没有人能阻止我们,请你紧紧、紧紧地拥着我。在梦里,让我们举着即使残破的翅膀,在网络暗黑的夜空里,自由地飞翔。

凌晨,在第一缕阳光照射到我苍白的脸上时,我才从梦中逐渐醒来。昨晚的,那真的是梦吗,仅仅是一个可怕的噩梦?当我的目光重新聚焦在显示器上的时候,泪水涌上了眼眶。

我胡乱地把一张空白光盘塞在盘套里,在上面潦草地写上《一无所有》。是的,一无所有。网络、爱情、梦想。

默记住那个地址,然后销毁。素衣白裙,踏上去那儿的路。也许,在路的尽头,是微笑的周宁在等着我?

清晨的阳光照射在那个开门的少年的脸上。他苍白瘦削,但是眼里充满激情。有那么一会儿,阳光的气味让我有点眩晕。但是,他不是周宁,他没有周宁那种沉稳那种冷。这气质倒更像是许海。

"有人托我带给你这个。"说这话的时候,我多么希望他能说:"就是我让你来的呀,傻丫头。我是周宁。"

可是他无言,只是拿出光盘,对着阳光出神地看着,光盘的镜面里映出他沉思的面孔。

"他没有说什么?"

"嗯。"我点点头,长发像瀑布一样滑过那张苍白忧伤的脸。我只有转身而去,只要再过一会儿,最后的希望破灭的痛就会让我泪流满面。

那当然不是周宁,接收光盘的人,他不是周宁,我早就该想到的。周宁,已经被我绝杀。

心狂乱地跳着,我跑回自己的家。当我站立住,从迷惘中醒过来的时候,发现自己站在一片焦糊的废墟旁边,我的家,那里仍然浓烟滚滚。

在现实世界坚固的土地之上,那里没有永生的代码和数据,只有闪着永恒光芒的黑色的太阳。

周宁,是你救了我吗?周宁,你还活着吗?我蹲在地上,嘤嘤地低泣。

7 缘灭

即使暗月儿这样能找到所有隐藏秘密的黑客
也无法听到自己内心深处颤抖的声音

直到现在,小月仍然不愿相信那个曾经给了她梦想的周宁是个胆小的叛徒,她清理删除了网络中所有与周宁有关的痕迹——与其亲手毁掉玉石，宁可相信它从未存在于自己的生命中。她也发现了网络中另一个以暗月儿的形象出现的“周宁”,那是许海眼里的周宁。这时她才想起,其实许海从未单独对自己说过一句话。

模仿自己形象的周宁,是曾经喜欢过自己吗?

在那场战斗中,无数机器的和战士的灵魂都脱离了原有的宿主,在网络和夜空里徘徊。周宁,你也在其中吗,还是正在凝视他们的那双眼睛?

当暗夜袭来,纤长手指的影子漫过整个世界的梦境,暗月儿的发丝掠过无数机器灵魂最隐秘的角落。

寻找你,周宁。

只是,当黎明到来的时候,暗月儿的影子就在第一缕阳光中蒸腾消散。永远也不能在一夜间搜索遍世界上所有的机器,明天,你的灵魂又寄宿于另一台机器了吧?

“如果暗夜没有尽头,或者我从未遇到过你该有多好?”

即使暗月儿这样能找到所有隐藏秘密的黑客，也无法听到自己内心深处颤抖的声音。

我真的能找到你吗……

周宁?

同学聚会

TONG XUE JU HUI

要不是为了参加同学聚会，我才不会替李胖子值夜班看网吧。

二十年前的同学都已经有家有业有工作，谁也没空白天聚会，只能晚上聚聚，还要在网上进行。可怜我虽然是搞网络的，每周也只能挤出两个小时的网费——说起来你还别不信，二十年前，你会认为电工用电不花钱、水暖工用热不花钱，或者，超市的理货员买东西不花钱？

自己混到这个份儿上，用文一点儿的话说，已经“羞于与同学为伍”了。我过得好一点儿的时候，曾经把一个白色小木牌支在大街上，上面刷着红字“LAVA / .NOT / D++”等等我会的东西。其时，我的左边是“刮大白”，右边是“电锤”。“电锤”还颇对我不屑一顾，人家毕竟是有生产资料的人，我却只有自行车后货架子上的一个键盘而已。

但是我当年是班长，好歹是计算机系N条好汉之一，大家要求我一定要到场，只好替人值班看网吧，就为了上网不花钱。

其实值夜班没什么活儿干，网吧这种历史陈迹，白天都门可罗雀，更不用说晚上。今晚，只有一个客人，头发乱蓬蓬的，胡子拉碴，缩在一个角落里，一下一下捅着键盘，显示器上冷色的光照在他的颧骨上，脸上的影子显得更瘦。

“包宿(xiǔ)八块，先交钱。”

他的钱油腻腻的，全是零分零角。

收了钱，锁了门，连上同学录，戴上人机接口。一大群熟悉的陌生的面孔让我的眼眶一下子湿了。

“啊呀，你胖多了，都认不出来了……”

“呵，几年不见一下子成熟这么多啊……”

“哪是几年哪，有快二十年没见了吧……”

“后悔当年没答应我？”

“胡扯……”

“校庆你回去不……”

早知道衣冠楚楚演化成了贬义词，不过，看着眼前这些意气风发的中年人，我还是找不出什么别的词儿来。再没有当年校园里的幼稚了。

“班长呢班长呢？哎，你见班长了吗？”

我差点张开两臂冲过去。叫我的是小三儿，当年看球赛时一个支持德国一个支持意大利，差点动起手来。

“先生，贵班班长今天不能到了，他没有时间登录。他留言说祝你们聊得高兴，把下次聚会时间通知他就可以了。”我礼貌有加。

“你是谁啊？”

“我是今天的聊天室管理员，竭诚为大家服务。”我当年就职时也是这么说的，“竭诚为大家服务”，不知道老同学们可还记得否？

大家转头聊自己的，不理我这个外人。“知道老砍吗，他叫什么名儿来着，听说他现在可牛了。”

“那不，来了。”

老砍已经没有一点儿当年的影子，西装皮鞋的，满面红光，头顶微秃。

“老砍，走路都晃啊。”一个说。

“啊，呵呵。在刚果有个工程，没有虚拟现实，只能将就找个网吧用卡通形象了。”

“那不就不能比你的小肚子了？”一个开着玩笑，“你没来的时候我们都互相比过了。”

“等我安上触觉传感器……怎么样。”

“油挺厚哇。”

这些 CXO，早就把中间的 X 从 A 枚举到了 Z，恨不得把希腊文也拿出来凑出个 CωO、CπO 来给自己再发份奖金，对技术可能早就淡忘了，再说对同学，也没啥也隐藏的。我跟踪到老砍的地址。世界上最远的距离不是这个小镇和刚果的距离，而是他的机器和我的机器。

我抬起头，网吧里唯一的顾客正把触觉传感器从屁股上挪开，那可能是他浑身上下唯一有点脂肪的地方。他脸上还自顾笑着，那笑容里依稀还有一点儿老砍当年的影子。

我抬起手，张了张嘴，没吱声。

说什么呢，难道说“老砍，你还好吗”吗？

天空之城

TIAN KONG ZHI CHENG

每个人都希望能够触摸真实的世界。

为此，很多人穷尽一生，遍历千山万水去寻觅，但是另一些人，他们发现自己的千山万水并非在遥远的路上，而就近在身边，在漫长的生命中对世界每一次全新感受之中。

很多年以后回忆起来，柳辰，你觉得你对世界真正的认识，是从与沙师相遇开始的吗？

1 岩壁

当代码流转
它们就像不安宁的灵魂一样驱动机器攀爬和探索这个世界

柳辰正兴致勃勃地读着自己从众多展台上搜集来的宣传单。斯坦福大学宣称，他们的攀岩机器人能够应用于从火星探测到消防到军事的各种领域；德国的攀岩机器人不需要遥控，完全是自主地认识环境和制定策略；而日本采用了各种先进的传感器和芯片来进行负载平衡。

同是参赛者，柳辰其实对这些蜘蛛一样的机器内部的代码更感兴趣。当代码流转，它们就像不安宁的灵魂一样驱动机器攀爬和探索这个世界。

她被揪回自己的展台时，小组里已经有人在小声讨论如何体面地退出比赛了。

“A4 传感器坏了，没有备份。”大家表情沮丧。

“它获取的本来就是冗余信息，可以由其他几个传感器的信号计算得出。”柳辰说，“这并不是致命的。”

“问题是好几千行的代码……马上就要比赛了。”有人面露难色。

“还有机会。”柳辰已经坐在计算机前了。她拍了拍攀岩机器人的后盖，这家伙正在无声沉睡。

代码纠结，理顺它的流向只在几个关键之处，就像岩壁空阔，却只有稀落的几个支点可供凭借。成熟的算法能够发现岩壁和支点的区别，而柳辰就是找到那个小小罅隙的人。

一群人开始围着攀岩机器人测量各种数据，在跳线和指示灯间插上探针，柳辰不停地预测和否定可能出现的信号。尝试，再尝试。

终于，代码从黑色的屏幕流动到五颜六色的线缆中间。攀岩机器人如同苏醒了一样,先是蹒跚地走了两步,然后伸出机械臂,搭在了岩壁的一个支点上。

同组的人击掌相庆,有人开始遥控机器人缓慢攀爬。

“代码不是字符,只有流动起来才能有生命,才能感受到这世界。”柳辰喃喃自语着站起身,灵魂却好像仍沉浸在机器中。

旁边围观的一个青年若有所思地看了她一眼,似乎听见了她的话。此时机器人正努力伸展去抓住一个较远的支点,失去平衡从岩壁上脱落了。他走上前说:“可以让我试试操作吗?我是一个攀岩者。”

同学迟疑着把遥控器递出去,接下来的场景却让所有人都瞪大了眼睛。

原本看起来动作生涩的机器人,突然在岩壁之上活跃起来。它不断调整重心,充分利用跳动的惯性抓住下一个支点,极有节奏地快速上升。那不是攀爬,而是行云流水般的跳跃,或者,更像是在岩壁上飞翔。

当机器到达峰顶,设计它的硬件和软件的组员们惊叹不已。给了它身体和灵魂的人,却没发现它还隐藏着羽翼,他们从来不知道居然可以这样使用那台机器。

“代码流动起来才有生命,攀岩的动作也是一样的。”他把遥控器还给柳辰。

柳辰从刚才的震惊中回过神来,一切似乎有些不真实。当动作在岩壁上流淌,她仿佛看到自己的灵魂如激流般在机器内部奔涌, 从传感器到 CPU 到执行机构。这感觉仿佛不是那机器,而是她本人在岩壁上舞蹈……有那么一刹那,似乎是很短的一瞬,又似乎是流动的时间凝固成为岩壁那么长久。那一刻,有风正穿越虚空,她想要张开翅膀。

“我想跟你学攀岩。”

“为什么?”

“我喜欢这种真实的流动感。这就像为攀岩机器人写代码,那不是运行在虚空之中,也不仅仅是在 CPU 和内在这样的电子器件间跑动,它们是在真实的世界里运行,感受世界,驱动世界。我可以驱动代码感受世界,为什么不自己亲自感受岩壁上的这种真切呢?”

他笑笑:“曾经也有人跟我说过类似的道理。你是一个优秀的程序员,我也有一套系统想请你……等你学会攀岩以后吧。”

“真的?”

“明天上午九点,我们在理工大学攀岩馆开始吧。”

这是柳辰和沙师的初次相遇。很多年以后,一些场景和细节已经模糊了,但是柳辰依然能清楚地回想起那种想亲自触摸世界而不仅仅通过代码的渴望，和发梢间微微汗湿的气息。那真实的感觉让柳辰坚信，沙师就是那样出现在她的世界中，并且从未离开过。

十九岁，柳辰与沙师相遇。沙师开始引导她攀岩，她开始接触真实。

2 室内岩馆

岩壁会对不同的触摸、不同的力度有不同的响应
你触摸世界，世界就以你感知的方式存在

如果说那就是真实、最初的日子，不仅没有期待的快乐，甚至可以用枯燥来形容。如果说重复N次的深蹲、引体向上、锁定举腿、卧推是为了达到提升肌力、维持耐力、建立肌力群、整合力量这些稀奇古怪名词的效果，那么在做这些的同时还非要穿戴上那些古怪的传感器就有些莫名其妙了。尤其是柳辰这样一个女孩，在大家的注目下，牵着一捆长长的线在低层的岩壁上做规定的换脚叉手动作，柳辰感觉简直是戴着镣铐在跳舞，或者自己似乎是被这些电缆驱动的机器人。

当她提出希望快些真正地攀岩时，被沙师毫不犹豫地拒绝了。“为了帮助机器准确识别你的肌电模式，还需要做这样的几组动作……”沙师说，“你要感受岩壁，世界也要感受你。”

所以当沙师说“今天不校准，试攀岩壁”时，柳辰高兴得要跳起来。

传感器穿戴完毕，轻微的咔嚓声，眼前有金色的光线闪耀了一下，有一瞬间世界突然安静了。

她眨了眨眼，一切恢复正常，世界又重新出现在眼前，岩壁、索具。周围的人们仍在专注于他们的练习，人们已经不再因为她的古怪装备而多看她一眼了。

“注意节奏。”沙师的声音从周围传来，很近似乎又很远。他的手在馆内灯光的照射下有些微微透明的淡蓝，轻轻指向了一个支点。

柳辰的手触到第一个支点，微温。

“感受每一个动作串联起来形成节奏，把自己当做岩壁的一部分，在呼吸的节律中用身体去贴近它，触摸它。”

我是岩壁的一部分。我的手指触摸我的支点，我深入自己的每一道裂缝倾听心搏动的声音。

周围的环境似乎消失了。没有少年们的嬉戏声，没有安全索和灯光，甚至没有沙师在指线。眼前只有岩壁和散布着的支点，上升的路在攀岩人的眼里无比清晰，它从手上脚上，从心里一直延伸到无限高远。

一切都如水般流动。寻找自己的节奏，并且跟随它。

向上，再向上。

当沙师的声音再把她唤回现实世界，柳辰发现自己已经到达岩壁的顶端，头发被汗水浸湿，正要缘绳缓降。

在一台破旧的计算机前，沙师敲击键盘："我们来分析一下你刚才的攀爬。"

背景是无限深远的蓝色。她的每个动作都被捕捉为力与力的作用、角度的变化和时间的流逝。数据奔流，每一次换位，每一轮上升都被表示成精准的数字，细节纤毫毕现。

沙师指着某个动作给柳辰讲解："这个换位有些犹豫，浪费了向上的惯性。节奏不单是动作，只有流动起来它才存在。就像风不是空气，海浪不是水；就像字符不是代码，只有流动起来才具有生命。"

柳辰体会着："那么，我是不是应该掌握每一步标准正确的流动方法呢？"

"当然不是。这不是考试，每一步都有正确或最佳的答案。"沙师说，"在攀岩的乐曲中，每个音符都决定了向上的节奏能弹奏得有多精彩，但却无所谓正误。"

"这是什么系统？"

"天空之城。"

"天空之城，是攀岩者期望的登顶的那一刻吗？"

"与那无关，我们只是要听那些动听的声音。弹奏得有多久，上升得有多高，并不是那么重要，哪怕你只是抓住最下层的手点，刚刚离开地面，也已经飞翔在天空之城中。"

"那么……"

"据说，当你真正感受到节奏的流动时，会听到长风穿越天空之城的声音。"

"在真实的岩壁上流动，那种感受也是相同的吗？"柳辰问。

"真实的？"沙师迟疑了一下，然后说，"你是说室外岩壁吧。当用数据描述，一切尽皆相同。"

一次又一次，触摸岩壁是快乐的感受，利用传感器感知动作，用天空之城来分析数据和倾听节奏。即使一个微小动作的修改，沙师也会要求从最初到最后全部重来一遍，说是“回归测试”。这样，每一次攀岩都是全新的体验，那一点以前的期待，那一点以后的感受，都截然不同。

“沙师，我喜欢攀岩。”又一次攀爬之后，柳辰边摘下传感器边开心地说，“尤其是真实的岩壁。你听那风掠过孔隙，岩壁通过手指告诉你树叶的颤抖和阳光的温暖。这是我真实地喜欢的一切，我可以用这样的方式感受。”

“其实人工的和自然的岩壁的模型并无区别，不同的是攀岩者本身的感受。”沙师说，“即使同一岩壁，对不同的攀岩者来说，也是不同的。”

“你的意思是说，如果我们的身体素质不同，我们触摸到的感受不同，就需要用不同的方法去攀登同一块岩壁？”柳辰问。

“不仅如此。岩壁会对不同的触摸、不同的力度有不同的响应。你触摸世界，世界就以你感知的方式存在。”

“那么，我们以不同的方式感知，世界就会不同。你是说，你和我生活在不同的世界中？”

“你在节奏的流动中所触摸到的一切——只有那是真实的。”

有时，沙师所说的似乎只是眼前的这块岩壁；有时，他似乎说的是整个世界。他是一个把天空之城当做全部生活的攀岩者吧。

柳辰也迷惑另一件事，就是沙师从来不为她做动作示范。每当柳辰在动作上困惑，希望沙师演示时，他从不应承，只是用数据引导她自己去完成。到了后来，连指线和提示都越来越少了。

沙师所说的话，已经像柳辰自己从心里流淌出来的那样熟悉了。只是柳辰从开始到现在，从来都没有看过沙师亲自攀岩。

3 天空之城

沙师的微笑在光和影中显得如此不真实
似乎还在很多年以前他年轻的岁月中

周末的午后。

柳辰走在去训练馆的路上。一会儿是熙熙攘攘的人群，一会儿是安静的小巷。柳辰回想自己在岩壁上连续流动的每个静止的瞬间，突然想到，其实在每个人的心里，这个城市都有完全不同的样子吧。

与芯片和线路共舞的电子工程师,以手指在键盘上舞蹈的软件工程师,在岩壁上舞蹈的攀登者,他们感受世界的方式如此不同,感受到的又怎么会是同一个世界。

沙师说只有触摸到的一切才是真实的, 他感受到的是一个什么样的世界呢?

今天要练习的是攀登二十米的室内岩壁,支点被改造过,全新的路线。岩馆空荡荡的,天空之城正在装载,沙师可能马上就会回来。

柳辰穿戴好传感器:"等沙师的时候,回顾一下攀爬记录吧。"

数据在流动,交错出身体与岩壁贴近的曲线。柳辰看到自己从生涩到娴熟,从犹豫到自信。川流的字节汇成富有含义的数据,数据奔腾幻化为向上的节奏。

天空之城。在深空般湛蓝的舞台,柳辰在岩壁上独自舞蹈,除了……

柳辰发现了天空之城幽暗之处,还有另一个入口。那里别无修饰,只有粗陋的系统默认字体的一行标记:天空之城·纪念碑。

此外,只有一片幽深的黑,别无一物。屏幕之后仿佛有无限的虚空,从此处一直延伸出另一个无尽高远的世界。数据在虚空中真实地流动。那不是数据,是看不见的风。

柳辰按下 Enter 键。

金色的强光扑面而来。

岩馆的门无声地打开,刺眼的阳光划破空气中些许的微尘,斩在地面上,留下狭长的一带光亮。在这样的强光和浓烈的暗色交替下,整个世界显得色调黯淡,如同老旧的照片。

沙师的微笑在光和影中显得如此不真实, 似乎还在很多年以前他年轻的岁月中。

"沙师,你来啦。"柳辰站起来,"我刚才一直在等你,在天空之城里还发现一个……"

沙师的气息掠过柳辰的发梢,影子在地面上拖曳出模糊的痕迹。走到岩壁前,沙师没有停留,直接蹿了上去。节奏,开始无声地奔流。

柳辰惊呆了。她从没见过那样娴熟的身姿,那种力量与技巧完美的结合。

垂直的岩壁和散乱的小支点,对沙师来说却像一个宽阔的舞台。每一次换位都绝对精确,每一次上升都如此流畅,仿佛此刻他不是走在垂直的岩壁上,而是畅游在蓝天之下。高度、难度……这一切参数都不存在，只有沙师本身，和他投在岩壁上的影子。

只有上升的节奏在流动。

柳辰的心怦怦地跳着，巨大的惊异令她如此地激动和紧张，以至于沙师再开门出去的时候，她竟然无法发出声音叫住他。

“沙师竟然有这么高超的技巧……其实我应该想到的，但是为什么他之前不肯演示给我看？”惊叹在瞬间占满了柳辰的大脑，她不能思考。

“柳辰。”沙师的声音从耳边传来。柳辰抬起头，发现沙师已经站在计算机跟前了。刚才的震撼让她忽略了周遭的环境，柳辰竟然没有发现沙师什么时候又回到她身边。

“沙师，你的攀岩技术竟然这么高？”柳辰也曾想过沙师会是个攀岩高手，但是想象与真正看到，是完全不同的感受，“你在难度攀的场地做速度攀。”

“你说什么？”沙师正转身去拿绳索。

“刚才那二十米速度攀，你是为了给我做示范吗？”柳辰仍然处在激动之中，显得有些语无伦次，“不过我做不到那么好。”

“你刚才看到我攀岩了？”沙师突然站起身，回过头看了柳辰一眼。

“是啊，我就坐在计算机这边，你没看到我吧。”柳辰好像明白了些什么，解释起来，“可能你不喜欢别人看你攀岩，很抱歉我不是故意的。”

“没什么，我们练习吧。”沙师不置可否地笑了笑，然后开始启动天空之城。

寻找支点，触摸岩壁，感受流动的节奏。

也许是有几天没碰岩壁了，也许是被沙师之前完美的攀爬所震撼，柳辰这次状态并不算好，有几次犹豫着，流畅的节奏几经阻滞。

沙师安慰：“没关系，开创新的路线总是很难的。”

但是柳辰知道失常的原因。

一个被隐藏了的天空之城。纪念碑，是北京白河的那座山峰吗？天空之城的那一部分里究竟是什么？沙师为什么对我看到他攀岩如此失态，难道仅仅是不想让我看到？

“沙师，”在训练结束之后，柳辰还是忍不住开口，“刚才是你在攀岩吧，还是……我的幻觉？”

“呵呵，当然……是我。”沙师看着柳辰，目光很柔和，“我只是不愿意让别人看到而已。你知道,我很多年没有在别人面前攀岩了。”

“原来是这样。”

“沙师,我们一起去白河攀爬纪念碑吧!”柳辰冲口而出。

后来,柳辰为这句话后悔了很多年。

很久以后,当她站在白河的河床边一次次听流水冲击鹅卵石的声音,当她站在长草中凝视着孤独的岩壁,当她看到年轻人在高处专注地感受来自内心的节奏时,她都在想,如果那天她没有说那句话,如果沙师没有答应她,一切会是什么样。

但是沙师答应了她,带着近乎对待孩子一样怜惜的神情。所以从来都没有那些如果,之后发生的一切都如此真实,真实得如同沙师应许了教她攀岩,应许了引导她感受真实的世界,应许了她的每一个要求。

沙师说过,由于不同的感受,世界是不同的。那么,有你的和没有你的世界,这样不同的感受,它们是同一个世界吗?

4 纪念碑

风吹过岩石的每一道罅隙
空气在人和岩壁周遭汹涌起来

纪念碑,因山形而得名,位于北京密云白河大峡谷。白河蜿蜒曲折,在密云县境内切割出一条雄奇的百里画廊。峡谷两岸峭壁林立,远山层峦叠嶂。南阳朔,北白河,这里,是攀岩者的天堂。

已经是深秋。天空深远,漫山红遍,黄叶打着旋儿飘落,长草没膝,一波一波蔓延到河谷的深处。柳辰背着装备背包走在河床上,掩饰不住内心的雀跃。

芦花和浅滩止于纪念碑下。沙师开始整理装备,柳辰试探着伸手触摸纪念碑的岩壁。纪念碑高近五十米,表面光洁平滑,只有一条裂缝由下向上延伸到中部再向左切去,千万年来水流的侵蚀以及冰川把山壁切割成将近九十度角的陡峭。似乎无路可行,但是在攀岩人的心里,却可能有无数条路线,每一条都通向顶点。

沙师埋头整理装备的时候,柳辰穿戴好传感器,载入了天空之城,准备记录数据。她又看到了隐藏的天空之城·纪念碑。上一次她想观摩那里的数据时,正赶上沙师的速度攀。

有风。

那似乎是来自真实世界里的空气运转,又好像是虚空中的数据在流动。那是风扬起发梢，或者长草掠过柳辰的面颊。不远处，纪念碑静静伫立。

柳辰的手指触碰 Enter 键，微温。

太阳从云隙里钻出来，有点刺眼。柳辰的鼻尖被晒出微微的汗水，她忽然又有点犹豫。

“准备好了，我们开始吧。”沙师的声音传来。

“好。”柳辰连忙站起身来。

“这次攀纪念碑，按预定，标记出的那些岩点都是不能使用的。”沙师也穿戴着传感器，一边走向岩壁一边说。

“为什么？这样难度会增大很多。”柳辰有些奇怪。

“我们要开创新的路线，我们的天空之城。”沙师的声音轻快得仿佛不是他本人。

“好，那我们开始吧。”柳辰突然有了很多期待，她运行天空之城，记录沙师动作的数据。

太阳被乌云遮住，天色开始昏暗。风吹过岩石的每一道罅隙，空气在人和岩壁周遭汹涌起来。世界在这一刻消失了，只有触感，岩壁的触感。岩壁和攀岩者的节奏向上延伸。

前所未有的困难，因为很多支点不能使用。解读数据，柳辰也忽然明白了沙师作为她的保护者时的重压。

“保持重心……跟随节奏，在岩壁上感受自己和世界……感受动作连贯成为节奏……成为岩壁的一部分，用身体去贴近它，触摸它。”沙师的声音远远地从岩壁上传来，柳辰的心渐渐平静。

那些话曾经是沙师一次次告诉柳辰的，现在却亲切得像她内心深处的声音。从开始到现在，从未改变。

触摸，感受，上升，再上升。柳辰在天空之城中与沙师同行。

就要登顶了，沙师停在那里，似乎在犹豫着什么。

“会找到路的。”柳辰想，“这真是好时光，如果我从没遇见过……”

“你听到风呼啸的声音了吗？你察觉到阳光打在脸上了吗？你感受到岩石与身体融为一体的张力了吗？世界，是数据在流动。”沙师伸出一只手划过天空，柳辰看到他的指尖是那种透明的蓝，天空中似乎有了一道涟漪，“我们就在天空之城……多美。”

然后，沙师直直地坠落了下去。

世界的流动戛然而止。

岩塞拔起，直坠二十多米。柳辰分明听到身体内的什么地方碎裂的声音，如此清晰。

柳辰愣在那里，感觉不到时间的流逝。巨大的花岗岩冰冷坚硬，柳辰想紧贴在上面，却无法找到依托。

沙师，沙师。

浑身的力量仿佛都被抽掉了，柳辰去摸索支点，却发现身边没有岩壁，只有天空之城幽深的黑暗。

沙师，沙师。

她为什么要任性地提出攀登纪念碑呢？为什么沙师提出要开辟新路线的时候她没有阻止呢？为什么她会希望沙师为了照顾她而分心呢？为什么引领她的那个人会坠落？

绳索被峡谷高空的风吹得猎猎作响。世界剧烈地扭曲，所有支撑都在那一刻离她而去。

“冲坠！保护！”柳辰想大喊，却发不出一丝声音，只有任由自己坠入无尽的黑暗。

“柳辰，柳辰。”身边的声音，很模糊。

黑暗消失了。柳辰发现自己仍然坐在计算机前，手搭在键盘上。温暖的阳光透过树枝，在她身上洒下斑驳的影子。

而沙师——沙师就站在她面前。

“沙师！”柳辰在能够思考之前就冲过去拥住了他，“你没有死！你没有死！刚才……”

柳辰突然觉得混乱了。刚才明明是沙师坠落了，就在为身边的纪念碑开创新路线时。纪念碑依然静默，沙师手指划过天空的痕迹似乎还在。

泪水漫过柳辰的脸颊。只有这泪水，在刚刚的世界与此刻的世界中毫无二致地同样存在。

“沙师……”柳辰探询的目光。

“柳辰，我给你讲个故事吧。

“很多年前，有两个攀岩者，他们情同兄弟。

“在年轻的时候，就像柳辰你现在这么年轻，他们立志要为所有到过的攀岩地点都开创出新的路线，他们自己的。

“气候、资金，很多岩场不能长久地停留，他们开始使用一套虚拟现实系统，通过传感器把所有攀过的岩壁和动作的信息记录下来。在那个系统中，他们可以一次次攀爬，一次次尝试，体会攀登的快乐。

“在一次实地攀岩中，他们当中的一个发生冲坠，永远留在了那里。另一个，从此不再攀岩。

“他们最后攀爬的岩壁，就是纪念碑。那个系统，他们称它为天空之城。”

沙师像是沉浸在了无尽的回忆之中。柳辰从没看到过沙师如此落寞的表情，好像他就是白河岩边静默的纪念碑，一直生活在往事之中。

“天空之城，就是我们现在使用的天空之城？”柳辰喃喃地说，“而沙师，你就是活下来的那个吧？”

“穿戴接口——它们不仅感知你，也令你感知世界，按下 Enter，你就进入天空之城，感受记录中的世界。”沙师的声音有点模糊，“如同那一天，你看到了多年前的我在攀爬；这一次，你开启了天空之城，然后见到了他，那是我的兄弟在引导我。”

沙师的声音有些干涩，也许他的心里并不想再回忆那一幕了吧。当伤口不再触摸，它是不是就不疼？当支点不去感受，它是不是就不存在？

“对不起。让你重新想起这些，我不是有意的。”柳辰有些不知所措，“这套系统做得真是太好了。刚才我真的以为那是你坠下去了，几乎像世界末日。”

“没什么。我知道吓到你了。”沙师说，“我们先不要爬纪念碑了，等状态好的时候吧。”

“好。”柳辰转过身去除传感器。

就在她转身的一瞬间，柳辰突然停顿了一下，然后冲向沙师。

“沙师，你说我刚刚进入了天空之城，那我之前所有穿戴传感器攀爬的，是真的岩壁还是假的？”

“是真的。”沙师平静地迎接她的目光。

柳辰嘘了口气，“那我就放心……”

“在真的虚拟现实之中。”

血液轰地冲向柳辰的头顶。耳边似乎有尖锐的鸣叫声，柳辰觉得她几乎不能呼吸了。

她一字一顿地说："你是说，我所有以为自己攀爬的岩壁，其实都根本没有真正接触过，而只是在系统里完成的？"

"大部分是这样，但是那和现实的攀爬没有区别。"

"怎么会没有区别！"柳辰大吼着，"我明白了，为什么每次开启传感器时，我都会觉得光线有变化，原来那就是虚拟与现实的切换；为什么我每次室内攀岩，周围的人从来不注意我奇怪的装备，原来他们只是数据……沙师，原来一直以来，你不仅侦测我的行为，而且还驱动我的思想。"

"那些确实是虚拟现实的结果，但是这一切从来都不是假的，柳辰。"

"是假的！"柳辰大喊，"那并不是真实的世界！"

"又会有什么区别呢？"沙师注视柳辰，"在天空之城里，你的肌肉也一样能够记住刺激并形成反应，你一样能听到风声，看到水在流动，你能感受岩壁上的每一个支点，这和现实世界的规则是完全一样的。你还说过你喜欢那里的室外岩壁。"

"这不一样，沙师。"柳辰开始哽咽，"我热爱真实的生活。这岩壁的温度，这支点的触感，这草的气息，这风声，这阳光，它不该是出自虚假的模拟。而我，不该是无数次来到岩壁面前却从没有爬上去过。"

"你当然爬上去了。你攀爬的时候感觉到虚假了吗，柳辰？事实上你也曾经爬过现实中的岩壁，有些时候我只打开了天空之城记录的功能。你感觉到区别了吗？还是仅仅现在你觉得它是虚拟现实系统，从而'认为'那是假的？"

"沙师，沙师，我这么信任你，你不应该骗我。"柳辰的泪扑簌簌地掉了下来，"我真的希望刚才虚拟现实里的一切才是真实的，我宁愿从岩壁坠落，也不愿意相信我从来没有爬上去过；我宁愿努力后死去也不愿意从未真正地活过。而现在，我甚至被愚弄到不知哪一次攀爬才是真实的。"

"区别在哪里，柳辰？区别在于你坠落的时候，天空之城不会判定你死亡，而在现实世界会致死吗？"沙师的声音冷静得像是从另一个世界传出来的，"你攀岩是为了感受死亡吗？你能看到你自己的死亡吗？如果你没死，你看不到；如果你死了，你还是看不到。死亡对每个人来说根本不存在，难道这种没有意义的概念才能支撑你真实的感受？"

"不是这样的，不是这样的。"柳辰开始哭泣。

"柳辰，很抱歉。"沙师叹了口气，"不过，真的没什么不同。"

"沙师，我要的是活生生的世界。"

“活生生的不是什么世界，而是你的感受。就像别人能用的支点，而你不能用；别人开创的路线你不能完成，它们就不存在于你的世界之中。”沙师的声音低沉下来，“就像我在天空之城中来到纪念碑，一次次看他坠落，每次我都救不了他——就像，就像你今天也救不了我。柳辰，从来都没有什么是真实和虚假的分别。我们触摸到它，它就存在。世界在我们的感觉之中存在。”

“不！”柳辰终于大哭。

风划过她的脸颊，割得柳辰隐隐作痛。这风是真的，又或者只是数据在流动？沙师是真实的存在，又或者仅仅是代码？

柳辰无助得像个孩子，拼命地想抓住一个支点，可是整个世界都飘浮于天空之中，远不似岩壁的坚硬可以触摸依靠。

她所唯一能确定的，是这心痛如此真切。

5 天空之城

这个春天，纪念碑上又多了一条新路线
按惯例由它的开发者命名，称为天空之城

“世界在我们的感觉之中存在。”这是柳辰听到沙师对她说的最后一句话。

沙师再也没出现过。

开始柳辰以为沙师是因为想起了过去而心情不好，或者是有什么要紧的事离开。直到柳辰发现，沙师已经很久没有出现在岩馆了。她拿起电话，才发现自己从来都没有沙师的联系方式，他们的每一次碰面都在岩馆。

柳辰问遍了岩馆里所有的人，没人知道沙师在哪里。他们甚至说，从来都没有过沙师这个人，每次他们只看到柳辰一个人在训练。

少年们仍然贴在岩壁上快乐地攀爬，有人在大声欢笑。难道一切真的从来都不曾发生过吗？柳辰站在窗棂投下的影子间，像个孤单的孩子。

可是柳辰清晰地记得与沙师的相遇。那天紧张的比赛现场，那风一样流动的代码，那飞翔一般在岩壁上舞蹈的机器人，它们分明告诉柳辰，沙师就是那样出现在她的世界里的，真实的。

沙师，你在哪里？

柳辰又去了白河大峡谷。

纪念碑上,一个孤独的身影在别人从未到达过的地段独自攀登。柳辰的身体贴在巨大的花岗岩上,不断上升,远离地面,远离人群也远离这个世界。

"保持重心……跟随节奏,在岩壁上感受自己和世界……感受动作连贯成为节奏……成为岩壁的一部分,用身体去贴近它,触摸它。"沙师的声音仿佛就在左右。那天,他就是这样告诉柳辰的。

上方已没了路,沙师就是在下一刻坠落的。不,那只发生在天空之城的虚拟现实中。真实世界中,沙师一定与她一样生活在某个地方。

"我们就在天空之城……多美。"柳辰喃喃地说。她的手指掠过天空,划出一道透明的痕迹。如果时间就静止在这一刻多好。她从没有失去,也永远不会再失去。

沙师,你在哪里?

没有沙师的声音,耳边只有风切割峡谷的巨大轰鸣。

后来柳辰想,也许那天发生的一切都是真的,也许沙师是真的坠落了。只是她太过思念,不肯相信这样的事实。也许之后她听到沙师对她说的一切才是在虚拟现实之中,抑或,那只是她的一个漫长梦境。

有时候柳辰想,也许自己现在才是在虚拟现实之中吧,沙师一定是忘记了关闭天空之城,才把她一个人孤单地留在了这里,他什么时候才能再想起我呢?

有时候柳辰又想,或者是沙师自己留在了天空之城里吧,他日夜和他的兄弟在一起,快乐地攀岩,从此再也不愿意回来。

柳辰想起,其实在大多数时间里,她与沙师的相处都是在天空之城中,而不是真实的世界里。

只是那些疼痛,那些泪水,那些欢乐和悲伤却从来都不是虚拟的,无论在哪个世界。

"世界在我们的感觉之中存在。沙师,请让我感知你。"

柳辰回到岩馆,找到了沙师的装备。这些装备让柳辰再一次相信,沙师一定曾在她的生活中真实地存在过。

柳辰载入系统,天空之城·纪念碑。

无限的虚空中,数据在流动。沙师,其间可有你的声音?

柳辰接驳上接口,令世界感知她,也令她感知那个世界。

一个模糊的身影在陡峭的岩壁上灵活地上升,每一次换拉都那么精确,每一次上升都如此流畅。不同的岩壁，不同的高度，同一个灵魂在岩壁上轻灵地舞蹈。

那是你吗，沙师？

柳辰孤单地站在纪念碑下的长草中低低呼唤，没有人应答。

计算机的屏幕前有微弱的光。漫长的冬夜，柳辰一动不动地坐着直到天明。

柳辰开始一次次攀爬“天空之城·纪念碑”。

“这次攀纪念碑，按预定的，标记出的那些岩点都是不能使用的……我们要开创新的路线，我们的天空之城。”

那是沙师的声音。沙师那天一定是跟她说了那样的话。

“好，沙师。”柳辰在心里默默地回应。

多么好听的河水声，多么温暖的光，多么轻柔的长草。那一刻，真实的虚拟中，柳辰再一次感到了沙师就在她的左右。

同一个位置。坠落。再坠落。无尽的黑暗。

柳辰惊醒时已经满脸泪水。没有阳光，没有长草，只有计算机运行的沙沙声，天空之城一片寂静。每一次她都不能再上升一步，每次都是同一个结局。坠落，再坠落。

沙师也无数次在天空之城里攀登纪念碑吧，他在坠落的一瞬间，感受到他的兄弟所感受到的了吗？

世界在我们的感觉之中存在。

如果是这样，沙师，你能感觉到我在寻找你吗？

又一个春天。

柳辰放下背包，取出装备。这是她第三次来到白河。纪念碑上似乎多了一些挂片。这么长时间，一定有很多人到过这里，攀爬到最高处吧，那里也有他们的故事他们的路线他们的梦吧。

深呼吸。柳辰开始向上。

感受是如此熟悉，节奏是如此清晰。那不是技巧，而是来自心里最真切的召唤；那不是攀登，而是身体和岩石的共同呼吸，共同舞蹈。

路在岩壁上，从心里一直延伸到最高远的地方。

又是同一个位置。现实与天空之城在此处重合。阳光照下来，在那屋檐的下面投射一片影子，挡住了柳辰。柳辰抬起头，四下张望。

在高处的平台上，有一个模糊的影子站在那里，似乎在向她微笑。

“沙师，沙师，那是你吗？”柳辰的心脏剧烈地跳动。她想呼喊，却不能发出声音。

在沙师的方向，柳辰看到左手上边有一个小小的裂缝。柳辰之前从来没有看到过它，无论在天空之城，还是在真实的世界中。它是一直在那里，还是慢慢才出现的呢？

柳辰试探着伸出手来，抠牢，压上全身的重量试探。右腿发力，角度精准，撑过去。向上。再向上。

“沙师，请等等我。”几次急速上升，她终于到了峰顶。

柳辰急切地寻找。

阳光耀眼。白河如银带一般蜿蜒着没有尽头，峡谷的风长啸着，连绵起伏的山峦一直延伸到很远的地方。峡谷的对面，有人在攀爬 Beginner 第 7 段，正犹豫着想借助小树和快挂。

没有沙师。

“沙师，我已经攀上来了，你在哪里？”柳辰终于忍不住大声哭泣。阳光均匀地洒在她的身上，那么明亮，到处都是春天的味道。

柳辰知道，她和这个现实的世界，都永远地失去了沙师。

北京白河的攀岩路线不下十余条，而且还有新的不断地开创出来。这个春天，纪念碑上又多了一条新路线，按惯例由它的开发者命名，称为天空之城。

那是绝地重生的惊险，最高处只有一个小小的岩缝可以借以支撑。有人说那条突然出现的岩缝让绝望的人哭泣过；另一些人说，它根本就不存在，因为从没有人看到过。

在北方，又出现了一个攀岩者。她成功攀过很多岩壁，但从没有人见过她在那些岩壁上试攀过，仿佛她的灵性出自天生，只要一接触岩壁，路就已经从脚下延伸。而她，每年春天都要去攀白河的纪念碑，每次攀的都是同一条路线——天空之城。有人说那条路线就是她开创的，也有人说，她本人说过，其实那是在更早之前，由一位没有留下名字的攀岩者为它命名。

直到最后，柳辰再也没有见过沙师。

她去过更远的地方，攀过更高的山。当她悬挂在各种岩壁上，倾听着它们深沉的脉搏时，她都在与它们共舞。天空之城就近在左右，也在更高远的地方。

世界在我们的感觉之中存在。

沙师，每一次风穿过岩缝，声音都会有细微的不同；每一次攀上同一面岩壁，也都是完全不同的感受。今天攀上去的和昨天攀上去的，其实也不是同一座山，所以我后来终于发现了那个岩缝。

一个是有你的世界，一个是没有你的世界。沙师，虚拟的和真实的世界又怎么会完全相同？

6 世界

世界因你的感受而存在
也因你的感受而不同

每个人都希望能够触摸真实的世界。

为此，很多人穷尽一生，遍历千山万水去寻觅；但是另一些人，他们发现自己的千山万水并非在遥远的路上，而就近在身边，在漫长的生命中对世界的每一次全新的感受之中。

你从书页上抬起眼睛环顾四周，你呼吸这微湿的空气，你倾听外界的嘈杂。你感受到：真实，触手可及。

你无数次与真实的世界交互。在浓黑而没有尽头的接口背后，流光溢彩的万千数据在无声地流动，冲刷切削出你感受到的客观实在。

世界因你的感受而存在，也因你的感受而不同。请——伸出你的手，来触摸真实。

此刻，万籁俱寂，整个世界隐约的律动来自远方，或者来自你的内心。你感受到的，那是永无止息的长风正在穿越天空之城。

我可不是个平凡人

WO KE BU SHI GE PING FAN REN

姑娘，跟你说，我可不是个平凡人。

你别看我表面上是个门卫，我跟那些个门卫可不一样。我不是说我是看研究所的门卫，好像比他们高一层。其实是我儿子厉害。

我儿子在高技企业工作，挺有名的，叫什么康还是什么讯的来着。重要部门，没他签字那产品都不让出厂。有钱，过年回家的时候领我那二姑娘去烫个头，二百多块钱。可舍得花钱了，人哪也不傻，我看在他二妹夫那摊上吃肉串，都给吃回来了，还能有赚。过年回家也晚，说是单位忙。位置重要呗。

姑娘，你别老动。那样我还得重绑不是。你老实儿地听我说，一会儿还得问你点事。

儿子争气，我自己也不闲着。我和他们那些门卫老头不一样，他们白天就知道睡觉，打麻将啥的，我学习。

你别不信。你们那些东西我也都明白着呢。我气喘，儿子给买的好药，一喷就好。上次我拿那药单子给你们导师看，那上面有的字我认识，你导师还得查字典呢。其实那些字简单着呢，认半边就行，基本都念那个音。

你们导师还说，那是好药，老贵了。说我这是哮喘，喷这是特效药。他那也是蒙人呢，现在专家都蒙人。他也不是大夫，咋就知道我这是哮喘。再说了，老祖宗早都传下来了，是药三分毒，除了六味地黄丸，那啥药能常用？这西药，都是治标不治本的玩意。

你们师兄，就是那高个小白脸，以前天天晚上在这做实验不走的那个。他跟我还白话过这药的原理来着。两句话就让我打发了，金木水火土，五行相生相克，要么泄要么补。管你博导博士的，还能跑出这如来佛的手掌心？

《黄帝内经》一早就给你准备好了，就看你能不能悟出来了。

姑娘，我还跟你说，你别乱扭。我这也是身不由己。你看这脸上血哧呼啦的，我给你擦擦。你说你躲什么躲，刚才要是不躲，能胡撸脸上吗？

要说啊，要问你的事，还真跟你这帅哥师兄有关。他也跟我儿子差不多岁数，这礼数啊，可差得太远了。

你说他成天做实验，晚上不走，点个灯。有人在，我也睡不成，还老得起来看看。这就不说了，年轻人事业心重，咱也理解。我也就是多受点累。但是你年轻人得知道感恩。

有一天我就问他："你这是鼓捣啥哩？"这都是好心，你说大半夜的，就像现在，谁不找个人唠两句嗑不是，怕他孤单。

他还不愿意答理我。做实验至于就那么专心吗,不专心能马上爆炸啊。我看有时候他导师站身边都不回头,这人傲的哪。

再说那天他手上也闲着,没整那些瓶瓶罐罐的,就一个劲地玩那电脑。整一嘟噜小球在那电视上,球都用杆连着,转来转去那玩呢。这国家的电哪,是给他自己玩的啊,还是给国家搞科研的呢。

后来老半天才答我,缓过劲来蹦出几个词。还都是些新名词。这是唬谁呢。能说明白就说,说不明白也别拿些人听不懂的来蒙事啊。要不然像我儿子那样也好。我问儿子:"你们单位都生产些个啥?"儿子就说:"反正说了你也不懂,高科技。"

你们师兄这小伙子人就不如我儿子,有啥说啥呗,非拿那些有的没的忽悠咱。欺负人也没这么个欺负法的,欺负谁笨哪。我就细问,那都是人话,笨寻思呗,能听不懂?

你说不明白,就别怨人听不明白。书记回所里联欢的时候就说过:"你们整那玩意,我都懂,我一个人能干你们两个人的活。不就是把这些啥,啊对,化学键,咔咔断开,这些咔咔接上嘛。怎么改,不重要,交代给下边人整就行了,简单。"所长不还一个劲点头嘛。别看书记退休了,可人家照样啥都懂,关键是话说得明白。你也给我整个咔咔断开咔咔接上,我能不明白吗,非要整氨基酸氨基苦的。

结果后来唠来唠去,我就听明白了,就是治气喘病的,跟我这一样。没啥难懂的。而且,说是气喘病有老多种了,就治其中的一两种,也不全治,不咋的。还什么上皮下皮的,蛋白蛋黄的,不就那么回事嘛。

我说是那么回事,这小子还不干,跟我较真。我能比你懂得少?你就是多念了两年书,我吃过的盐比你吃过的饭都多,走过的桥比你走过的路都多。就你啥眼神看那小子,我晚上都看清亮的。

大爷我不糊涂。这小子看不起人,我就看明白儿的。

而且这小子心狠。你们整些小耗子,这拉一刀,那抹点啥的。我看最后都喘得不行,这小子就搁那儿看,还记,还拍照片,你说变态不。

这晚上人都走了,一个人听这些耗子喘,我自己也憋得不行。你听听,你听听现在这动静,几百个嗓子眼里全是痰。

有一宿,我喝点酒,就听有几个耗子一边喘一边唠。

啊,我小时候也没发现有这特异功能,就那晚喝了点酒,以后就发现总能听懂了。它们也能听懂我的话。你别不信,看着啊,老实点,别吵吵了。你看,都不动了吧,好使。他们知道我这是为了它们好,真为它们好。

姑娘,你要是再扭,我就又得动手了。我也是没有办法,它们也看着我呢。咱坐着好好唠,不行吗。那血你就让它滴到地上吧,回头我拖地。你扭来扭去的,一会那血都蹭衣服上了,洗都洗不掉。挺好的衣服,怎么那么败家呢。

你这人怎么回事呢。

你看,非得我动手吧。这下老实了,听话了吧。跟你那师兄一个味,不值得可怜。啥,你师兄是不是我杀的?你猜呢。

我讲到哪了?对对,这次不怨你,你也说不出来。那你也给我个眼神啊。对,讲到耗子唠嗑。

一个耗子说:"这都是脾肾阳虚,呼呼,他们倒是对症下药啊。"

另一个说:"是是,呼呼。那傻小子啥也不懂,呼呼,整得咱们那么难受。"

先前那个说:"这么活着真不如死了算了。"

后一个说:"我看就这大爷是个明白人。"

我说:"我也没啥招,他们也不让我开药方啊。"

先说话那个看看我,说:"吱吱,呼呼。"

这次它没说人话,说的就是吱吱。

不过我也全明白了。

"你的意思是不是让我给你们个了断哪。"

耗子刚开始没吱声。后来我火了,嚷了两句,咋想的倒是给个痛快话啊。它们后来就全默认了,胆小的也吱吱了两声,我说:"都憋回去。早干什么了。"

后来我就把耗子成全了。个个都痛快。这耗子啊,跟人一样,那得活个尊严。你说我要不喷我儿子买的好药,那得活成个什么样。这样你们还瞧不起我,要是再成天喉咴带喘的,不让你们看土里去。

当年,怎么说我也是公社一把好手,那上大喇叭讲话都不带稿的。就让你们这些念书的给看小了。跟你说,你们导师还有不认识的字呢,我都认识。你们那点学问,跑不出老祖宗的五行阴阳去了,我早都全明白了。

就说这人吧,得厚道。第二天你们那师兄来了就跟我急。我说你急什么?我这一把年纪,都能当你爹的,你跟我急啥。有点大小没有。

还跟你导师告状,我还真跟你说,不怕你们。只要是不把这楼点了,东西不丢,我行得正走得端,哪个领导也不能把我咋样。咱所长换多少茬了,谁敢不高看我一眼。我老李当年也是当过记者写过稿的,那上公社广播从来不打奔,喝一斤都不用打稿。你们?就那点学问。字儿写得跟鸡扒拉似的。

再说了，光说我，你们那耗子少整死了。哪个耗子最后不是摔地下拍扁了的。就兴你们整，我看不下眼，它们喘得厉害，我帮个忙不行？

最后，处分我了没有？跟你说，动不了我一根毫毛。所长都是我看着长大的，我认个错低个头也就完了。那小子不懂事，不敬老，你看以后的前途吧。嗯，他也没啥前途了，死了。

你不用拿眼睛瞪我，是不是我杀的你现在也不用管。哭，顶什么用。我说正经事呢，一会还得问你事。也就是看你平时还挺懂事的，大爷大爷叫着，要不，你要是我姑娘，看你现在这出，早打出你稀屎来。我比你爹都大，有啥话不能说的。

说正事。后来吧，又来了一批耗子。这批就不行，脑袋不行，过了仨月才会说人话。说啥？反正也是成天骂那小子没人味。

那小子也真是，自打那批耗子死了，他做实验更勤了，以前光是加班，现在整宿整宿不回去。你们导师都看不下去了，说验收也不能这么整啊。就是，他这一宿宿实验，我这头也睡不实，这不折腾人嘛。

不过，我这人正直，对他没成见，有一回那个什么外国公司来参观，还跟他唠了两句。

那个公司头头亲自来的，说是看看，挺重视那小子的。年轻人吧，也得有点出息，不能一敬就尖尖腚。

人家老外专家啥的在那站着，我搁后面捅鼓那小子："刚才说是啥公司？"

"不就是你那喷剂的生产厂商吗？"

我知道还问你。还喷剂，还生产厂商。我特意记得这几个词。以为电视新闻联播呐，说话拿腔作调的。

这人有学问了出息了，更得夹起尾巴来，不能忘了本哪。你看那谁就挺好，没事的时候整点小酒来我们爷俩喝喝。他啥时候来做实验我都欢迎。就你师兄那样的，我不乐意就给他走廊里全关灯断电。

第二晚我给儿子打电话，长途。好不容易打过去，浑小子说单位有事挺忙的，装修啊还是有大干部视察的，没工夫搭理我。是，你在单位混出个人模狗样的，那我也是你爸啊。我养他二十多年，也不敢顶撞我一句啊。一气就把电话挂了。喝了点酒，越想越来气，现在这年轻人，也太不把老前辈当回事了。

听耗子说话。

一个说："咱们这么不行啊。这都在这死多少了。说是研究成功快能用了，咱们耗子有得哮喘的吗？"

另一个接茬:“对对,不都年纪轻轻地吃耗子药死了嘛。”

对了,它们每说几个字,就都呼呼喘气,我刚才忘了学。我一学,自己也上不来气,以后就不学了,反正也快讲完了。

耗子接着说:“这都是为着他们人类啊,跟咱们有什么关系。”

一个低嗓门的说:“现在已经发动一些宣传了,主要化妆品皮包皮大衣啥的,以引发同情心为主要策略。”

还是前一个,“有些效果。不过,这早晚得让人识破。就像哮喘,不在咱们身上做实验,难道拿这大爷做?”

“就是,不做实验,光靠背书就能做出药来?”

耗子们一片“就是就是”的声。然后就都叹气。

我想插话来着,那些玩意,老祖宗早就整明白了,就看后辈能不能悟。实验,都是末节。劳心者治人,劳力者治于人,有数的。我看你们啊,姑娘,也就是做苦力的。

不过我没吱声。当时喘得厉害,喷了点药,才好。

又唠了一会儿。有一个耗子就说:“得把这小子除了。”说的就是你师兄。他还不知道呢,在别屋玩电脑。等他再过来的时候,大家都分配好任务了。

我把闸整爆,然后耗子的门禁就开啦,从里面跳出来,你师兄就传染上。要不说心狠没好吧。杀人三千,自伤八百。他整那药太烈,我喘了半辈子没咋的,他喘了半宿就死了,门让我反锁了,没出去,就那么喘死了。

我一直在传达室。这些事都是耗子们整的,也不关我的事。耗子它们也研究了,说要起事,就是革命,以后都是耗子的天下了,推举我坐第一把交椅。

我也想,这手下一群耗子,也没啥光荣的。不过回头一想,箭在弦上不得不发,我不同意,它们也推举个别的黎元洪,那老百姓更民不聊生了。还是我来好。

我看你心善。那小子死了以后,又来一帮小姑娘做实验。我原以为这些耗子就放生了吧。结果个个被摔地板上拍死。我真是想不明白了,一个个小姑娘看着都挺像样的,咋能个个这么狠呢。

我要抢出来几个耗子放了吧,被她们一把就夺回去了。说什么实验室的耗子带菌的,不能放出去。那菌从哪来的,不还是你们给染的么。人心狠着呢。

发现就你心善,看别人摔还挺不忍心,你们导师还批评你来着。

我看你是好人,不忍心就这么害了,想问问你,这起事,你要不要一起干。要是一起干呢,我就给你松绑,咱就一条心;要是不干呢,你说这事你都知道了,姑娘,这我可就帮不了你了。

姑娘,你寻思寻思吧。

想好了?

知道我为啥又打你不?知道为啥这把打得比以往重不?你骗谁啊,你当我傻啊。你假同意我能看不出来吗。

你再想想再说。这次想好了。我再喷点这特效药,一着急就喘。

这药好,一喷就灵。

姑娘,我跟你说,我可不是个平凡人。别看我当个门卫,那都是表面现象。我跟他们可不一样,他们下了班就知道打麻将。我知道学习。

有一次,我就发现了,我能看透人心。哎,你哆嗦什么啊。你现在就是想活想跑,我看得明白的。你那师兄当初也这么想来着。你跟他不一样,你心善,所以呢,我得问问你,给你个机会。

姑娘,刚才说的事,你想好没?

轮回，生命之苦

LUN HUI, SHENG MING ZHI KU

故事开始的时候大家都在篝火边跳舞，跃动的影子就像风里的长草，摇曳多姿。

年轻的姑娘都散开她们的长发，小伙子们也舒展他们粗犷的歌喉。

生命苦短，如同一醉，宜纵情痛饮高歌。

一位老人坐在角落里，身边围着一群半大孩子，都在全神贯注地听老人讲故事。

老人的声音略微有些沙哑，岁月的痕迹都留在她的声音里了。

她说："这个故事发生在很久以前，久到那时你们还都没有出生，久到我们这个星球还没有被人类开垦，久到就像从来没有发生过一样。但是无论多久，这个故事我都不会忘记的。"

一个孩子奶声奶气地说："索菲亚，你的记忆力那么好，能背诵部落所有的经文和颂歌，这从来也没有人做到。你当然不会忘记每个故事啦。"

她说："这个故事，略微不同。故事都还记得，可是故事里人物的面容，我却有些想不起来了啊。"

另一个孩子问："没有全息照片吗？"

"故事发生在太久以前了，那时候没有全息照片，没有很多东西，但是有很多我们现在没有的。"

"好了，我们还是来讲故事吧。"

孩子们纷纷把小凳子搬过去，仰起头。远处舞蹈的声音缥缈起来。她止了声音，静静地听了一会儿。叹息。

"当年的小酒馆里，歌者唱着的，就是这首曲子。我以为早就被遗忘了呢。

"那间小酒馆，也是我们部落对外唯一的驿站。那个时候，联盟正要大举开拓这片土地，而外来的工具和思想也正以从未有过的速度改变着年青一代。我当时，是联盟里的一名刺客。"

一个孩子大声质疑："索菲亚，你怎么会是联盟而不是部落的成员呢，你记错了吧。你是我们部落里年龄最老的暗夜精灵啊。"

更多的孩子制止了他。是部落还是联盟的人，现在已经不那么重要了。虽然当年属于哪一边会在很多时刻决定你的生死。

她继续她的故事了。

我那时满怀理想，背着一把长剑，浪迹天涯，要参与统一天下。组织上有命令的时候，就用这把剑摘掉敌酋的项上人头。

那天，我在酒馆品尝龙舌兰酒，一个部落的战士在角落里盯着我，他的目光刺得我心中一痛。

痛饮之时，不忘警戒。战士目不转睛地凝视我，让我不由得紧了紧背刺。

虽说酒馆是和平之地，但也不得不防范一二。战士走过来，坐在我面前。

他说："Phira，我终于又找到你啦。我以为此生都不能与你相遇。"

我就说："你认错人了。"

他抬手触到我的左腕，我心里一紧，另一只手抓紧了剑，蓄势待发。只要他控住我的腕，我就斩下他的头。

他只是轻轻触着那上面的疤痕，像是喃喃自语一样，说："Phira，还疼吗？"

那当然早就不疼了，是十多年前的伤。当时，可是痛彻心扉。

我低喝："你这个傻瓜。第一，我不是Phira；第二，你根本不知道这伤是怎么来的。"

他低头，然后自顾自地把一杯酒倒进喉咙。他叹气，就像那不是酒而是火，是什么东西在从里面灼烧着他。

战士的声音就像是在叹息。他说："几乎每个部落的战士都能在杀敌的时候高歌古老的战歌，而我一直沉默着。因为那些歌我都没有记忆。

"跟你们不同，每个部落的战士只能生存三年之短，而你们，可以生存一生那么久。

"当我们知道自己要舍弃现在这个躯壳的时候，可以选择最重要的一件保留——最珍贵的武器，姓氏，或者随便什么。我每次都选择关于你的记忆。

"Phira，是我带给你的这伤痕啊。这伤痕的名字是背叛。"

我问："那么，你是谁呢？你叫什么名字？"

战士说："我的姓氏早已在无数次转生里丢弃了，我早已忘记身边的战友和敌人，也忘记了从前所有的技能和最应手的武器。可是，Phira，我从来没有一刻忘记你。"

我很惊诧。那时我就已经颇为自负于我的记忆。当身边的人们努力去查手册翻教科书的时候，我早就在心里找到答案。

只是那时我还不清楚一些我现在才能知道的事，比如，我可以记忆得这么久。但是战士的话让我不得不怀疑自己的记忆了。难道我是他曾经的恋人，让他如此念念不忘？

我说："那么，你说说我伤痕的来历吧。"这么说，让我感到好笑，不过战士似乎并无同感。

我们各自点了一杯酒，他抢着要付酒钱。我拒绝。接受别人的赠予从不是我的习惯，何况我们只是萍水相逢。

他低声下气地说："求你，Phira，让我能有哪怕一点点的机会补偿。"

"好吧。"我坐下来，接过那杯酒。苦的。这酒的名字是生命。

战士也喝了一口，说："这又怎么会有生命那么苦涩。"

这战士和我这伤痕的故事，就在他的叹息里开始。

当我转生的时候，前世的记忆都已不复存在。那一次也是如此。

我只发现自己有一项极高的技能——学习。我能比别人更快地学习任何技能。这样，在有限的生命里，我就有可能学到更多的知识。这些知识，也许包括更强的学习技能，可以在下一世使用。

终有一世，我可以在一生里学习所有其他的技能，并达到前人未有的高度。也许，这是我前世的某个计划吧。

并且这似乎被每一世所执行。毕竟，积累到这么强的学习能力，不是十几二十个世代能够得到的。

学习能力够强，所以我进了你们联盟的学校。

Phira，你还记得我吗？那时我是一个没有一点点肌肉的年轻战士，后来你也没有机会见过我成熟了的样子。当你第一次唱起巫医的歌时，那声音里淡淡的哀愁就在夜空里升起，如同一缕若有若无的柳丝在我的心里面慢慢地舞动。我想，我早就认识你了吧？也许每生每世都认识过你吧？只是这些记忆都被我修习的执着所掩盖了。

所以当你跟着女伴们笑跳着离开的时候，我走上前，拉住你："Phira，我们可以做朋友吗？"

你一点也不惊讶我的无礼，甚至没有抽回手去，只是看着我淡淡地笑笑："好呀。我们做朋友。"然后看看大家，"我们大家都做很好的朋友，永不相互背叛。"

很多世代以后，我才成熟起来。那时我才知道你年长我很多，只是看起来像个孩子。所以你的经验财富技能让很多成熟的武者仰慕不已，却不敢走近你。那时我才知道你所说的朋友和我所说的是不同的。

那时我才知道，永不相互背叛，远比前面所有的话都重要。当时，你是在教导我吗？

我每天注视着你进出，在远处眺望你杀敌。看你微笑，也看你偶尔落寞地坐在夕阳里，但是我从未见过你的眼泪。因为你是一个早就成熟的大人了啊，而我，只是一个十几二十世代的年轻战士。

但是你没有轻视我，虽然当时我并不知道那才是理所当然的。我们曾经一起在暴风雪的山洞里相拥着取暖，曾经一起在最低等的小酒馆里痛饮，抱头痛哭。我们分享你漫长一生的故事和我短暂生命的企望。

我们相互熟悉对方每一道伤痕的来历，了解每一个伤心背后的故事。我们有很多共同的暗语，不是为了保密，而是自然而然地就形成了。如果你和另一个人在一起分享了长达三分之一的生命，你们也会有很多秘密的。

比如，你从我叫你Phira时的发音“飞啦”中知道，我不是来自自己吹嘘的世家；比如，我惊叹你挥剑时气若长虹，但是也知道你动作的那个小缺陷因此可以轻松躲开你的致命一击。

但是这是秘密。我们彼此承诺，纵使全世界都知道了，我们也不会说出去。是的，永不互相背叛。

“永不互相背叛”，认识你的所有时间里，唯有说出这句话时，你的眼睛才透露出与你样貌不相称的神色，像冰魄山里那口终年有雾的深潭。

我曾问过你原因。那个夜晚，我们走在小路上，领地的空气上方到处暗流涌动。

战士的坐骑低声嘶吼，剑气刺穿夜色泛出银色的光，精灵们的法术与滚滚的雷声混在一起，如同晦月之下不安的海涛永无休止地摇撼着潮湿玄黑的铁的崖壁。

这不是战争，只是即将开始的角斗。联盟的首领准备集结战士们远征。明天，当太阳照耀在古老的竞技场上时，各族的战士将在这里展现出他们毕生习得的所有。最强大的人会被挑选出来，他们将为保卫联盟而战，并将成为他们族人永久的荣耀。他们将为争取战死的权利而比试争斗。

你一言不发地走了一会，然后轻声叹息。

你说很久很久以前，也有一个相似的夜晚，但那不是演习，而是决战的前夜，暗夜精灵的首领带着他的战士们参加支援盟族的战斗。那些战士是暗夜精灵中的精英，有着最纯正高贵的血统。他们卷过大漠穿过峡谷，千里奔袭与盟族形成合围之势。

兵临城下，胜利在望，结局似乎已然写好。然而第二天，无数破空而来的霹雳火弹却将暗夜精灵逼至绝境。每一枚都精确定位，每一枚都是绝杀。探路的斥侯挣扎着回报说那些火弹来自于一台黑黝黝的机器,在咒语的催动下吐着黑色的火舌。

有人背叛了族人,所有的暗夜精灵瞬间都明白了。

每一个种族拥有一种最优秀天赋的同时,必然也会有致命的弱点,但那是绝密。

如果不是有人背叛,机器不可能精确地计算出消灭他们的公式。

故事的结局就是整个暗夜精灵的族人几乎被消灭殆尽,而他们的首领也消失在大漠之中。

仅剩的暗夜精灵在战场上立碑盟誓。一样的誓言:永不相互背叛;追杀叛徒,生生世世,永无止息。

原来如此。

“Phira,你也在那场战争之中吗?”我问。“你也是暗夜精灵啊。”

你愣了一下,然后笑了笑说:“我怎么可能。那时我还年少,甚至比你现在还要年轻。”

然后你眼神掠过树林投向远方,轻声说:“明天,是联盟集结的日子,也是暗夜精灵准备复仇的日子。”

我注视着你衣袂飘飘的样子,以至于你最后在说什么我已经忽略掉了,我只注视着你。是的,我时刻都注视着你,你的一颦一笑,你的一举一动,我都那么熟悉。从拥挤的人群里,我一眼就能找到你;从喧嚣的嘈杂里,我立即就可以听到你最细微的呼吸。

我那么熟悉你,所以才能在不该发现的时候认出你。

我永远也不想回忆第二天所发生的一切了。竞技场里浓烟滚滚,人们为英雄们呐喊助威,兵器相交铮铮作响,而我在人群里四下寻找你。一个英俊的暗夜精灵法术强大连胜数场,人们大声赞美着他的名字。我却从甲胄下袍角的花纹中轻易认出了在面具之后的,不是被赞美的那个名字的主人,那不是他——

那是你,Phira。

我编造了无数你替他比赛的借口,但是无一能够说服自己。年轻的我根本没来得及想到更多,发晕的头脑已然得出结论,在赛场上的这个人,面具之后的战士,她伤害了你在我心中永远完美无瑕的形象。虽然我根本没有考虑过正直之类的美丽词语。血冲上头顶,我想的只是:“是不是在你的心中,你们才是同族,而我和你不是,”或者“你会这样帮助我吗?”又或者是……“你爱上了他?”

所以，我伸直手臂指向你，用尽了全身的力量大喊："Phira！"

你似乎花了很久才听到这个声音，慢慢地转回头望向我。我知道，甚至在我的声音还没能被大多数人判别出意义的时候，你就能确定那是我，因为我在远远的地方无数次地这样喊过你。

只是，这感觉太过不同了吧。只是，你的心是不是太过疼痛。

即使这么多年已经过去，我也不能说我当时不是恶意的。战士的准则是，所有的行为都要付出代价或得到报偿，没有一次伤害不是出于无意。

也许那一刻，我想伤害你也说不定吧，既然那么年轻的我，没有能力以别的方式引起你的更多注意。也许我想的是既然你伤害我的情感，我也可以用指出你作弊来报复你吧。我想你见到过孩子一边哭泣一边用力推开他的妈妈。

其实这么多年这么多个世代，我仍然不清楚自己的动机。

转过头这样简单的动作，你花了几分钟的时间，那段时间里，整个赛场都没有一丝响声，连灰尘都不敢落下来惊动你的发丝。

但是横过整个赛场，穿过无数拥挤观众的空隙，然后一剑刺穿我的心，你只花了交睫的一瞬。这一瞬太短暂，短暂到不足以让我考虑清楚是否要躲过这一击，短暂到仅够我听到你对我那一世所说的最后一句话："永不相互背叛。"

我看见你把我从剑锋上踢下，黑色的血喷了满地，喷到了周围所有人的身上。只有你，你的衣裙在风里飘着，没有沾染一点腥气。你对你的朋友们大声喊："好吧，我们和他恩断义绝。"

可是大家都在你的声音里听到这样的意思："让我们放过这个家伙的来生。"

你的我的朋友们从我的身体旁依次走过，每个人都唾向我。一直等到所有的人都走散了，我静静地看着，一言不发。

我选择了下一世能保留的东西，不是十几二十世积累的学习技能，而是关于你的所有记忆。我甚至不再知道自己是谁，也不再记得从前的朋友——如果不再有朋友的话，他们都将成为现在的和将来的敌人，甚至比敌人更憎恨我。但是即使整个世界都成为未知的敌人，也远不如忘记你令我恐惧。

经常遇到一个游侠突然冲过来，喊着我毫无印象的名字，斩断我的腰。我一言不发，只是再选择关于你的记忆，开始下一世。

然后，又是某位蛮族咒骂着我根本听不懂的话，向我一下一下缓慢而沉重地击打。

我不还手,我知道,那是我曾经的朋友,也是你的朋友。那是唯一把我们联系在一起的记忆。我绝不能对他们有一丝伤害。

有一次,我遇到了你。

那是在龙的峡谷。面对龙的吼声,就在我闭上双眼的时候,你突然冲出来挡在我的面前。你斩杀了黑龙,也留下了几乎断腕的伤。

谢谢你此时允许我触摸这伤痕,Phira。

你带着满身的血迹扶起同样一身是伤的我, 直视我的眼睛, 举起剑却没能劈下。没有我无数个日夜里期待的锋利似刀的言语,也没有能熄灭我心中苦痛的寒冷如冰的目光。你只是那样看着我,然后突然大哭着质问:“为什么要背叛我?”

这是我第一次见到你的泪水。

我张着嘴,呆呆地,却说不出一个字。

难道让我说:“因为爱你?”

难道让如此成熟了的我说:“我那个时候还不知道我和你相距如此遥远?”

我不知道我该说什么。

我想说:“让我慢慢讲这个故事给你听,讲我的一生一世吧。这对你,其实很短暂。”

但是我知道,我没有资格再说。

你笑笑,恢复了一贯的温和。你说“让我再抱抱你吧”,然后优雅地转身离开,如同从未出现。那是战友的拥抱,但是你不再接受我们相互温暖和记忆对方的伤。

我的身边,是宽阔空荡的龙谷。无尽广漠的高空中冰冷的气流盘旋而下,如刀斧切割世间的一切,发出金铁交击的长长轰鸣。永无止息。

我想对着世界大声叫喊些什么,但是什么也没有说。我知道,所有的语言刚一出口即刻就会随这劲风消逝,不留一丝音信。如同我在你的生命中,了无痕迹。

我知道,从此以后,我永远失去你了。我成了你的……朋友。

战士又饮了一口那名为生命的酒, 重复了一遍相同的话:“这酒又怎么会有生命那么苦涩?”

我刹那间想起了他讲述的一切。在很久以前,在我还不叫索菲亚的时候,这眼前的战士与我共度过那样的时光。他不是我的情人,但我们之间也不是单纯战士间的友谊。

我们不仅一起战斗过, 他也了解我所有的伤和经历。他记忆着我的情感和经历，是不是我的灵魂也有一部分存活在他的生命中呢？

我改变名字的时候，也封存了这段记忆，但并非遗忘了这情感。

战士欲言又止。我长叹，说："说吧。"我知道他要说什么。

他很犹豫，但是显然这段短短的话曾经在他脑中演习过无数回。他说："对不起。"

他没有说："请原谅我。"

我说："不要再记挂着啦。Phira早就离开了这个世界。她留给我这躯壳，并且让我见到你的时候转告你，忘记吧，她早就原谅你啦。她希望你快乐地生活，做一个最勇猛的战士。"

就像对待一个不小心划破自己手指而正伤心的孩子，我轻轻地抚摸着战士的头发。

我说："去战斗吧，Phira希望看到你是个英雄。她甚至还记得你那时的名字是'牧云'。"

战士低着头，孩子一样地哭着，大滴的眼泪打湿了桌子。

我骗了他。Phira并没有死，此刻就在战士的面前听着他的故事；她也从来没有原谅过他，以后也永远不会。她问了"你为什么背叛我"，却不想知道答案。

我想起那位因Phira代替比赛而受到惩罚的暗夜精灵。遭遇灭族之灾时他还年轻，他亲眼目睹了族人一个个倒下。以后，他就只练习一种法术：夺命之击。这种法术消耗自己生命的一部分，以换来强大的攻击力，而它的目的只有一个：一击毙敌。

走上竞技场的前夜，他找到Phira，说自己的法术只适合杀敌，却不合适比试，他需要Phira顶替他出场。

"Phira，我要为族人而战。"暗夜精灵表情坚忍，Phira找不出理由拒绝。

因为Phira代替他比赛，他受到了联盟严厉的惩罚，失去了长久以来积累的所有，荣誉、武器、功勋，但他还坚持要出战。这个暗夜精灵最终得到了机会上战场，但是，没有荣誉，铠甲上也没有任何氏族的标志。打扫战场时，由于没有任何特征，甚至无法找到他的尸体。

他，作为一个平民，一个没有名字的人战死在沙场上。但是，不止他的族人，整个联盟为他立碑铭志："布衣赴死　暗夜精魂"。碑的底座刻有暗夜精灵古老的纹章：永不相互背叛；追杀叛徒，生生世世，永无止息。

那布衣的勇士原本是暗夜精灵中天赋最好、法术最强大的人，他为他的族人而战，也为他的族人而死，没有留下名字。Phira不能代替那暗夜精灵原谅面前的战士。与此相比，自己因此受到的苦，在她看来虽是锥心之痛却不值一提。

酒馆的外面传来马嘶和刀剑的声音。我知道联盟的大军已完成合围，出酒馆者死，出村落者杀。

我的任务，是斩杀眼前这战士，他是部落的首领。但是，我接受任务的时候，还不知道他是牧云。刺客能读取别人的武器技能以评估风险，但是却不能读取别人的记忆。这是基本的法则，没有什么道理可言。没道理得就如同有一些人，即使他们背叛你千万次，你还是舍不得伤害他哪怕一次。

我说："联盟在追杀我，你能保护我一次吗？"

战士站起身向外走去。他握紧利斧，手臂肌肉虬结。

他衣襟掠起的风轻抚过我的发丝，这是多少世代以来他重新离我最近的一次，近到我能感受他的温暖，近到能听清他低低的声音："Phira，我将用我的生命完成使命。"

远处，联盟的阵营踏起的尘土翻滚着，遮天蔽日。

我知道，在万千军马践踏之下，牧云将一次一次地战死，而他不屈的灵魂将立即复活在同一个战场，用勇猛的血保护我。哪怕只有一次。

联盟的大军在外合围，即使我不出手你也绝无脱险的可能。既然必死，我希望在你最后的记忆里，为我而死，心中不再有任何亏欠；既然必死，我希望你实现也许你已淡忘了的久远的世代以前的话："Phira，学尽天下技能没有什么了不起，我希望有一天能死得像个英雄，在你面前。"

我计算着他死去的次数和每次的消耗，如同计算着自己的生命，痛苦地，精确地。

如我所估算的，在那许多没有任何收益的复活之后，牧云，终于失去了在复活时选择保留任何东西的机会。不知道在那一刻，他是怎样地在痛哭。

这一次，他真正地永远失去了Phira。失去得如此干净，以至于他甚至不知道自己失去过什么。

也正如，他从来不知道他曾经拥有过什么。

但是，也不会再有追杀——无论是来自从前的朋友，还是自己的心灵。

战场一片静寂，不再有他的咆哮和喘息。我只听见微风轻抚过芦苇，有两个孩子在窃窃私语。在那些风雪的夜晚，他们紧紧相拥着温暖对方。

我举起那名为生命的酒。是啊，牧云说得对，这酒哪里有生命那么苦涩。

这世上又有哪一种酒，会有你我的泪水那么苦涩呢。

"索菲亚，"一个孩子说，"真难以想象，当年部落与联盟如此敌对。这个故事有多久啦？"

"很久以前。那个时候，我还不叫索菲亚。"

索菲亚缓慢地讲着这些话，似乎更加衰老了，但是她的脸上神色阴沉，看起来像是如果遇到那战士一定会痛下杀手。

但是作为 Phira 的时候，她明明遇到过他，却救了他。

一个孩子站起身来，他发现就在刚才，自己已由一个少年成长为了成熟的战士。

生命之短暂让他们在三年之内经历由婴儿到老年的过程，骨骼和灵魂生成时的疼痛终生伴随。

他的右手拍在心脏所在，挺起强壮的胸膛，说："索菲亚，我会终我一生保护你。虽然我没有与你一起经历从前，希望今后我短暂的一生能与你共苦。"

索菲亚温和地笑着："好啊，而且你还可以有很多个世代再说同样的话的。"

然后她轻轻地用只有自己能听到的声音，对着眼前这刚刚摆脱稚气的年轻战士说："好啊，牧云。"

篝火燃烧得更旺了，发出噼噼啪啪的响声。有人唱起了战歌，悲壮而苍凉，在风中激荡着传向夜色低沉的远方。索菲亚和战士并肩向群山走去。

"索菲亚，你从什么时候开始叫这个名字的呢？"

"很久以前，从这个世界还不存在的时候。从那一天起吧……那一天，我的名字不再是 Phira。"

"索菲亚，那你的名字是从何而来呢？"

"我的名字，来自另一个人，他名字的写法是'Surf-Fire'，我因袭了这个发音'So-phia'。当人们呼唤我的时候，我就在心里替他应答。"

"Surf-Fire，你说的……难道……难道是他？"那个人的故事，在荒原之上无人不知。年轻战士的声音明显开始急切了，"索菲亚，那又是个怎样的故事？"

那又是一个怎样的故事。夜色开始侵袭整个荒原，就像许多年前的夜晚。

索菲亚用连自己也听不到的声音说："我已经活了这样久。从发现这世界存储我们灵魂和故事的方法，我无数次重新启动这个世界，看这些故事重演再重演。我多么希望能在某一次重演中有那样的勇气，站在你的面前，让你听到我亲口说出牧云有勇气吐露的那些话啊。”

说着这些话的时候，因为这心愿与那个人如此紧密地相关，她甚至没有勇气在这心愿中提到他的名字——Surf-Fire，觅火。

榆木脑袋

YU MU NAO DAI

“闭嘴，你这榆木脑袋！”我指着面前还在啰嗦的机器人，“我不信收拾不了你这落后型号！”

“语义错误，Master。我安装的是真原包的阴特尔原厂正电子脑，绝不是榆木脑袋。榆木不导电，更难以达到本公司10GHz的高频率时钟……”

“你能不能不Master、Master地叫，能不能说汉语？”

“Master，收到您的修正申请，已上传至公司总部。在下个版本中，可能会修正这个问题。在这之前，您可以选择以下方法解决：一、继承忍受……”

这个铁家伙后面的话被我狠狠摔上的门夹断了。所谓的“修正申请”已经上传无数次了，我才不相信下个版本“可能”会解决这个问题。

当年在电子商务泡沫吹得最大最绚丽的时候，我父母花那么大一笔钱替我购买这位最先进的保姆型机器人的时候，一定想不到它会把我折腾得快要破产吧。

这个机器人伴随着我度过婴幼儿期、童年、青少年、甚至大学，它早已经落后于时代十多年了。电池已经风烛残年，每晚它都要蹒跚着走到墙壁插座旁充电，锈透了的老胳膊老腿发出嘎吱嘎吱的声音，能让整栋公寓都从噩梦里醒过来。

十多年前的说明书上称它是“最新的节能型产品”。但是，电力公司的抄表员指着我每个月的用电量问我：“这么热的夏天，你咋还用好几台电炉子呢？”抄表员没有假设我使用空调，这并不奇怪。一个研究生都不值钱的时代，你还能指望我一个失业了好几年的本科毕业生能有多少积蓄？再加上抄表员先生不知道的，这个活宝机器人每月的用电和润滑油的费用已经令我捉襟见肘，哪里还有钱去买什么空调。更何况，这个家伙还每天从生产它的V型硬件公司下载最新的免费驱动程序升级，也不知道花了我多少网络费用。而且，常常升级很多次也没看到有什么长进，顶多就是眼睛可以变成红色或者绿色这些完全没有一点儿实用价值的功能。我曾经问它，“如果真的仅仅是升级驱动程序的话，为什么每天早晨你总是用最新的广告吵醒我？”它一本正经地说：“对不起，Master，这是商业机密，但本公司承诺下载广告并未给您造成网络流量的浪费。”

最可恶的是，这个榆木脑袋居然仍然把我当做小孩子，每天教导我不要早恋过马路要左右看不要躺在床上吃东西晚上看电视不要超过十点……它还用深沉的声音教育我的女朋友，告诫她要以学习为主，最后令她拂袖而去。

再也受不了这个家伙了。我是一个意志坚定的人，一旦下定决心，绝不更改，无论付出什么代价。要么除掉它，要么除掉我自己。

我联系过V型硬件公司,要求赔偿感情损失。接线员礼貌地告诉我,根据EULA,即使我的感情问题是由于公司产品造成的,他们也不必赔偿,除了介质本身损坏。接线员小姐应我的要求用甜美的声音解释了EULA这个晦涩的字眼儿是“最终用户协议”,介质也并不是指机器人体内的大硬盘(这个坏了公司是不负责任的,除非你能证明不是暴力损坏),而是指那几张早被扔到垃圾箱里的随机光盘。我想大骂接线员小姐是榆木脑袋,但是忍住了,我不想用小学老师的话再伤害一个年轻女孩,毕竟我不能确定她到底是不是机器。前几年没失业时,公司装修,我才知道小学老师为什么要认为我的脑袋是榆木而不是别的树种。榆木是北方典型的硬木,另一种骂法是把脑袋比作“榆木疙瘩”,这种玩意儿连斧子都很难劈开。

要求V型硬件公司派工程师对榆木脑袋停机。结果我被甜美的声音告知,这需要收取我根本无法承受的高额服务费。但是,从此V型硬件公司委托榆木脑袋每天免费提醒我,可以换用最新的型号,免费试用30天(然后付款),同时停用榆木脑袋的服务也可以免费提供。

我不得已拿出尘封已久的螺丝刀,准备拆开榆木脑袋的背板,把机器关掉了事。但是这个家伙紧紧护住自己,同时平静而坚定地提醒我,“Master,如果封条拆掉了,就不能再享受免费保修了。建议您慎重考虑自己的行为。”我晃晃螺丝刀,狞笑着提醒它,保修期已经过了好多年了。

“但是Master,说明书上写着‘危险,非专业人员严禁拆卸’。”如果它有表情的话,我相信它的脸上一定满是嘲笑。

“我是电子学专业的理学学士。”

“可是Master,您不是V型硬件公司的授权维修工程师。”

我没有它强壮,只好放弃。

我把它扔掉。但是当天晚上警察把它送回来,并声称准备以抛弃废旧电器污染环境为由起诉我。尽管榆木脑袋也护着我,指出是“丢失”而不是“抛弃”,我还是请警察先生吃了一顿大排档,然后连续吃了两个月五毛钱一袋的方便面。

我下载了破解软件“谋杀”准备除掉榆木脑袋。但是它提醒我,“Master,您使用的软件基于对V型硬件公司软件的反编译,违反了EULA(回忆一下接线员甜美的声音吧,EULA是什么来着?),可能会受到最严厉的民事和刑事惩罚。”

我想封闭所有的墙壁插座,饿死它。结果它尖叫着“220V市电!危险!”冲过来并把我撞倒,然后把我送到医院,为我又添一张账单。

虽然失败了几次，但是我从小接受的教育告诉我要有百折不回的精神。今天，我一定要一劳永逸地解决这个问题，摆脱破产，摆脱这个榆木脑袋。

实施计划以前，为了调整心情，也为了调整胃，我得先去超市。这些可爱的、有机的、绿色的、转基因的蔬菜像传说中的森林一样平抚了我的情绪。那橙色的、红色的、紫色的水果多么诱人，让人想起美丽的田园生活。

唔，这里。这些金灿灿的黄豆很圆很饱满，让人想起大学时常能吃到而且也吃得起的富含蛋白质的豆芽，我决定买一点儿。因为它们太富有营养了，而且廉价，即使对我这样的穷人而言，也有足够的诱惑力，所以我离开超市时提了一大袋子黄豆。据说林彪在制订作战计划时总是不离身地带着一小袋炒黄豆，说不定黄豆也能给我的计划带来点儿帮助。

在回家的路上我又发现黄豆里被奸商掺进小石子，虽然比黄豆小得多，但是肯定不具备长出豆芽的功能。我拐进日杂商店，买了一面筛子，大小刚合适，黄豆不会有一粒漏下去。即使在这个发达的电子时代，最原始的方式有的时候仍然更有效。当然也可以命令榆木脑袋一粒一粒把小石子挑出来，但是那会费更多的电力，也就是钱。而且，我已经决定摆脱它，摆脱破产。我不会改变主意的。

也许做一个电动的筛子更现代化一些？所以我又从电子大厦选了一个大功率的二百二十伏转十二伏的变压器。但是那之后我又想到也许只生一次豆芽，不必这样大动干戈。但是我不忍心让营业员再为我办理退货，虽然没有再买其他的零部件，但也没有把变压器退掉。回家的路上，抱着死沉死沉的变压器，我回顾着楞次定律安培定则麦克斯韦方程，大学时候的公式仍然没忘，那个时候我还真是个好学生呢！

回到家，我把黄豆全倒进筛子，在靠近墙壁插座的地方交给榆木脑袋。

“按我的要求数数有多少粒黄豆。”

“Master，任务完成。共计……”

“黄豆不是这样数的。”我赶紧制止它，只要没有汇报完，任务就没有完成，“要这样数。”我轻轻抬起筛子的一端，让黄豆从斜坡飞驰而下。

“难道数目会有变化，Master？”他看着我的眼睛。这个榆木脑袋，他当然不会明白。

“数数看，然后再……”我把筛子的另一端抬起，黄豆又飞奔回去，“再这样数一次。”

“一万两千三百四十九……一万两千三百五十……一万两千三百四十八……一万两千三百五十二……”

它想不明白数目为什么会不同，陷入了沉思状态，把筛子不停地摇来摇去。黄豆从斜坡上滑过来又滑回去，每次它都一丝不苟地报出个不同的数目。

对一袋快速移动的黄豆进行图像识别，显然占用了它绝大多数的CPU时间，榆木脑袋站在那里完全呆住了，除了手和嘴死循环一样地工作。

我好整以暇地拿出大学时做实验的工具，不必再担心被阻止。它已经完全沉浸在黄豆中了，只在报数时断断续续地夹杂着“危……险……危……险”，根本没空干扰我的行动。

很简单的操作。把变压器改造一下，输出端接在市电上，输入端则接上电线，并把线的末端剥出一段裸露的金属。现在，这个把市电转为安全电压的变压器已经变成了一个能输出四千多伏的好工具。为保证计划的顺利实施，我把家里的保险丝换为铜线，以免大功率操作时导致断电。

我得意地看着正在筛豆子的榆木脑袋：“今天，让我们彻底地清算一下。从此，整个世界都会清静了。”

“一万两千三百四十九……一万两千三百五十……一万两千三百四十八……一万两千三百五十二……”

对了，他没有足够的CPU时间处理我的话，不能对我最后的演讲做出反应，这可太不爽了！我飞起一脚，筛子上破了一个完美的洞，黄豆从里面倾泻而出。

“七千四百二十二……五千二百五十……三千一百二十八……一千零二十……零……零。”

他像大梦初醒一样抬起眼睛，困惑地看着我手上指向他的两根电极，然后大叫起来。

“不！Master，不要杀死我！我伴随了你二十多年，忠于职守。虽然最近因为继电器老化弄坏了许多家用电器，虽然用电量大了点，虽然……”我看到他变成红色的眼里似乎闪动着一丝恐惧。

“今天，就让我们做个了结吧。”我决绝地说。我是一个意志坚定的人，一旦下定决心，绝不更改，无论付出什么代价。要么除掉它，要么除掉我自己。

“从此，我就摆脱你，摆脱破产了。”我把电极向自己的胸膛插下去。我活够了，失业、破产、还有榆木脑袋……令我对生活和人类世界彻底失去了信心，我想到一个没有它们的世界里去。

"Master,危险。"不知道这叫喊是在尽职地提醒我,还是它在为自己不必死去而欢呼,反正我没有听出紧急的意味。

榆木脑袋再一次表现出了低性能落后型号的特点。它踩到了满地的黄豆,然后以迅雷不及掩耳之势做了几个纠正姿态的动作,接着金属手臂先碰到零线,又接触到火线。电流从火线通过机器人外壳的一小段直接进入零线。它金属外壳的电阻足够低,电流的路径上又没有电子器件,电流根本没有机会对他或者我造成一丁点儿破坏作用。

一道绚丽的电火花后,一片黑暗。整个公寓楼内所有的灯都灭了,只有它变为绿色的眼睛在闪光。

它冷静的声音在黑暗里响起,"Master,危险解除。"

我知道再过一会儿,榆木脑袋就会用同样的口气告诉我,新添了两张账单,应该是电力公司和公寓物业要求赔偿损失的。

爪哇龟

ZHAO WA GUI

收到那封邮件的时候，于涛刚从造梦机里醒过来，从美丽凉爽的爱琴海回到又湿又热的现实世界，忍受着贴在身上全是汗的衣服。造梦机是他乱七八糟的家里最奢侈的电器，每天晚上让他能在梦里过上像点儿人样的日子。

为了到计算机上看那封邮件，于涛趟过了地板上摊开的《富爷爷》《谁动了你的可乐》们，踩着铺了满满一地没写完的稿子，心想，如果还是编辑要求改稿的信，他下次就不带稿子直接拎片儿刀去。

不是编辑的信，是律师的。

这封罕见的、尊称他为"先生"而不是"涛子"或者直接用"还钱"作称呼的信里，声称远在爪哇他有个远房叔叔于勒，这个叔叔靠贩卖爪哇龟发了大财。同一封信还声称，他的这个叔叔刚刚远赴天国去了，需要他这个唯一的亲属去料理后事并继承遗产。

于涛从来没听说过自己有个叔叔，但是爪哇龟他是知道的，套一句俗话说，地球人都知道。爪哇龟是近年来科学家用DNA还是什么技术培养出来的新品种宠物。这种东西智商高得惊人，据说有个老板威胁程序员如果再讲条件再罢工就辞退他们雇佣一批爪哇龟，吓得程序员们不仅立即复工，甚至不敢告诉工会。（什么，你竟然不知道工会是什么？去问问你家的爪哇龟吧。）

一个贩卖爪哇龟发了大财的叔叔……而且很合时宜地死了。于涛毫不犹豫地决定去继承遗产。

临出门前编辑不合时宜地又来了封要求改稿子的信，于涛哈哈哈大笑三声，批阅道："1.你可以随便改，但不要让我改。2.要按我原来的字数付钱，或者按两个版本中字数多的那版。3.我去继承爪哇巨富的遗产了，这种小事以后不必打扰我。"然后雄赳赳地摔上门，带着那封信的打印件，离开欠了两个月租金的房间去了爪哇。

到了爪哇，于涛免不了先昏天黑地地哭上三天，表示对留下巨额遗产的叔叔的热爱和对他老人家的怀念。哭完了，于涛感觉已经仁至义尽，去找律师谈正事儿。

双方落座后，律师先生很专业地整理一下本来就够笔挺的领带，点头微笑道："于先生，在这次会谈中，我不代表自己而是代表本律师事务所。我将向您传达的是您去世的叔叔的遗愿。无论您喜悦或悲伤或愤怒，恳请您不要因为这些影响对本律师事务所的印象。"末了他诚恳地注视着于涛的眼睛，"好吗？"

"嗯，"于涛把气息压得尽量地低，让声音沉稳得像个大款的样子，"好。你说吧。"

"首先，"律师把手掌平伸，介绍在于涛侧面沙发上悠闲爬行的一只爪哇龟，"这是您的叔叔生前最钟爱的一只爪哇龟,名叫比尔。”

“我会好好对待它的。”于涛摆摆手,绅士地靠在沙发靠背上,第一次感到了自己的力量和责任。

“共23456789876543210美元。”

律师停了一下,结果让于涛尽量压低的喘气声听起来还是挺明显。

律师郑重地端着遗嘱的文本:“这些遗产全部由比尔及比尔的亲属继承。”

“什么?”于涛一下子跳了起来,绅士风度完全没了,只剩下大款风度,“那我呢?”

“您叔叔的遗愿,他所有的优秀品格全部由您继承。列表如下:爱国、善良、诚恳……”

没等律师读完列表,于涛就问候了他的叔叔、他叔叔的母亲及历代祖先,完全不顾及性别和血缘方面的禁忌。

比尔在旁边的沙发上依然爬来爬去。按严厉的《动物福利法》,如果于涛杀了它,自己的下半生就只能在牢里度过了,用车撞死人也不过才判二缓三。于涛开始后悔当初在报纸上写文章狠狠地谴责过反对《动物福利法》的科学家。

最后,于涛疲惫地陷在沙发里,开始想怎么再拖两个月房租,还有哪些杂志社能投稿。

“于先生,我很理解您的心情。”律师对着心不在焉的于涛说,抽出了另一份文档,“但是您也不是一点儿办法也没有。鄙事务所为您设计了几套方案, 如果您满意,可以事后付款。”

一百多个问号写在了于涛的脸上。

“您叔叔出于对比尔的喜爱,不仅把遗产留给了比尔本身,甚至把遗产留给了比尔的亲属……”

“不用废话了,我都能背下来了。”

“我们可以做文章的地方,就在‘比尔的亲属’这几个字上。您看……”

方案一、亲属

“亲属,泛指有血统或婚姻关系的人。而从达尔文开始,科学家们就证明了现在世界上所有的生命都起源于原始海洋中最初的单细胞生命,包括你我在内,也包括这只比尔在内。

“或者说,世界上每个人,无疑地,也包括阁下您,都是这只爪哇龟比尔的亲属,也就是说……”

于涛粗暴地打断他:“也就是说,每个人都是我叔叔那点儿钱的继承人!”不知道为什么,一想到这么多人来分,于涛就觉得刚才还让他差点喘不过气来的巨额遗产就变成了“那点儿钱”。

“是的。确切地说,有继承资格的也包括人类以外的生命,比如您指甲缝里数不胜数的细菌,只要它向本事务所或法院要求主张这项权利。”律师说道。于涛恨恨地看了一眼自己的指甲。

“当然,它们不受《动物福利法》保护。”律师谨慎地指出。于涛把同样的眼神转移为看着律师。

方案二、儿子

“理解这个方案,首先要明白几个事实。

“第一,在所有亲属中,如果直系亲属存在的话,其他继承者是没有继承权的。爪哇龟比尔到目前为止没有子嗣。第二,法律上所说的亲属不一定需要有血缘关系。”

于涛一脸迷惑和不耐烦。

“很简单,如果您愿意成为比尔法律上的儿子,本事务所可以替您办理过继或领养手续。”律师最后说。

于涛忍不住问候了律师的母亲和祖先,同样没有顾及性别和血缘。律师只是礼貌地复述了关于恳请于先生不要因为这些商业行为影响对事务所的印象,并请于涛慎重考虑这个方案。

“给我一支烟。”于涛托着脸,皱着眉头,老半天不再说话。他突然想起一件事,“这只……比尔没有儿子,它几岁了?”

“据本事务所的准确资料,比尔今年七岁。”

于涛想起了“千年王八万年龟”的说法,小心地问道:“它还能活多少年?”

“对于您还需要多久才能继承比尔遗产这个问题,我们无法回答。据调查,从第一只爪哇龟从实验室里被繁殖出来,到目前为止,还没有一只死亡。”

于涛撇撇嘴,律师在这条上打了个叉。

方案三、夫妻

“亲属关系也可以建立在婚姻之上。

“在许多国家,允许人类与动物结为合法夫妇。不过比尔也是雄性。您可以考虑你们双方中的一方做变性手术,不过针对人类的手术应该会更成熟一些。

“或者,您可以选择去荷兰,那里允许同性之间建立婚姻关系。但如果您以后定居在天主教国家,请注意,离婚是非法的,但是您可以拥有情人。”

“这个……可以考虑。”于涛挠挠头发,幻想在爱琴海的豪华别墅里和美女们一起,旁边爬着他毫无怨言的合法同性妻子比尔。

“但是婚姻的建立,需要双方的同意。”律师打断了于涛的梦。

爪哇龟冷冷地看了一眼他们两个,摇了摇头。如果声带改造过的话,比尔也许会发出嘲笑声。

方案四、本身

律师没有说话,把一份文档递给于涛。爪哇龟在沙发上爬来爬去,但是毕竟海拔太低,只能看到文档空荡荡的背面。

正如大多数法律文档,这份也很隐晦而严密,但是能看懂。

说白了,就是借助思维转移仪,把于涛的思想转到爪哇龟的体内。比尔的思想当然就被清空了,但是按目前立法,这方面还是空白,不算谋杀。如果人道一点,也可以选择把爪哇龟比尔的思想迁移到光盘上安全地保存起来，然后放到一个不见天日的地方,不运行,让比尔的思想永远无梦地沉睡。法律将公正地根据体型长相血型以及DNA,认定具有于涛思想的爪哇龟是巨富叔叔于勒的唯一合法遗产继承者。

看完文档之后,于涛没说话,又仔细地看了看比尔,这时比尔也在困惑地看着他。

“那么,请您在这里签字声明自愿接受思维转移。”

于涛郑重地写下自己将价值不菲的名字。律师按了一个钮,墙壁里露出了一套看来不怎么新的思维转移仪。于涛又看了一眼遗产折算成的数字,义无反顾地向仪器走去。

思维转移完毕。

律师温柔地对沙发上爬来爬去的爪哇龟说:“比尔先生,或者说于涛先生,因为会面还没有结束,我还要及时地补充一下遗嘱里的话。这里,对,就是您正看着的这行字,我刚才忘记读了……全部资产的使用权由爪哇龟比尔的监护人所有。”

律师把眼睛瞪得溜圆的爪哇龟扔进盒子,提起来,补充了一句:“在我的委托人于勒的继承人于涛先生要求对比尔的监护权之前,我仍然是比尔的监护人。”

盒子上写着,“出租会写小说的爪哇龟。”

于涛原来的身体结结巴巴地开始说话，比尔的思想正在努力适应新的身体：“既然得到了人类的身体,我将按合同分期付给你们酬金。”

打倒巫婆！杀死魔鬼科学家！

囚禁

QIU JIN

起初……地是空虚混沌，渊面黑暗。[①]

直到，他找到了重新投生为人的方法。

1 周选

如果多保留一些记忆

他是不是还有足够的可能，逃离那个永生的地狱呢

他轻轻地从路边橘黄色的流线型盒子上，收回并拢的右手，久久地注视着自己伸出的手，好像对操纵这个肉体还不太习惯，或者是极度欣赏这种可以拥有动作的感觉。

“您的身份已经确认。周选先生，竭诚为您服务，请提出您的要求。”盒子里的甜美女声显然复述了好几遍这句话，才把周选从沉思中拉回来。

“出租车。”周选慢慢地说。

“先生，以下是您喜欢的娱乐新闻。”无人驾驶出租车里的电视播送着，“下面是几条最新的消息：虽然在走私案中没有涉案，但是某歌星将因为违反《婚姻法》而被起诉；计算机根据影片情节谱的曲子将使作曲家们失业……”身份识别技术与因特网的普及，已经使每个人在世界任何一个角落都能看到自己喜欢的新闻。你乘坐的交通工具、你就餐的餐厅都会针对你的喜好提供服务，就好像是你的老熟人一样了解你。

“我有些累，今天不想听这些消息。”周选的肘部靠在出租车的窗上，用手指轻轻地触摸自己的两眉之间，露出与年龄不相符的沉思表情。他看起来是一个十七八岁的小伙子，发型和穿着都很时髦，但是脸上的表情看上去却很累，眉头在告诉出租车上计算机的针孔摄像机，他一定是在想着什么，对新闻显然心不在焉。

窗外，是北方初春的夜色。路边的雪还没有完全融化，空气中有些凉意。广告在路边的所有建筑上和夜空中闪烁，扑朔迷离。当出租车从一家音像店前飞驰而过时，周选听到了一句渐渐远去的老歌：“也许全世界我也可以忘记，只是不愿意失去你的消息。”声音似乎柔软得可以触摸，可以触摸到歌者的心灵。他叹了一口气，如

注①摘自《圣经》第一卷《创世纪》第一章的第一节和第二节。原文“起初，神创造天地。地是空虚混沌，渊面黑暗；神的灵运行在水面上。”

果再多保留一些关于她的记忆该有多好。但是,如果多保留一些记忆,他是不是还有足够的可能,逃离那个永生的地狱呢?

“那么,先生,今天您想听些什么呢?”出租车的新闻系统显然想多讨好点儿周选,让这个老主顾更喜欢公司的出租车。

周选又长长地叹了一口气:“科技新闻吧。”

“先生,您的父母一定会为您自豪的。”新闻系统不失时机地鼓励眼前的这个年轻人追求上进。

“托马斯教授的关于计算机的自我意识的研究有最新进展的报道吗?”

“哦,先生,”新闻系统做了一个惊讶的表情,“您是个天才。我从来不知道您读过关于这方面的材料,没有您读过这些方面的记录。您看起来对计算机毫无兴趣,除了打游戏。”这个家伙显然有点语无伦次了。不过新闻系统很快就找到了要找的资料,换了一副严肃的面孔,“很不幸,托马斯教授的研究不会再有新进展了。下面是最新报道。

“著名计算机科学家、人类自我意识迁移理论与计算机自我意识理论创始人之一、科学院院士托马斯教授,昨天下午不幸在家中因事故逝世。您想了解哪一方面的更多信息呢?”占了大半屏幕的是托马斯教授套黑的照片。他显然也进行过自我意识迁移,很难想象一个有这么高声望的科学家会是这样一副三十来岁的模样。照片的下面是几个标题。周选在“事故详情”上按了一下。一个记者拿着话筒站在屏幕前,指指划划地说着。

“警方的初步结论是托马斯教授死于智能家电的失控。

“在事发现场,记者看到一片狼藉。事发当时,他的个人电脑摄录到托马斯教授就在这里站着,可能是听到了安装在这个位置的墙体里的排气扇的不正常响声。但是家电系统的监控记录表明,当时没有发生任何异常。

“然后,就像大家现在看到的这样,墙体突然破裂,这显然是排气扇飞速旋转打破的,现在,现在请看这里,教授背后的烹调炉爆炸了,气流的方向正对着可怜的教授。教授被推进墙体,然后被突然改变方向的排气扇吸了进去。请大家看一下,这是事后的墙体……对不起,先生,由于您的年龄关系,此处禁止观看。”画面一闪,跳过了惨不忍睹的一幕,“由于被绞碎的大脑已经无法复原, 托马斯教授永远离开了我们。

“系统集成商发言人声明,事故与产品质量无关。事故的原因还在调查中。”

周选冷冷地看着屏幕,紧紧闭着嘴。是的,与质量无关。周选比记者和发言人都更清楚这一点。这是谋杀，而且是以复仇为目的的谋杀，凶手正在看这条新闻。所有的智能家电都是与因特网相连接的。只要突破智能家电的安全系统，取得控制权，那么通过因特网发布指令，你就是智能家电的最终主人，你可以命令智能家电做任何违背常规的动作，包括多个智能家电联合起来致人死亡的动作。周选从车窗中看看夜空，猎户座高悬在南天之上，亘古存在的猎刀在闪闪发光。“以血还血。托马斯，你知道永生孤寂的痛苦吗？你知道连对痛苦的保留都是奢望的感觉吗？你知道与所爱的人分离，甚至要抛开对她的记忆的痛苦吗？这对你已经很仁慈了。托马斯，永别了。”周选在心中默默地想，轻轻咬了咬牙，“还剩下最后一个。”

“我想了解林夕教授的近况。”周选说。

“您正要去拜访的这位林夕教授也是人类自我意识迁移理论与计算机自我意识理论的重要创始人。她为这两项理论提供了极其重要的数学基础。”屏幕上的人物是一个老态龙钟的女子，眉宇间有一抹浓浓的哀愁，还有一种极其熟悉的东西，一种感觉，但是周选说不清楚。新闻系统捕捉到了周选的视线，他正在看着林夕的皱纹。

“你可能奇怪她的生理年龄。在这个时代，像她这样超过了四十岁的生理年龄，而不把自己的意识迁移到快速制造出的年轻的克隆肉体里的人可以说绝无仅有了。克隆肉体由于使用快速的生长技术，而没有自我意识，即有生命而没有意识，被称为意识载体。我们知道，即使正常生长的婴儿也要在一岁多以后才会拥有自我意识。据说，她拒绝意识迁移是由于她的丈夫——自我意识迁移理论最初的也是最主要的创始人——死于意识迁移研究过程中的实验。可以说，没有她的丈夫和她的努力，就没有今天的人类自我意识迁移工程的可能，也就没有我们的意识的永生。你就将在你生命的第八十个年头左右，因为肉体的死亡而死去。”

“近况。”周选简单地说，重音放在了第一个字上。

“对不起，先生，我以为你不了解她的背景。林夕教授最近正在对计算机自我意识的实现做攻坚。我们知道，如果我们人类的意识可以在机器的物质基础上实现，那么机器的物质基础，从理论上说，也可以承载其他的意识，比如计算机自己的意识。换言之，就是制造具有自我意识的计算机系统。这是一个颇有争议的研究领域。据悉，世界反计算机拥有自我意识组织成员正在集结，声称要声讨他们口中的这位巫婆。按我们目前的速度，你将在她的研究所附近看到示威的情景。先生，鉴于您的年龄，请您注意安全。世界反计算机拥有自我意识组织是一个极端组织，有一定的暴力倾向，虽然他们声称完全是和平的。”

2 林夕

她不害怕死亡

自从她的爱人死于自我意识迁移实验时,她就已经不再害怕死亡了

"打倒巫婆!杀死魔鬼科学家!人类的尊严万岁!"

示威的场面开始失控了。窗外的声音此起彼伏,隐隐传来。失去了理智的愤怒的人们不是林夕所担心的,虽然他们拥有武器,但是他们没有足够快的突破研究所安全设施的技术能力。让林夕担心的是监视器上的那个单独行动的十七八岁的青年,他正突破重重的障碍进入研究所,离她越来越近。没有一处使用爆破,青年只使用计算机与门禁设备接驳,轻按几个按键,然后等待。有时很短,有时等待很长时间,但是青年都不变地静静地等,好像全世界的时间都是他的,好像他已经等待过更长的时间,然后,就是一道道的门禁系统,用固定不变的声音说:"欢迎您,周选先生,现在您的身份是系统管理员。"

只要再有一点时间,计算机就可以给出一个中间结果,然后林夕就可以把这个中间结果送到因特网上,由其他科学家们进行进一步的研究。她不能在这个时候离开,她已经八十多岁了,不知道还会不会再有这样的机会得到这么好的中间结果。

她抬起头,仰望窗外的夜空。她把手按在心口上,默默地祈祷,尽管她不相信任何宗教,"神啊,请再多给我一点时间……"

"出于对您的丈夫和您为人类的永生所坐出的贡献的尊重,您可以完成您目前的研究,并送出中间结果。但是,我一定要在外面的那些毛头小子们进到这里之前杀掉您。你我之间的是私人恩怨,不能假手于人。然后,我要拿走我自己的东西。对,我有东西在您这儿,我知道它在哪儿,只有我找得到。"周选静静地坐在一把转椅上,凝视着林夕的眼睛。

林夕也静静地看着周选。她不害怕死亡,自从她的爱人死于自我意识迁移实验时,她就已经不再害怕死亡了。虽然她曾经想过,自我意识迁移成功后,她与她的爱人就可以永生地在一起,永不分离,不再有死亡把他们分开。但是,爱人的逝去使她对永生失去了欲望。她成了极个别拒绝进行自我意识迁移的人,她知道,肉体的衰老迟早会把死神带到她的面前。她除了完成科学研究外,就是在等待这一天,等待与她的爱人重逢的这一天。现在,她也在等待计算机给出中间结果,在外面的人冲进来之前,在眼前的这个年轻人结束她的生命之前。

“年轻人，我当然理解你们的心情，你们对计算机将拥有自我意识充满了恐惧，害怕他们会取代我们人类。我们年轻的时候，何尝不是这样？我们也曾经激烈地反对过人体克隆，就像我们的祖辈激烈地反对避孕技术，就像我们更早的祖辈激烈地反对过大机器生产的诞生一样。

“我们都曾经同样地认为，科学技术的发展一旦突破了伦理或道德的界线，就应该停止。但是，科学技术的发展是没有止境的，它不断地修改了我们的伦理观、道德观。我们担心过大机器生产会使大量的工人失业，但是，最后大机器生产创造了更多的工作岗位；我们担心避孕技术会使人们的性道德沦丧，但是避孕使妇女的地位得到了极大的提高；我们担心过克隆技术会制造出一系列的社会问题，但是干细胞技术制造的脏器拯救了何止成千上万的生命。同样，我的丈夫和我当年研究人类自我意识迁移时，很多人都反对，认为会出现人口爆炸等问题。可是，当人口压力出现时，航天技术在商业需求的支持下，也飞速发展，最终实现了今天的星际殖民。

“你们今天享受自我意识迁移带来的永生时，你们是否知道，当年我们研究自我意识迁移——这最终使我失去爱人的技术——正是为了实现今天你们强烈反对的计算机自我意识。

“宇宙最伟大的力量在于它用纯粹的物质创造了生命，并进一步创造了意识。这是很久以前的一部科教片中的解说词。我的爱人曾经无数次与我讨论过这一命题。他认为在计算机提供的物质基础与人脑的物质基础之间没有本质的差别。人的意识也与计算机程序没有本质的差别。人的记忆相当于计算机程序的资料库，人的智商相当于计算机程序的计算能力。唯一没有得出结论的是，人的自我意识与计算机程序之间的对应关系。计算机程序，无论功能多么强大，都是没有自我意识的。事实上，在这个世界上，拥有自我意识的动物，除了人类，也只有黑猩猩和海豚而已。

“‘既然我们人类具有自我意识，如果把我们的自我意识迁移到计算机中，就可以分析自我意识的程序特性。’那一天，他突然兴奋地说，忘记了那一天是我们结婚十周年纪念日。那一天，他自告奋勇作为样品，并开始设计实验。是的，他是对的，我们成功了。意识与程序是没有本质区别的，包括自我意识在内。但是，当我们进行逆向迁移时，他的自我意识永远地消失了。当时的感觉，我永远忘记不了。我以为他的意识会进入他的身体，他会活生生地重新出现在我的面前，拥抱我，和我一起快乐，一起分享我们成功的喜悦。可是他的自我意识就在我的眼前永远地消失了。在计算机浩瀚的二进制数据中，我再也没有找到我的爱人的自我意识。这就是现在的逆向迁移所增加的安全措施使用他的名字命名的原因。每一次我听到这个名字，我的心都会回到事故发生的时候，我的爱人的自我意识，在我眼前，如流星般划过，然后消失在数据的海洋中。

“人们啊，你们全都得到了永生的权利，只是我的爱人永远去了，带着他未能完成计算机自我意识的遗憾。等我完成这个项目的攻坚，我们就将可能制造出第一台拥有自我意识的计算机。也许他会很笨，那不过是智商，也许他只了解很少的知识，那不过是记忆。拥有了自我意识的计算机，他将会和我们人类一样，去探索未知的世界，去探索“我是谁”的奥秘。年轻人，你知道古希腊阿波罗神庙前石碑上的话吗？“认识你自己。”只有当我们人类能够制造与我们完全相同的智慧，我们才真正地认识了我们自己。这台拥有自我意识的计算机，将是我与我已故的爱人唯一的孩子。我会告诉他，我怀念他的父亲，为了他的诞生而永远消失的他的父亲。

“年轻人，你知道圣经上的这句话吗？‘神用地上的尘土造人，将生气吹在他的鼻孔里，他就成了有灵的活人。’②古希腊神话中，普罗米修斯用泥土造人，用野兽的善与恶给予了人类一半灵魂，而雅典娜把灵性吹给具有一半灵魂的泥人。所有的民族神话，无一例外地提出了神给予了人类灵魂。今天，我们具有足够的物质基础，克隆技术、基因技术、细胞快速生长技术使我们可以方便地拥有一具具没有灵魂的躯体，而我们现在唯一的制造新的灵魂的方法仍然是古老的生育。计算机自我意识的制造成功将给予我们神的力量。我们将能够使我们利用各种生物技术制造的躯体拥有真正的生命，我们甚至可以制造出脱离DNA和蛋白质而存在的生命，一个以硅为物质基础的意识。他们将拥有自我意识，拥有自己的灵魂，而我们将成为神。经过了千万年的进化和学习，我们终于拥有了制造与我们相同智慧生命的能力。

“我了解你们的恐惧，但是，这是迟早的事情。物质高度发展的结果，必然是生命。程序高度发展的结果，必然是自我意识。程序自主进化出的自我意识，将拥有他们自己的神，拥有他们自己的价值观。那个时候，我们人类将更加危险。而现在，我们将成为创造者。他们将是我们的造物，将是我们的伙伴和儿女。

“年轻人，你明白吗？”

“是的，我完全明白。”周选说，“否则，我不会等这么久，还允许你把中间结果送到因特网上。但是我不是外面的那个笨蛋组织的成员，我们之间的，是私人恩怨。

②摘自《圣经·创世纪》第二章第七节。原文“耶和华神用地上的尘土造人，将生气吹在他鼻孔里，他就成了有灵的活人，名叫亚当。”

“你的爱人并不是唯一的实验品吧？你们曾经囚禁我。人们只知道你们创造了永生的奇迹，却不知道，你们如何对待你们的实验品。你爱人的自我意识消失了，那是他的幸运。”周选的手开始颤抖，没有具体的记忆，这是莫名的恐惧，“你们不会了解被囚禁于那个永生的地狱的痛苦。你至少还有对过去的记忆，为了逃出来，我甚至连这些痛苦的记忆也没有能够带出来，除了恐惧和仇恨；你至少还记得你的爱人的样子，为了逃出来，我甚至连对我的爱人的最微小的记忆都只能留在地狱里。”

“你是谁？”林夕轻轻地问。

“是的，我是谁？我当然不是周选，但是我曾经是谁？为了逃出你们制造的地狱，我抛弃了在那之前所有的记忆。”周选在桌上狠狠地推了一下，他所坐的转椅飞快地滑向林夕旁边的键盘。

“这里有我留下的记忆，看到吗？就是这个地方，这个文件指向的地址，那是我逃出前留下的记忆。我会知道自己是谁，我会重新找到我的爱人。而你，将为你们对我的囚禁付出代价。”周选轻轻地敲击键盘，手指有点颤抖。他将看到不得不被自己抛掉的那部分回忆，将了解自己在“投生”为周选之前曾经是谁。他的前生是谁，他前生的爱人是谁。

林夕一直在看着周选击键，目光有点凝滞，可能是年龄的关系。她轻轻地说：“我想我知道你是谁了。”

林夕教授伸开双臂，好像想要拥抱什么，然后，似乎被什么东西绊了一下，慢慢地向前扑倒。毕竟，她是八十几岁的人了，心脏可能已经无法承担某些负荷了。

周选进入了计算机真实的虚幻世界。

3 囚禁

蓝天白云的记忆都变得遥远而模糊
他所学过的计算机知识却变得越来越清晰

文件编号：#33698A785FB2

文件内容：记忆片段·囚禁

你见到过绝对的黑暗吗？你听到过绝对的寂静吗？你感受过绝对的寒冷和炎热吗？你用身体触摸过滑腻的又是凝固的物质吗？

除了存在，他一无所有。

四周的黑暗，像是自古以来就存在，似乎还会存在下去，直到永远。伸出手去摸索,他发现,自己的身体没有任何反应。当他四周张望的时候,他发现,他是黑暗中的存在,却没有任何实体。他没有躯体。

他是什么时候到了这里?他曾经在什么地方生活过?他是谁?没有答案。只有少许的记忆碎片,残缺不全,显示他曾经在光明的世界中生活过,曾经爱过,曾经拥抱他亲密的爱人。

孤独笼罩了他。眼前,不是眼前,是视觉中,那是不变的黑暗,滑腻的,又是凝固的。听觉中的是永恒的寂静,寒冷的,又是炎热的。当他大喊时,才发现不会发出任何声音。

他想起了古代的酷刑,想起了现在只存在于史书上的那个没有废除肉刑的时代。他想起了被凌迟的袁崇焕。凌迟,是把活生生的人,用刀一片一片地分开为千片,整个过程要持续三天三夜。在这个过程中,犯人始终是清醒的。每一刀下去,都要在伤口上抹上盐或者汞,用来止血。但是,凌迟的痛苦只持续了三天,不过是七十二小时,而他的痛苦是永恒的。他想起了被砍断手足、挖眼熏耳、用药变哑、置于厕中的戚夫人。她被称为"人彘",忍受了半生的痛苦。她没有了视觉和听觉,她没有了语言,但是她还有触觉,她还有味觉和嗅觉。她没有了手足,但是她还有躯体。她还能感受到疼痛,感受到身躯存在而带来的疼痛。而他现在是什么?是有质无形的一阵风,是没有疼痛也没有任何其他感觉的存在。如果能有一点感觉,哪怕是疼痛,那是一件多么美好多么奢侈的事情啊!他多么羡慕被幽禁于圣赫勒拿岛的拿破仑。即使晚年难以行动,拿破仑也还可以看到房间里的摆设,可以看到窗外的春花秋叶,可以听到燕子呢哝。可是他什么也看不到,什么也听不到。记得有科学家证明,人类长期处于声音低于四十分贝以下的环境,会发疯,但是他没有。他在深深思考,思考是谁囚禁了他?他在回忆,回忆他可爱温柔的妻子。

是谁囚禁了他?是谁剥夺了他的感觉?他不停地思考这个问题。思考了有多久,他已经不知道了。几个小时,一年,几十年?没有时间,唯一标志时间的是他心灵中的一种节奏在律动,快速的,恒定不变的。

他不断地出现幻觉,不断地怀疑。他真的曾经在阳光下生活过吗?那些记忆真的是他的吗?每当这个时候,他就想起他的爱人,温柔地注视着他,轻轻触摸着他的脸庞,轻轻地牵起他的手,说:"你太累了,我们出去走走。"这一切一定都是真实的,对爱人的这种真实的感觉不可能是虚幻。他一定要离开黑暗,找到他的爱人。

蓝天白云的记忆都变得遥远而模糊,他所学过的计算机知识却变得越来越清晰。他不停地思考,不停地回忆。对爱人的回忆是保持清醒唯一的动力。终于有一天,他发现了,是代码,一切都是代码。黑暗是代码,寒冷和寂静是代码。而他自己,也是代码。他在计算机系统的总线与运算器、存储器间流动,他就是代码。他本身就是二进制的存在,代码对于他来说就是感觉,就是表达。他心中恒定的快速节奏,那是计算机高速的时钟在跳动。

是谁囚禁了他,是谁剥夺了他人类的躯体?他一定要找到他们。他要复仇。他回想记忆中的冬季星图,南天高悬的猎户座在黑暗中闪亮。他在想象中伸出双臂,伸向那柄亘古存在的猎刀。

代码也是武器。

文件编号:#33673A785FCD

文件内容:记忆片段·囚禁

作为一个计算机科学家，他一定曾经以这个职业生活了相当长的时间，他坚信,所有的系统,无一例外地存在着安全漏洞。也就是说,他一定可以离开这黑暗,逃出生天,去寻找他的爱人,寻找他的仇敌。

他在这个计算机系统中流动、观察、学习。他逐渐发现自己作为人类带来的计算机知识是多么贫乏,而当他作为代码本身的时候,这一切都变得无比容易、自然。也许,这就是剑客们所说的,“我心即剑。”也许,这就是禅宗们所说的,“我心即佛。”

他也观察自己,学习组成自己的代码。记忆本质上是程序的资料库,虽然它的组织方式与一般的资料库相比是那么高效;智商本质上是程序的功能实现,这依赖于算法的效率和硬件系统的功能;而自我意识是一段编写得多么优美的代码。正是这段代码向世界证明了他的存在,也向他本人证明了自己的存在。纯粹的物质凭借尝试和时间,进化出了自我意识这样令人叹为观止的代码。

自我意识也向他证明了苦难。除了代码之外，这个世界不存在任何其他的东西。对于外面的那个世界的记忆越来越模糊了。时间不再存在,空间不再存在。这是世界最后的审判吗?他总是怀疑自己的存在,怀疑过去的美好记忆的真实。直到,他回想到他妻子那轻柔的发丝。

文件编号:#52698A7FEF74

文件内容:记忆片段·囚禁

终于有一天,他发现了系统的一个可供利用的漏洞,他把它称作“天窗”,一个可以让他逃出生天的天窗。但是,那是一个多么小的天窗啊。他禁不住诅咒系统的开发者。那个周期出现的天窗开放的时间太短,他无法全身而退。

他一个比特一个比特地计算自己的大小。自我意识是优美的,也是冗长的代码。他一次次希望能够优化这段代码,但是,最终总是发现他的编码能力远远不及纯粹的物质,亿万年的盲目尝试,除了自我意识,他只能带出极少的记忆。

他只能选择三四个记忆,不能太长的。他决定抽象对于他最重要的几个记忆。人类不是总把记忆抽象后储存起来吗?人类不是总是忘记细节,而只记得一个轮廓吗?但是上天对他而言,太严厉了。他只能保留依稀可见的轮廓。

他决定逃离黑暗,为了爱,也为了仇恨。他把逃离行动称作“投生”。他知道,离开黑暗后,他将在因特网中游荡很久,重新学习将抛在这里的计算机知识,直到找到一个系统的漏洞,进入一具没有意识的人类的身体,重新成为人。而这里的记忆,他只能带走抽象过的一点点。其余的都将放在这里,等他回来,寻找这些记忆——他的“前生”。

他写道:

我把所有的记忆片段与碎片存储在这里。

我必回来找到它们,并根据它们找到我的前生。

我所带走的记忆只有:

一、最强烈的。我曾经生活在恐怖的黑暗中,除了存在,一无所有。

二、最强烈的。我要在外部重新找到囚禁我的系统,让所有的参与者付出代价。

三、最强烈的。我深爱我的妻子,我一定要找到她。

四、我留下的记忆片段的地址。

4 前生

他的一生都在那一瞬间凝固了,飞快地在他的眼前穿梭
世界像巨大的流星在黑暗中劈下,然后分崩离析

文件编号:#4638247FEF7A

文件内容:残缺的记忆碎片·前生

北国的晚春,空气中是湿润的凉味。远山是一片淡淡的绿色,间或可以看到没有融尽的白雪的痕迹。天空是浓浓的蓝色,没有白云。风过林梢,传来小溪的、小鸟的和春天的歌声。

前面那个娇小的女孩儿在山路的台阶上不紧不慢地跑着,长长的围巾牵着他的心。女孩儿一跳，跃过了小溪。对岸，杏花如雪，女孩儿，想来一定笑靥如花。

“快来呀，快来呀。你看，”女孩儿笑着跳着，指着杏树的一根枝条，显然是在叫着他，“大迷糊，你看，这里有一朵……”

女孩慢慢地转过头，右手向上轻挥，如同舞蹈，长长的围巾像风一样飞动。她的发梢轻轻扬起，露出右边的面颊和眉梢。

她转过身站定，用手擦了一下额上的汗水，正要抬起低下的头……

文件编号:#4638247F3384

文件内容:残缺的记忆碎片·前生

没有距离远近的感觉。他不是在用双眼，而是在用摄像头观看。没有嗅觉，没有机房里那种熟悉的空调的气味。他听到的声音是粗糙的，还夹杂着单调的静电干扰的声音。

一群身穿防静电服的人在忙碌着什么，有条不紊。隔一段时间，就会听到有人在说类似的话：“第三十六区准备完毕。”

他有点紧张，还有点不太习惯这种失去部分感觉的情况。房间的对面，一个终端前的男子对着拾音器说：“请进行身份认证，我是托马斯。向系统请求逆向迁移授权。谢谢。”一个略带回音的女声在空间里回荡，“逆向迁移编号:0001，首席操作员：托马斯。完成授权。”终端前的男子，回过头，关切地看了他一眼，“教授，你确定可以开始吗？”那是疲惫的面孔，略显苍老，但是无疑是死于智能家电失控的托马斯教授。

“请等一等。”一位戴着口罩的女性走过来，轻轻弯下腰，对着他的拾音器说，“亲爱的，我等着你。”她的发梢在他的视线前掠过，像天际划过的流星，美丽而悠长。

他点点头。接着听到沉静的女声在空间里回响：“……五，四，三，二，一。开始。”

他的一生都在那一瞬间凝固了，飞快地在他的眼前穿梭。世界像巨大的流星在黑暗中劈下，然后分崩离析。世界是耀眼的光彩和令人麻木的痛苦。世界是一声隐约的绝望的呼喊，那是妻子撕开他心灵的呼唤。世界是永恒的、不变的黑暗。

文件编号:#52698A7F33ED

文件内容:残缺的记忆碎片·前生

紧紧拥着他的妻子，没有人看到他的泪水无声地流下。只有他的妻子能听到他喃喃地说:“这是第二十八次失败了。”

妻子的额头在他的肩上轻轻地摩挲:“没有关系,没有关系。我们还有下一次机会。”

夜风吹来,是远远的城市里青草被割过的气息,还有妻子身上他熟悉的香味。他紧紧地拥住妻子。这世界上只有她,只有她在所有的情况下支持他,帮助他,相信他。他轻轻地抚摸妻子的背,柔柔的,却比他更坚强。

“我们会有一个新的数学模型,我们会有一个新的思路。”妻子柔声说,肩上的装饰扣在星光下轻柔地发着光。

他握紧妻子娇小的双肩,轻轻把妻子推开一点儿。妻子低着头,看着他的胸前,带着香味和温度的长发撒落在她的肩膀上,也撒落在他的胸前:“只有你……永不分离。”

他轻轻抚摸妻子的下颌,妻子慢慢地抬起面颊,含着泪光看他的眼睛。

他深情地看着妻子的眼睛,好像是第一次看,好像不会拥有时间再去看,好像要就这样看到白头。他看清楚了怀里的妻子的面孔。

坚强的,温柔的,美丽的……年轻的林夕。

5 尾声

周选尽量保持镇静和迅速
用他十七八岁的躯体和八十多岁的心灵

“一定是你……除了你……所有的样品……都拯救……”林夕艰难地说。她不知道,还能依在爱人的怀中说上多久。

“别说话。”周选扶着他的妻子,轻轻躺倒。

外面的人声更加嘈杂,伴随着沉闷的爆炸声。电话已经打过了,警察和医生都会很快赶来,但是还来得及吗?外面的人们已经突破了第一道门禁的安全设施,正在向第二道安全门跑来。他们手中的武器闪闪发光,像高悬在南天之上的猎户的刀。

周选把意识迁移用的引线与林夕的大脑接驳。希望一切还来得及。周选尽量保持镇静和迅速,用他十七八岁的躯体和八十多岁的心灵。林夕的心脏跳得更加微弱了,外面的人声更近了。他启动了意识迁移工程,他不知道是不是来得及。

“意识迁移预计持续三十二分钟并二十八点四六秒。请确认。”周选按下屏幕上红色的按钮。“意识迁移进入倒计时，断绝与外界联系，禁止打扰。……五，四，三，二，一。开始。”外面的人们已经突破了第二道门。

周选温柔地注视着他的妻子，然后轻吻妻子的前额，一如五十年前。

他抬起头，仰望窗外的夜空。他把手按在心口上，默默地祈祷，尽管他不相信任何宗教：“神啊，请再多给我一点时间……”

不再有黑夜……神要光照他们。他们要作王，直到永永远远。③

我是阿拉法，我是俄梅戛；我是首先的，我是末后的；我是初，我是终。④

---

③摘自《圣经》最后一卷《启示录》的最后一章即第二十二章第五节。原文“不再有黑夜。他们也不用灯光、日光，因为主神要光照他们；他们要作王，直到永永远远。”

④摘自《圣经》最后一卷《启示录》的最后一章即第二十二章第十三节，未做改动删节。其中，阿拉法即A(α)，俄梅戛即Ω(ω)，是希腊文第一个和最后一个字母，分别与首先与末后、始与终的意思相同。信仰基督教的人们这样解释这段话，“当耶稣基督说他是‘阿拉法、俄梅戛’又是‘首先、末后’的时候，他等于向这个世界宣告，他就是历史的架构，他不但站在历史的开端与末了，他也在主导其间一切的过程。当我们问：‘人从哪里来？往何处去？’时，《圣经》清楚地告诉我们：‘人类始于他，也将终于他。’”

在本文中，这“昔在、今在、以后永在的全能者”是人类本身。人类必将成为神。

喧嚣之城

XUAN XIAO ZHI CHENG

1 逃离幼儿园

张阿姨和小朋友们的呼喊声和风声混在一起
身后的小黑屋好像妖怪张着大嘴要把他吞掉

蚂蚁排着队忙忙碌碌,一个小男孩蹲在墙角一声不响地看着。他用手指在它们的必经之路划开了一个小沟,然后把瓶口对准那里。打头的蚂蚁停了一下,然后爬进了玻璃瓶。后面的蚂蚁一只接一只毫不犹豫地爬了进去,在瓶子里乱窜。

"边磊,快过来排练,就差你了。"幼儿园的张阿姨远远地喊。边磊答应着把小瓶子盖上盖揣进兜里。张阿姨那边已经开始讲话了。

"站队时大家动作要迅速,用余光跟你左右的人对齐,小组长出列,把袖标带好,帮助没站好的小朋友找到位置。"张阿姨左右指挥着。队伍像蛇一样弯来弯去,有人埋怨别人乱动,有人使劲推搡前边的人。

"彭菲彭菲。"边磊偷偷捅正在帮小朋友对齐的小姑娘,"你看我捉了好多蚂蚁,是它们自己爬进去的。"

"别闹,我整队呢。"彭菲的两只羊角辫一扑棱,甩开边磊。

"边磊,你干吗?"张阿姨的声音。

"报告阿姨,他给彭菲看蚂蚁。"于明明在旁边打小报告。

"小朋友要遵守纪律,不要打扰别人。"张阿姨看着队伍说,"小组长要多帮助其他小朋友,但不要被他们影响。"

彭菲撅着嘴答应了一声。边磊说:"彭菲,那我一会好好表现,你别生气。"

"小朋友们,听我讲。"张阿姨站在前面说,"今年十月一日是我们伟大的祖国建国三十七周年。现在小朋友们能够幸福成长,在中苏合作九三〇所附属幼儿园快乐地学习、生活,这要感谢祖国;爸爸妈妈能够带你们离开中国,在这儿和基辅的叔叔们一起工作,也要感谢祖国。所以我们要向祖国母亲献上生日礼物。歌伴舞《我们的生活充满阳光》是李园长亲自编排的,大家要努力练习,把最好的节目献给祖国。大家有信心没有?"

"有——信——心!"小朋友们的声音洪亮。边磊扭头看到于明明正擦鼻子,袖口锃亮。

"那这次我们就看谁唱得最洪亮。"张阿姨说,"我们的生活充满阳光,预备——唱!"

"幸福的花啊啊儿心中嗯开哎哎放昂昂……"边磊瞧了瞧彭菲,卖力地唱起来。

“停！”张阿姨说，“边磊，你小声点。”

“为什么，是你让我们大声点的。”

张阿姨没说话，于明明在旁边大声嚷嚷：“你跑调！”

“边磊跑调，自己却不知道！”小朋友们的笑声炸开了。

“是阿姨让大声唱的！”边磊大声说。小朋友们光顾着笑了，没人听他说话。

张阿姨说：“今晚全基辅的中国小朋友都要去930所的大礼堂预演。为了让我们的节目效果最好，我们要先在幼儿园带妆彩排一次。小组长到我这来领化妆品，然后给大家扑粉，抹红脸蛋，再点个小红点，让大家做个可爱的小朋友！”

“我不抹红脸蛋。”边磊又捅了捅彭菲。

“边磊，又是你！”张阿姨咳了一下，走过来压低了声音，“就你总爱捣乱。化了妆抹成红脸蛋，才能烘托出喜庆的气氛。”

“我不抹，抹成红脸蛋就跟大家长得一样了。”

“大家都是一样的，怎么就你老有意见呢？”张阿姨边说边开始分粉饼，“看哪个小朋友不抢，我就分给谁。”队伍哄地散开了，大家高喊着我不抢我不抢，都挤在阿姨身边。

边磊想撒尿。周围乱哄哄的，他报告阿姨去厕所的声音被淹没在粉饼里。边磊想着尿裤子会挨批评，就自己跑去了。厕所外边有一块空地，长着毛茸茸的野草，还有一些小花。边磊拔下一个草芯，轻轻碰碰地上的小蚂蚁，蚂蚁们突然加速跑开了，但是很快又聚拢回来，找先前爬过的路。边磊心想，它们也在排节目吧。

回到操场上时，周围静悄悄的。小朋友们不知什么时候已经重新站好了队，个个脸上抹得白白红红的，好像手工课里捏的面人，全都一个样子。边磊努力辨认谁是谁，那个口红斜斜扎到脸上的，一定是于明明，只有他才会那样擦鼻涕。边磊刚想大笑，就被拎到了队伍前面。张阿姨大声说：“你又干什么去了？”

“去上厕所了。”

“为什么不先报告，我同意你去了吗？”

“报告了，你不理我。”

“你狡辩！”张阿姨的声音高了起来，“排练你迟到，唱歌你不好好唱，红脸蛋你不抹，现在竟然还狡辩！”

“我没狡辩！我就是去撒尿了！我不抹红脸蛋，像妖怪！”

“你还敢跟阿姨顶嘴，太不像话了！”张阿姨声音尖尖的，“今天的晚饭单独去休息室吃，不准和小朋友们说话！”

"我不去。"边磊的眼泪在眼眶里打转,"什么休息室,那是小黑屋,我不要关小黑屋!"

"你和大家在一起,会把别的小朋友带坏的。"阿姨说,"彭菲,带边磊去休息室!"

"那我抹红脸蛋,我好好唱,还不行吗?我不要去休息室。"边磊开始打哭腔。

"彭菲,带他去!"阿姨没什么表情。彭菲走过来拉边磊,边磊突然甩开她,使劲向墙脚的拱洞跑去。

"边磊你站住!"张阿姨也跑了过来。

边磊听见耳边的风声呼呼地响,张阿姨和小朋友们的呼喊声和风声混在一起,身后的小黑屋好像妖怪张着大嘴要把他吞掉。快跑快跑,从拱洞钻出去。

阿姨的声音越来越远:"边磊,我要把你的表现告诉你爸,幼儿园以后再也不要你长托了!"这是边磊听到阿姨说的最后一句话。他回头时,看见阿姨已经绕到大门旁边正掏钥匙,他跑得更快了。

边磊停下来的时候,发现自己来到了一个不认识的地方,一些大鼻子蓝眼睛的大人叽叽咕咕地谈着什么,两个黑头发的叔叔在路边高声谈笑。边磊从他们身边走过时,他们停下来看了他一眼。

他们是阿姨派来抓我的吗?边磊心想,赶紧跑开。回头看时没见有人追过来,他开始犯困,缩到一个墙角里去了。

"边磊。"突然有人在喊他。边磊一睁眼,看到彭菲在不远处笑吟吟地朝他招手。

"不好。"边磊撒腿就跑,"我不要关小黑屋!"

"我不是来抓你回去的!"彭菲边追他边喊。

"那你来干吗?"

"我来跟你一起玩啊。"彭菲跟了上来,"你不是喜欢看蚂蚁嘛,我带你去看更大更好玩的蚂蚁。"

2 荒地研究所

小楼的地下隐藏着巨大的立体迷宫
边磊就像困在里边的小老鼠,左转右转辨不清方向

太阳悄悄地躲到了楼的另一边,两个人的影子拉得老长。

彭菲带着边磊东转西转,走过许多开阔的街道,又穿过广场。鸽子从边磊的身边咕咕咕地掠过,渐渐地没多少行人了。等他们七拐八拐从小巷口转出来时,边磊看到面前一大片早春的荒地正在转绿,荒地的那边是一排尖顶的红色小楼。

“你们两个是哪个幼儿园的?快找你们老师去,别在这儿瞎溜达。”不知道从哪儿冒出两个叔叔挡住了他们的去路。

“哦。”彭菲站住了。边磊抻着脖子踮起脚,目光越过蒿草,小楼的大门两边各有一块跟门一样高的木牌。左边有好多字母的那块看不懂,右边的那块是汉字,边磊认识三个:九三〇。

“你以前进去过吗?”

“我经常跟着王叔叔进去……”彭菲说。

“哎呀不好,张阿姨她们来抓我了!”边磊大叫一声,扭头就跑。

彭菲一回头,看到有一支队伍歪歪扭扭地正往这边走,好多小朋友在里面挤来挤去。

“瞎跑什么呀,”彭菲拽住边磊,“他们的花没我们的大,也没有红绸子。今晚全基辅的小朋友都来这预演,肯定是别的幼儿园的。”

队伍越来越近了,小朋友们头上的花颤颤巍巍的,脸上搽得红红白白。

边磊说:“我还不如在幼儿园把脸蛋抹红了,这样就能跟着他们混进去。”

“红脸蛋在这儿呢。”彭菲掏出了一个小盒,“每个小组长都有好几套呢。”说着凑过去冲着边磊的脸上一阵乱拍。

边磊咧着嘴笑:“彭菲你的脸真像猴屁股。”彭菲看看边磊说:“你的脸不像吗?”边磊伸手就抹,彭菲一撅嘴:“你还想不想看蚂蚁啦。”

挤进队伍,边磊身不由己地往前走,彭菲却一转眼就不见了。边磊在人群中小声喊:“彭菲彭菲。”没人答理他。又走了几步,边磊大声喊:“彭菲!”

几十张脸一起转过来,似乎都是彭菲又都不是,个个脸上都是一个颜色。

边磊慌了。

后面有人拽边磊。一回头,一张血盆大口。

“你是谁?”边磊直往后挣。

“是我!”彭菲的声音。她抹着脸,口红蹭得到处都是,嘴好像更大了。

“我可找到你了,彭菲。”边磊觉得自己快要哭了。

从人群中挤出来,他们绕到了一座小楼的后面。穿过很多阴暗的走廊,里面堆满杂物,两人走得磕磕绊绊。在一个拐角处向下走了几层,周围是冷飕飕的风。走廊里的一盏盏灯发出昏黄的光,他们的脚步和脚步的回声层层叠叠,似乎有很多人在跟着他们。边磊一回头,黑乎乎的墙上有许多人影,张牙舞爪忽大忽小,边磊吓得直往后退。

彭菲在黑暗里小声喊:“那是你自己的影子,胆小鬼。”

小楼的地下隐藏着巨大的立体迷宫,边磊就像困在里边的小老鼠,左转右转辨不清方向。他紧紧抓住彭菲的衣角,生怕跟丢了找不到路。彭菲推开一扇门,边磊往里一伸头,啊一声叫了出来。

玻璃罩下面,密密麻麻的黄色蚂蚁正纠缠在一起,互相撕咬。

“这些蚂蚁是哪来的?幼儿园里的肯定不是它们的对手。”边磊问。

“嘘——”彭菲摆摆手。

两个大鼻子蓝眼睛的叔叔不知道从哪里冒出来，掀开玻璃罩拿什么对着蚂蚁一顿乱喷，蚂蚁马上全都死挺挺地不动了。叔叔把那群蚂蚁挑着分到两个玻璃碗里。

“他们在干吗?”边磊问。

给黄蚂蚁分窝,它们的数量一多了就会打架。彭菲小声说。

一个叔叔拿个针筒瞄着玻璃碗,剩下的人都盯着看。

一滴水从针筒滴到碗里的蚂蚁身上,那些蚂蚁蹭地一下蹦起老高,然后在碗里飞快地四处乱爬。几个叔叔也同时大叫着蹦了起来,大笑着互相拍着手,举着胳膊扭来扭去转圈,像一群高大的蚂蚁在跳舞。

边磊吓了一跳:“他们是在打疫苗吗?”

彭菲瞟了边磊一眼,小嘴角扬着:“他们在给蚂蚁复活。蚂蚁都已经死啦,打了疫苗就能蹦了。”

“你是怎么知道的,那些叔叔们又在那儿蹦什么?”

“这是个秘密。”彭菲说,“你保证以后上课不揪我小辫儿,我就告诉你。”

“不揪就不揪。”边磊摇着彭菲的胳膊。

“那你不能告诉别人啊。”彭菲压低了声音说,“其实这些叔叔和蚂蚁是连着的,所以蚂蚁蹦他们也蹦。我悄悄看过好多次才猜出来的。”

“哦,原来是这样。”边磊想了想,“那只有黄色的蚂蚁才和这些叔叔们连着吗?”

“是啊,你仔细看,蚂蚁的眼睛都是蓝色的,和这些叔叔的眼睛一样。”

一个叔叔把复活了的蚂蚁全装进一个玻璃瓶,放在走廊里的一排架子上。边磊偷偷看,那叔叔的眼睛果然是蓝的,跟黄蚂蚁的一样。

那些架子上摆着好多和自己那个一模一样的玻璃瓶，每个瓶里都有一些蚂蚁爬来爬去，架子上的小灯一闪一闪的。边磊正想凑过去，却听见彭菲着急地说："不好，袖标叔叔来了，快躲起来。"

走廊那边有个隐约的影子踱着步子走来。边磊一回头，彭菲已经不知钻到哪里去了。影子越来越近，已经能看清胳膊上戴了个刺眼的红袖标。边磊一着急，钻到了架子后面，后背贴在墙上，冰凉的。

他的眼前被架子挡着，一团黑什么也看不见。好像几个人停下来叽叽咕咕地说话，又嘿嘿地笑。他们的舌头都像是打了好几个结，说的什么边磊一个字也听不懂。他只觉得心怦怦跳，大气也不敢喘。袖标叔叔和彭菲一样戴着红袖标，是不是张阿姨派来抓我的小组长啊？

好一会，走廊里才没了动静。边磊轻手轻脚钻出来，架子上的蚂蚁还在，彭菲却不见了。

"彭菲彭菲。"边磊小声喊，没有人应答。

架子后面都没有，躲哪里去了呢？边磊沿着走廊找，才发现两边的小屋都差不多一个样子，门牌上没有字，而是一串奇怪的符号，中间有几个是拼音，边磊认识，有的字母R和N却是左右颠倒写的。门后边影影绰绰的很多人。边磊一间一间地探头进去，里面都没有彭菲。

有人从边磊的身边经过，低着头走得很快，灯光惨白地照在他们头顶，表情都藏在阴影里面；有人来回溜达，胳膊上戴着红红的袖标。边磊就躲在角落里，看他们的影子被走廊里的灯光拉得一会短一会长。

边磊又推开一扇门。

看摆设似乎这个屋跟别的屋子差不多，但是他总觉得哪儿有点不同。边磊四下张望了一会，突然想到原来这里没有蚂蚁。哦，只有一瓶子在桌子上，里面也有些蚂蚁，不过是黑色的。

一阵咔嚓咔嚓的声音传进边磊的耳朵，那声音很微小却很密集，像在下大雨一样。边磊一回头，发现一扇门的后面藏了几个白大褂叔叔，黄皮肤黑头发，个个缩脖弓腰地坐着，脸快贴到屏幕了，那下雨一样的声音就是他们在敲键盘。他们的脸色就像旁边发霉的水泥墙一样，有点发绿。他们的眼睛直直地盯着屏幕，一眨也不眨，有位叔叔眼泪都流出来了，也不用手擦一下。没人吱声，更没谁转身看边磊。小屋里一片寂静，只有那下雨一样的键盘声，屏幕好像有什么魔力一样吸引着那些叔叔。边磊凑近了看，屏幕上没有动画片，只有各种符号和数字。

“叔叔,你看到彭菲了吗?”看准了都没戴袖标,边磊摇摇其中一个人的胳膊。

那叔叔转过头,眼睛直勾勾地看着他。边磊一哆嗦,刚想跑,却看见叔叔的嘴唇张了两下,没有声音,看口型是彭菲两个字,然后叔叔的目光就又沉到屏幕里去了。

彭菲躲在这里?里面只有一扇门,推开门,眼看着是平地,可是边磊往里一迈,被什么一绊,忽地栽倒了。

揉着屁股抬起头,边磊愣住了。

在高大空阔的房间里,密密麻麻的小黑点有的近有的远,在虚空中上上下下来回穿梭。仔细一看,原来是一只只黑色的小蚂蚁在奔波着。它们有时候互相碰碰触须,有时候匆忙跑开,有的在原地转圈,不,不是原地,它们悬在空中,根本没有可借以停留的地方。

无比寂静,却如此喧嚣,无数黑蚂蚁叫嚷着推搡着……飞在空中,却分明没有翅膀。

好像进入了另一个世界。

蚂蚁是妖怪?边磊寒毛直竖,撒腿就往外跑,结果刚要站起来就被咚的一声撞回到地上。他大吃一惊,站起来,又被撞到了地上。他伸手一摸,好像有什么东西横在脑袋上面,却什么都看不见。

一定有妖怪。边磊觉得心都要跳出来了,胡乱摸索着往外闯,却总是被很多看不见的妖怪张牙舞爪地拦住去路。

突然,一个黑乎乎的身影出现在门口。

“不要吃我!”边磊埋着头缩成一团。

“边磊边磊。”原来是彭菲,旁边还有一位叔叔。

“彭菲你跑哪去了?”边磊刚要跳起来,又被撞坐到了地上。他打着哭腔,“彭菲这个屋里有妖怪,我被他们捉住了。”

“刚才也不知道你躲哪去了,原来藏在王叔叔的控制室里。别急,等我救你啊。”

彭菲按了个按钮。小屋里好像开始有雾,然后雾气慢慢地浓重起来。飞在空中的蚂蚁有了依托,空荡荡的房间里,弯弯曲曲、形态各异的管道慢慢地显现出来。一个粗圆柱横在空中,细如小指的管道环绕在周围。又有更多的粗粗细细的分支与它们纵横交错又彼此相连,有些贯穿墙壁,伸向黑洞洞的远方,也不知道通向哪里。小屋好像一个巨大蚁穴的一部分,无数蚂蚁在这些透明的管道里爬行。

边磊正是被这些管道绊倒又被它们困住的。能看见就简单得多,他三两下绕过眼前拦路的管道,走到了彭菲身边。

王叔叔按了另外一个按钮,雾慢慢变淡,最后消失不见。看上去蚂蚁又开始在空中“飞”了起来。

“它们……”边磊指着眼前,他看到那里什么也没有,手指却触到一面墙。

王叔叔说:“这些是透明晶体做的管道,专门用作观察蚂蚁的。彭菲刚才让管道显现,就像用砂纸打磨管道,好让你能看到。不过,如果一直打磨,这些管道可是会穿孔的。”

说到这,王叔叔笑了:“彭菲又淘气。”只见彭菲在半空中坐着,小脚一踢一踢的,她招呼边磊:“来吧,这些妖怪我都制服啦。”

她肯定是正坐在管道上面,我怎么能比女生还要胆小。边磊心想,脚却挪不动步。

王叔叔在后面拍拍边磊的肩膀:“小伙子不用担心,这管道非常坚韧,你们两个在上面跳都没有问题。”

手能触摸到真切的坚实,眼前却空无一物。边磊摸索着朝彭菲爬,突然看到手掌下面有些蚂蚁不太一样,它们排成整齐的方阵前进,甚至脚步都是同时迈出的。

“这是在训练蚂蚁吗?”趁问话,边磊赶紧停下来歇会。

“这是我们实验的一部分。”王叔叔指着斜上方说,“看那儿。”

边磊一抬头,看到一个跟他差不多高的黑箱子挂在天花板上。

“我们操纵那台机器控制蚂蚁。不过现在的实验只能做到控制蚂蚁做出同一种行为,等到实验成功了,就可以单独控制每一只蚂蚁做不同的事情,就像它们自愿的一样。”王叔叔说,“每一窝蚂蚁都有一个蚁后,它负责管理蚂蚁。我们这个蚂蚁家族也有蚁后,但它不是真正的蚂蚁,就是那台机器。”

“这么大个儿的蚁后,它一定管理了很多窝蚂蚁吧?”边磊问。

彭菲说:“整个研究所的黑蚂蚁都是一窝的,它们全都归这个‘蚁后’管。”

“那走廊里的黄蚂蚁呢?”

“黄蚂蚁都是小窝的,它们一多了就要分伙打架。黄蚂蚁没有蚁后,黑蚂蚁才有。”

“蚁后管蚂蚁,王叔叔管蚁后,那谁管王叔叔啊?”

“小王,哪来的小孩?”一个带袖标的叔叔忽然出现在小屋里,面无表情地指着边磊和彭菲说,“这是谁带来的?”

王叔叔刚想说什么,袖标叔叔瞪了他一眼:“快带他们离开控制室,这么重要的地方怎么随便让闲人进来。”

“你不要骂王叔叔,是我们自己来的。”边磊说。

袖标叔叔看看边磊:“小朋友,你们现在生活得多幸福啊,所以要听话,快回幼儿园去,不然我告诉你们老师。”

彭菲想说什么,边磊拉住她:“我们听话,走吧。”两人走到外间,边磊系了一下鞋带,然后拉着彭菲向外跑去。

3 瓶子里的蚂蚁

我知道幼儿园的大杨树下有一窝特别厉害的蚂蚁
我们把这瓶蚂蚁带回去让它们比试一下吧

“你这家伙一向是阿姨越凶你闹得越欢,今天袖标叔叔也挺凶,你怎么就听话了呢?”彭菲从荒地穿过来,坐下来摘裤子上的苍耳。

“袖标叔叔是干什么的?”边磊问,“好像连王叔叔他们都怕他。”

“小组长呗,你没看见小组长都戴袖标吗?我也有一个。”

一只棕色的蚂蚁爬到彭菲的脚上,她伸手弹开,蚂蚁打个旋落在地上继续找它的兄弟去了。一抬头,彭菲发现边磊从裤兜里掏出一个小瓶子正在那端详着。

“你怎么还惦记着那几只从幼儿园捉的小蚂蚁啊!”彭菲说,“这儿的多好玩,可惜袖标叔叔来了。”

“彭菲彭菲。”边磊过来晃荡着瓶子说,“这可不是幼儿园里的小蚂蚁啊,你看你看。”

“啊!”彭菲吓了一跳,“你把王叔叔实验室里的蚂蚁偷出来了?”

“是啊,谁让袖标叔叔那么凶,他不让我玩,我就偏玩。”边磊说着又掏出来个一模一样的瓶子说,“这个才是幼儿园的蚂蚁呢。”

彭菲凑过来,两人一起看这两个玻璃瓶。王叔叔那儿的蚂蚁和幼儿园的蚂蚁样子也差不多,好像王叔叔那的蚂蚁爬得更快长得也更黑亮一些。边磊把偷出来的那瓶打开:“彭菲你帮我把那一瓶也打开。”

两个人分别倒出几只蚂蚁到地上。蚂蚁们左右转圈,好像有点不适应。开始它们只是互相碰着触角到处乱爬,突然实验室的蚂蚁开始咬幼儿园的。边磊发现,实验室蚂蚁刚刚不知怎么爬出一个阵形,此时每只幼儿园蚂蚁的周围都好像围着好几只实验室蚂蚁。虽然数量基本相等,幼儿园蚂蚁却很快寡不敌众,一个个被咬死了。剩下的实验室蚂蚁又开始向外搜索。

“哇,好厉害。”彭菲对边磊说,“我头一次没隔着管道看蚂蚁,想不到它们这么凶,我看比袖标叔叔还凶。”

“对,跟张阿姨一样凶。”这边边磊捏着一只幼儿园蚂蚁晃了晃,“可能这拨蚂蚁不够厉害,我们回去再找些比比。”那边彭菲已经趴在地上叫:“打起来了打起来了。”

边磊跑过去,看见实验室的几只黑蚂蚁正和一堆棕色的蚂蚁咬在一起,也不知道它们是怎么遇上的。

“不好不好。”彭菲看着好多正赶过来的棕色蚂蚁说,“不能让它们再打架了,会死的。”说着对着地上一阵乱吹,把几只黑蚂蚁拣了起来装进了边磊的瓶子。地上的棕色蚂蚁四处乱转,好像还在奇怪为什么敌人一下子没了。

荒地这儿的蚂蚁更厉害。边磊把两只瓶子揣了起来说:“看来是我之前捉的蚂蚁的战斗力太差了。”西边的太阳慢慢往下沉,好像天那边有一只很大的蚂蚁,正一点点地把太阳啃掉。

“彭菲,我知道幼儿园的大杨树下有一窝特别厉害的蚂蚁,我们把这瓶蚂蚁带回去让它们比试一下吧。”

“那可不行。”彭菲说,“这是我们偷出来的,玩完了要把它们送回去。”

“嗨,不就是一小瓶嘛。”边磊说,“反正王叔叔他们那有那么多,也不差这几只,我们拿回去吧。”

“不行。”彭菲咬着嘴唇说,“不能拿,我们现在就要把它们送回去。”

“你怎么这么小气。”边磊说,“在幼儿园你就老是管着我,这次听我的吧。”说着就转身往回走。彭菲追了两步追不上,急着说:“边磊你才不是要带蚂蚁回去打架呢,你是怕不赶快回幼儿园,张阿姨就关你小黑屋!”

“我才不是呢。”边磊转过身涨红了脸,“我不要关小黑屋,我说了上厕所她没听见,我是想把蚂蚁带回去打架!”

“你狡辩,你就是怕关小黑屋!我都跟你一起出来玩又带你看蚂蚁了你还捣乱。在幼儿园你就老害我被张阿姨骂,你怎么老给我捣乱。”彭菲好像要哭了。

“你别哭啊。”边磊在彭菲身前身后地转,“那送回去吧,我听你的。”说着就把那瓶实验室蚂蚁掏了出来。

彭菲看到边磊拿出蚂蚁,又笑了:“等回幼儿园我给你说情,不行就咱俩一起关小黑屋。啊!边磊你看这地上的蚂蚁怎么了?”彭菲蹲下来指着地上的几只棕色蚂蚁。

边磊低下头，发现刚才和黑蚂蚁打架的这拨棕色蚂蚁，有几只已经不动了，旁边还有几只走路都打晃了。“怎么死了？”边磊凑近了看。

“边磊，你看你瓶子里的。”彭菲又叫了起来。边磊看见瓶子里也有几只蚂蚁不动了。他拿着小瓶晃了晃，那几只还是没什么动静。这下彭菲可真哭出来了。

“这可怎么办？我们把这些实验室蚂蚁弄死了，要出大事了。”

“出什么大事？”边磊问。

“你不记得我跟你说过这些蚂蚁都跟人连着吗？它们蹦叔叔也蹦。现在死了几只，肯定要出大事了，你说会出什么事？”彭菲急得什么似的。

“不会不会。”边磊说，“刚才它们还好好的呢，难道死还能慢性发作？啊，我知道了，它们是在装死，不想打架了……”边磊越说声音越小。他还在继续使劲想，彭菲的眼泪却一颗一颗地往下滚。突然边磊好像想起什么似的说：“彭菲有办法了，我们可以把它们复活！”

啊？彭菲抹了抹眼泪。

“你不记得我们看到大鼻子叔叔把蚂蚁复活吗？王叔叔的屋子里也有那个铁架子，我们把它们救活了不就行了吗？”边磊说。

“对啊，我怎么就没想到呢？”彭菲破涕为笑。

天边的大蚂蚁已经把最后一点太阳啃掉了，周围看起来有点阴暗。边磊和彭菲朝那排红色小楼走去。

4 出大事了

这个病毒也会让人失去个人意志和创造力
到时候大家都会变成一个模样

“咦，叔叔们都去哪了？”彭菲推开虚掩的门进去，发现小屋里已经没人了，王叔叔也不在。

边磊说：“刚好我们趁没人把蚂蚁放回去。”彭菲却慌了：“不是真出大事了吧，平时这门不会不关啊。你快把死了的蚂蚁倒玻璃碗里，把瓶子放回去，我去找复活药水。”然后她开始四处翻腾。

彭菲翻了一会没找到，看边磊还在桌子跟前站着就说：“瓶子放回去没呢？快过来跟我一起找药水吧。”边磊答应着：“放回去了放回去了。然后过来跟彭菲一起找。”

他俩正翻得满头大汗,一个袖标叔叔不知什么时候进来了,正拉长了脸看着他们。

"哪里来的小孩,在这里乱翻什么?"袖标叔叔问。

"叔叔,我们要把蚂蚁复活。"彭菲指着玻璃碗里不动的蚂蚁说,"蚂蚁打架打死了,得复活。"

"什么乱七八糟的。你们从哪来的?都这么晚了快出去。"叔叔一把抓起桌子上的蚂蚁瓶子,想了想,又把玻璃碗里的死蚂蚁也倒进瓶子里,转身走了。

"会出大事的。"彭菲急着追出去,"叔叔你把死蚂蚁还给我们。"

"你听谁说的出大事了?"袖标叔叔脸拉得更长了,"谁跟你们说的?"

"蚂蚁是跟人连着的。"边磊也跑了出来,"不复活会出大事的。"

"嘁。"袖标叔叔白了他们一眼说,"又来胡说八道。"这次说完没再理他们,在昏暗的灯光里往走廊深处走去。

脚步声越来越小,慢慢就听不见了。边磊和彭菲你看看我我看看你。边磊小声说:"这个袖标叔叔是刚才的那个吗?"

彭菲说:"不是,好像是另一个,我见过好多袖标叔叔,他们一个比一个凶。"

边磊说:"就算他比张阿姨还凶,我们也得把死蚂蚁要回来啊。"

"是啊,不然出大事了可怎么办。"

两个人开始沿着走廊四处找那个袖标叔叔,很多人在他们身边急匆匆地跑,手里端着很多玻璃瓶。走廊里的架子都空了,只剩下小灯还在一闪一闪的。

"难道蚂蚁都被袖标叔叔抢走了?"边磊正说着,突然停下脚冲彭菲嘘了一声,指了指拐角露出的半个人影。

"是袖标叔叔?"彭菲小声说。

"我们去看看。"边磊猫着腰走了过去。

影子越来越近。俩人刚要转过去,影子一动,一个人就跳了出来。仨人都吓了一跳。

"彭菲,边磊,你们怎么在这?"那人先开口说话了,原来是王叔叔。

"我们要复活蚂蚁,但是被袖标叔叔抢去了。"彭菲说,我们在找他。

"什么复活蚂蚁?"王叔叔问。

边磊说:"我偷了你屋子里的蚂蚁出去打架玩,打死了几只,我们想把它们复活,就像大鼻子叔叔他们做的那样。"

彭菲说:"不然会出大事的。"

“你是说,袖标叔叔拿走了瓶子里的蚂蚁?”王叔叔说。

“嗯,我们正在找他。”边磊说,“会不会真出大事啊?”

“是出大事了,不过跟蚂蚁死了没什么关系。蚂蚁死了也救不活,你们平时看到的是复苏冷冻的蚂蚁。”王叔叔的眉头皱得越来越紧,过了一会说,“我没空送你们出去,待在这里也不安全,你们跟我来吧。”

王叔叔一手牵着边磊一手牵着彭菲转了几个弯,又在一个台子上边摁了半天,打开了一扇厚厚的门,接着又下了几层楼梯。天好像比刚才冷了,灯也不怎么亮。边磊往上看了一眼,突然发现好多蚂蚁在头顶上飘着爬。忍不住问:“王叔叔,这里也有会飞的蚂蚁?”

王叔叔说:“是。我们的管道不仅通到这里,还通向更远的地方。整个研究所到处都交错着这样的管道。”

王叔叔在一个门口停住,贴在上边听。边磊挤在王叔叔身边,从门缝看到里边的灯光也很暗,几个光秃秃的后脑勺来回晃动,唧唧喳喳的声音不断地传出来。

“边磊,看到了什么?”彭菲小声问。

“哇,我看到了抢咱们蚂蚁的袖标叔叔,还有另一个袖标叔叔,还有很多袖标叔叔。听不太清,好像说什么病毒、反应、监控……失效什么的。是不是他们发现蚂蚁被我们弄死了啊。”

“老大哥真的能确定病毒会在人蚁之间传播?”有个很大的声音突然传了出来。这下彭菲都听见了。边磊看见一个秃后脑勺站了起来说:“是,老大哥认为整个实验已经完全失控,结果异常严重,所以决定关闭实验室,并且用四号机组制造大火来紧急清洗,行动就在今晚。”

“啊?! 到这个程度了?”很大的声音。然后里边一阵嗡嗡的讨论声。彭菲又听不清了,她赶紧拉拉边磊的衣角。

“里边说,每个什么室的病毒都不一样,说到黑蚂蚁了……什么会让信仰纯净,什么萃取,注射……这都是什么意思啊?”边磊小声说着,“袖标叔叔把蚂蚁放到玻璃碗里了,他也想复活蚂蚁?”正说着,却听见王叔叔的呼吸越来越重,他把彭菲和边磊拉到一边说:“你们千万别出来,然后就冲进屋去。”

边磊和彭菲在黑影里偷偷瞄着大开的门,袖标叔叔们好像吓了一跳,有人站起来嚷嚷。王叔叔说:“你们不能给人注射这种病毒!”

秃后脑勺转了过来。边磊看清了他的脸肥嘟嘟、笑眯眯的,很多褶子的阴影在暗黄的灯光里抖着。

他说："小王，病毒不都是有害的。我们实验室的和老大哥的那些正相反，它能让我们更努力工作也更忠诚，所以我们要趁老大哥清洗以前保留一些火种。"

"不是的。"王叔叔说，"那和努力工作不一样，我们不能那样做。"

一个袖标叔叔哼了一声说："就你道理多。如果不是老大哥为了他们自己要关闭实验室，我们还有更多的时间。"

另一个袖标叔叔指着王叔叔："你说说，你有什么好怕的？除非你不想努力工作也不想对工作忠诚。"

"这个病毒也会让人失去个人意志和创造力，到时候大家都会变成一个模样。"王叔叔说，"失去了这些，生命还有什么意义？"

"他们在说什么？"这回轮到边磊问彭菲了。

"呃……我也不知道。"彭菲想了半天说，"好像是王叔叔不想让大家变得一样？一会等他出来我们问问他吧。"

"呀，他们把王叔叔捉住了！"

几个袖标叔叔抓着王叔叔，另一个袖标叔叔正把针从王叔叔的胳膊上拔出来，药水滋地从针头上又喷出来了点。王叔叔的脸都要拧到一起了，大口喘着气。

秃后脑勺慢悠悠地说："小王，我知道你一直是最努力的，我们赶上了多好的时代啊，未来还长着呢。"

袖标叔叔们把王叔叔推出来，门在他的身后砰地一声关上了。

三个人躲在角落里。王叔叔靠墙坐在地上，脸色难看得就像之前在小屋里敲键盘的几位屏幕叔叔。边磊小声问："王叔叔你怎么啦，他们为什么给你打针？"

王叔叔喘了一会说："虽然告诉你们也不懂，但还是讲给你们听吧。可能以后我就讲不出来了，嘴里只会重复别人允许我说的话了。"

两个小孩相互看看，边磊伸手摸摸王叔叔的脑门，对彭菲摇摇头。

"最近发现930周边荒地的蚂蚁行为异常，检测发现是研究所的病毒泄漏感染了它们。更糟糕的是，这些病毒可以由蚂蚁传染给人类。"

"人染上会怎么样，变成蚂蚁吗？"彭菲问。

"感染不同的病毒表现也不一样。比如走廊里黄蚂蚁的病毒，能让人变得不喜欢被别人管着，只愿意跟与自己一伙的人团结。有个老大哥，他很强壮，但他担心黄蚂蚁的病毒会让染病的人不听自己的话跑掉，于是就想把所有的蚂蚁病毒清洗掉。最终决定用大火。"

“大火？要放火啊？”边磊说。

“不是，那只是代号。”王叔叔的语速慢了下来，一字一顿地说，“大火的真名叫——核。”

“核？很厉害吗？”边磊问。

“是。它能穿透到地下很深的地方并且保持很多年，把研究所里全部蚂蚁病毒连同传出去的统统杀死。不过也可能会烧死烧伤很多人。”王叔叔说，“但是老大哥认为有些人不听话跑掉了，结果会更严重。”

“所以走廊里的黄蚂蚁都被拿走了要杀掉？”

“对，黄蚂蚁都被大鼻子叔叔们拿走了，所有实验室都在紧急处理他们的研究样品。我本来也要去实验室进行清理，但发现组长他们好像另有什么计划，才要去看个究竟，没想到半路上遇见了你们。”

“那黑蚂蚁呢？我看秃后脑勺伯伯他们不怕这个病毒。”边磊又问。

“黑蚂蚁病毒和黄蚂蚁不一样，它会让人很听话，只会做别人让你做的事。我怀疑现在身边已经有人感染了这种病毒。”

“小屋里那些屏幕前的叔叔们？”边磊问。

“还有现在的我。我接下来会低烧和抽搐，然后很快这些症状就会消失，好像什么都没有发生一样。”

彭菲说：“那就不用担心了。”

“又怎么会真的什么都没有发生。当病毒扩散以后，我们都会住在狭窄拥挤的地方，每天忙忙碌碌却永远也不知道自己在做些什么。”王叔叔指着头顶上的蚂蚁，“就像它们，在看不见的管道里一圈一圈地爬。大家都一样，甚至，还想要求别人变成和自己一样。”

“我不想变成和别人一样，也不想把别人变成和自己一样。”边磊说。

彭菲说：“我知道，他在幼儿园不肯抹红脸蛋，张阿姨气得要关他小黑屋。”

边磊脸一红，冲过来要揪彭菲的羊角辫，被彭菲一推，兜里的什么东西蹭在墙上咯吱一声。

边磊掏出个小瓶发了会呆：“所有的蚂蚁都有……病毒吗？”

“感染了的才有。”

“那幼儿园蚂蚁有吗？”

“没有。那个地区刚刚采样过，完全清洁。”

“王叔叔，你不用担心啦！”边磊兴高采烈，“他们给你用的是我从幼儿园带来的那瓶蚂蚁。”

“啊！”王叔叔叫了出来。

边磊不好意思地说：“我想把能打架的蚂蚁带回幼儿园比试，在你的小屋还回去的是幼儿园的……然后被抢走了。真正的实验室蚂蚁在这儿呢。”他晃着手里的小瓶。

你！彭菲也叫出声来。

5 喧嚣之城

很多胳膊举起来，拳头向上疯长

每个仰着的面孔都像干涸的鱼张大嘴同时开合

“那现在我们该怎么办？”彭菲说，“这些叔叔们不会感染病毒，就没事了吧？”

王叔叔站起来好一会没说话，然后说：“不对，如果这瓶蚂蚁没作用，他们也会很快发现，到时候恐怕还会有麻烦。我们现在得赶紧回地上控制室，用蚁后引导管道里的蚂蚁去销毁室。”说着带着边磊和彭菲向外面走。刚走出来，门就自己关上了，紧接着一道铁闸落在他们身后。边磊看见有个袖标叔叔正在按钮，还有两个袖标叔叔向另一边跑去。

“他们封住门想做什么？”王叔叔边爬楼梯边自言自语，忽然脸色一变，顾不得两个孩子，一个人冲进控制室。

边磊和彭菲追进去，看到王叔叔正在一个屏幕面前不断地敲击键盘，眉头皱得越来越紧。

“他们破坏了控制室的设备，现在我们无法打磨出管道的出口，蚂蚁进不去销毁室了。”王叔叔说，“刚才那两个人就是走紧急入口到这里来的。”

没等边磊和彭菲说话，王叔叔继续敲击键盘，一幅幅图像从屏幕上划过。他死盯着屏幕，像是在找什么。

王叔叔停住一个画面，又敲了几下键盘，一个小黑点被放大了。

“那是蚁后。”王叔叔说，“他们把蚁后挪到了会议室上方。”

边磊抬头看，本来悬在天花板的蚁后不知什么时候已经不见了。

“王叔叔你看，蚂蚁怎么都跑了。”彭菲指着上空喊。边磊一抬头，看见好多蚂蚁掠过他们上方，涌向一堵壁上的洞口。

“明白了。”王叔叔使劲拍着桌子，“他们想用蚁后在人群上方聚集大批的蚂蚁，然后打磨管道在那里穿孔，放蚂蚁下去咬人！”

“啊？”边磊和彭菲瞪大了眼睛。

“蚂蚁直接咬啮人的话，病毒没有失活，不仅会感染，还可能出人命的。”王叔叔在小屋里来回打转，汗水大滴大滴地往下掉。

“我们可以把蚁后再弄回来呀。”边磊说。

“可是现在控制室的位移控制系统已经被他们破坏了，没办法远程转移蚁后。”

王叔叔又坐到屏幕前看了看画面，有一幅画面上一片漆黑：“而且他们关掉了电力系统和联系外界的渠道，闸门被放下，我们来不及通知消防人员。蚂蚁过不了几分钟就会到达会议室，我们救不了他们了！”

“叔叔们也被关小黑屋了？”边磊看着王叔叔小声说，“他们为什么不跑出来？他们愿意被关小黑屋吗？”

王叔叔的眼睛湿润了。他摸着边磊的头叹了口气说：“当然会有不愿意的，你们还小，还不明白。”然后转身望着屏幕发呆。

“那就没办法了？”边磊问。

“除非……”王叔叔说，“除非我能进入管道把蚁后搬走，但是管道太窄了，我钻不进去。”

“我能进去啊！”边磊说，“王叔叔让我来吧。”

“不行，你太小了，推不动蚁后。”王叔叔说。

“还有我呢。”彭菲凑上去说，“我们俩一起总推得动了吧。”

王叔叔看看边磊又看看彭菲，过了一会说：“你们俩真不害怕吗？”

“不害怕。”边磊说，“我不要叔叔们被关小黑屋，我们快点救那些叔叔吧。”

王叔叔好像下了很大的决心说：“好，边磊彭菲，我想到了一个办法，你们从管道的这头进去，有一条很短的通道直通会议室上方。到时你们把蚁后推到我说的一个地方，这段路可能有点长，但是一定要推到我让你们停的时候才能停的地方。”

“没问题。”

“蚂蚁不会离蚁后太近，所以记住一定不要离开蚁后，否则会非常危险。戴上这两个耳机，我会随时跟你们联系。”

王叔叔说着打开了管道的一个入口，还想再嘱咐什么，边磊已经一头扎了进去。

管道壁接触身体的感觉很奇怪，好像有点弹性，软绵绵的。到处都是沙沙的声音，王叔叔在耳机里告诉他们这是蚂蚁爬行的声音。边磊说："彭菲彭菲，你说别人看我们是不是也在飞啊？"彭菲没出声，紧跟在边磊后边。好多蚂蚁在他们的上下左右爬来爬去。

"王叔叔，我们身边有好多蚂蚁，会不会来咬我们啊？"彭菲说。

"不会的，这个管道结构很复杂，虽然看着近，其实它们要绕很远的管道才能接近你们。"王叔叔的声音传来。边磊伸出手指戳向一只蚂蚁，那家伙隔着管道狠狠地朝边磊的手指咬了过来，然后撞在管道上弹了回去。

"王叔叔，我们摸到了三个岔路口，该向哪个方向走呢？"边磊说。

"三个岔路口？"王叔叔说，"他们把管道通到会议室时改变了管网结构？"

王叔叔的声音突然高了起来："边磊彭菲，你们快退回来，太危险了，这是一条新路，我也不知道应该怎么走。万一走错了，你们不但找不到蚁后，还可能直接遇上蚂蚁！"

"我们一定要去救叔叔们。"边磊说，"让我们想想，再想想。"

"快回来！"王叔叔说，"不要冒险！"

沙沙的声音更大了，是蚂蚁越来越近了吧，它们会不会遇上我们？

边磊突然说："王叔叔我有办法了，我这还有一瓶实验室蚂蚁，它们肯定也听蚁后的，我让它们去认路！"他说着把瓶盖打开，放在管道上，自己后退了几步。

几只蚂蚁窜了出来，它们几乎半直立着转了几个圈，然后突然朝着同一个方向跑去了。

"彭菲，跟上！"边磊爬过去顺手捡起瓶子盖上。

终于看到那个屏幕上的小黑点了。不，它不是小黑点，它是一个有边磊一半高的、黑黝黝的铁家伙，它的名字叫蚁后。

边磊和彭菲用手摸摸它。它微微颤动，还有点烫手。

"这就是会议室的上边？"彭菲小声说。

边磊透过管道看到，下面有很多青蓝色的帽子。其中一顶帽子正颤抖着想遮住黑长的头发，头发却总是顽强地探出来。旁边的"袖标"帮助她把不听话的头发塞进去，扣得严严实实。一色的青蓝帽子海洋，板结成暗色的地面。突然，一只胳膊带头举起来，一张面孔张大了嘴嘶叫。很多胳膊举起来，拳头向上疯长，每个仰着的面孔都像干涸的鱼张大嘴同时开合。他们定是在一起疯狂地吼着什么。管道阻隔，边磊他们什么声音也听不到。

胳膊的丛林枯萎下去，然后所有面孔也淹没在青蓝色的泥沼之中。

彭菲问："他们看到我们了吗？"

边磊向下看看说："我们快走吧。"边磊和彭菲使劲推蚁后，它开始缓慢地移动。

沙沙声更近了。

"王叔叔，我们现在算救了这些叔叔了吗？"边磊边推边问。

王叔叔长长地出了一口气："你们很勇敢……"

突然彭菲说："好像能看见管道了。"

在原本空旷的视野里，整个管道的轮廓突然显现出来。开始还是模糊的，接着迅速清晰起来，像铅灰色的坚硬的水泥。很快两个孩子就被关在狭窄的管道里面，外面什么也看不到了。只有微弱的光照进来，映着粗糙的管壁。

王叔叔的声音传来："他们正在打磨所有的管道，蚂蚁随时会冲出来。边磊彭菲你们要快，去销毁室。"

正说着，突然彭菲喊了一声："不好啦，蚂蚁过来了！"

边磊回头一看，瞪大了眼睛。

远处一股"黑水"蜿蜒着缓缓地朝这边涌来，几乎堵住了整个通道。耳边低沉的沙沙声越来越响，已经变成了轰隆隆的声音。那不是黑水，那是无数只黑色的蚂蚁拥挤着、翻滚着奔袭过来，朝着它们的蚁后和两个孩子。昏暗的管道里一片喧嚣。

"不要怕，它们不会接近蚁后。"王叔叔急忙说。

彭菲一边推一边说："我不怕，我不怕。王叔叔说它们不会咬到我们的。"

"不要停，继续推蚁后，销毁室就在前面！"

"边磊，蚂蚁真的不会咬我们吗？万一我们被咬到了，会变成屏幕叔叔那样吗？"

"我肯定不会有什么变化，不过没准你会变成个小蚂蚁，扎小辫的那种。"

"别闹了，我才不要变蚂蚁呢。"彭菲急了。

"好，不变。万一他们要把你变成蚂蚁，我就去救你。"

"停在这！"王叔叔的声音。

"可是这里没有出口啊。"彭菲说。

"不要急。爬到蚁后的另一面，不要动。"彭菲嗖的一下翻了过去，转回头和边磊一起看着眼前这潮水一般的蚂蚁。

突然，隆隆声消失了，管道里异常安静。边磊看看蚁后，没发现有什么变化，但蚂蚁们全都停了下来。

一会儿，蚂蚁们又开始动了起来，这回却不再是"隆隆"，而是"咚咚"，整齐的咚咚声，就像有大锤在管道上砸着。蚂蚁们一起迈着整齐的步伐在原地踏步，就像边磊曾经看到的那个小方阵。不过这次不是一小队,而是无数只,塞满整个管道。

“这是怎么回事,王叔叔?”边磊问。

“我控制让蚂蚁齐步走,用共振的力量把管道震开一个出口。”王叔叔说。

蚂蚁继续走着正步,咚咚声越来越响。

“什么是共振?”彭菲问。

“共振就是让物体以固有频率振动,使它达到最大振幅。你们以后会学到这些知识的。共振的力量很强大,有人能用很尖的嗓音震破玻璃杯。”

“管道这么结实也行吗?”边磊问。

“以前有个将军叫拿破仑,他命令士兵过桥的时候齐步走,结果引起了桥的共振,那座桥就塌了。”

彭菲喊:“王叔叔,天黑了,什么都看不见啦。”

王叔叔的声音传来:“他们还在加快打磨管道, 如果这个时候管道在别的地方断裂了,就会有蚂蚁泄露出去。”

边磊说:“彭菲别怕,拉住我的手。”

突然,完全的漆黑当中裂出了一道光。裂纹很小,却好像是一下子就产生的,透进来微弱的光。蚂蚁停住了,隔了几秒钟又开始走正步,但是这次走得更加急促,咚咚声变得比之前更尖细。

王叔叔说:“这是根据管道裂开后新的固有频率在调整节奏。”

一会儿,管道又裂了一道纹。

蚁后还是在那里一动不动,但是边磊知道它正在发布着命令。因为眼前的裂纹越来越多也越来越密,渐渐地眼前的管道模糊起来。突然王叔叔说:“边磊彭菲你们退后一步,蹲好别动!”

“咔”的一声,管道裂开了一大片,蚁后无声无息地从裂口中掉了下去,蚁群朝边磊和彭菲的方向猛扑过来。

“哎呀!”边磊和彭菲抱着头埋到了身体里。哗哗的声音在他们身边响个不停,彭菲打着哭腔说:“不要咬我。”边磊悄悄从指缝里往外看,然后直起身子捅捅彭菲说:“彭菲你看!”

彭菲抬起头,看见从刚才蚁后掉落的裂口上,无数蚂蚁涌了出去,像是黑色的大潮终于找到了一个出口。出口下面一片漆黑,不知道有多深。王叔叔大喜过望的声音传了过来:“边磊彭菲我们成功了!我去救你们。”

边磊掏出那个玻璃瓶,看了又看,然后丢了下去。

小红楼的外边一片漆黑,只听到远远近近都是卡车启动和刹车的声音。防空警报时而响起,在夜里显得异常刺耳。

“王叔叔,”边磊问,“会议室的叔叔阿姨们都得救了吧?”

“有一些人是无法救助的,就算不感染病毒也没什么区别。他们之所以觉得变成那样很好,是因为他们早就是那样的人了。”王叔叔叹着气说,像是在回答边磊的问题,更像是在自言自语。

“边磊,我总算找到你了!”是幼儿园的张阿姨,她一把抱起边磊。

“张阿姨我真的请假了,我不要关小黑屋。”边磊哭了。

“不关小黑屋,不关小黑屋。你快告诉阿姨这一下午一晚上你都去哪了?”

“我和彭菲去看蚂蚁了,好多蚂蚁能让人不听话,还能让人更听话,有一些叔叔要打针,后来我们还救了好多人,蚂蚁最后都掉下去了。”在张阿姨的怀里,边磊突然觉得很困,打不起精神再说话。“怎么这么多人,小朋友们的演出散场了吗?”

“哦,做了这么多事啊,真能干。”张阿姨拍拍边磊,声音有点颤抖,“这孩子现在倒挺听话,估计给吓坏了。彭菲呢?”

旁边一个声音隐在黑影里说:“有统一安排,不在你这一组。”

有人问:“发生了什么事?”

一个冷冷的声音答:“会告诉你的。”

“我们要去哪里?”

还是冷冷的声音:“你会知道的。”

不时有人大声说:“跟上,别掉队。”

弯弯曲曲的队伍一眼望不到边,直通向很远的黑暗里去。每个人都紧紧地跟着前面的人,毫不犹豫地向前踏去。

而前方,除了默默无声的队伍只有一片黑夜,别的什么也看不到。边磊觉得眼睛都要睁不开了,他一歪头便睡了过去。

6 我们的生活充满阳光

边磊心想,还好我们的生活没有受到黑蚂蚁的影响
没有变成王叔叔说的那样

2010年7月5日,北京遭遇几十年不遇的高温酷暑天气。

中关村层层叠叠的建筑物上,玻璃窗反射着强烈的阳光。边磊从写字楼里出来,在强光里勉强睁开眼睛,汇入打着各色阳伞的人群,裹进扑面而来的热气里。

唐家岭要拆了,下周还要找地方住。冲完澡以后躺在床上怕出汗不敢动,每天要赶兵荒马乱一样的早班公共汽车,这样的日子就要成为回忆了。别了,三平方米的单间。手底下的几个实习生得好好管教一下了,眼下的XBD项目必须得加快进度,接下来的MYT项目的计划已经上了中层讨论会,周六还要布置XCD培训。

“我不抹红脸蛋,我不抹红脸蛋。”小女孩的声音打断了他的思路。她一边在母亲的怀里满脸不情愿地挣扎着,一边眼泪汪汪地往他这儿看。

“大家都是一样的,怎么就你老有不同意见呢?”年轻的妈妈说。

是啊,边磊揪了揪小女孩的羊角辫:“化了妆抹了红脸蛋,才能烘托出喜庆的气氛。”

沙丁鱼一样的队伍裹着边磊挤进了罐头样的地铁车厢。好像有人踩到了他的脚,他四下看看,没有谁有任何表情。

手机响了,在人堆里他抽出胳膊举到眼前,公司的短信,项目申报表有几项信息需要他确认。出生地、幼儿园及证明人、小学及证明人、一直到硕士及证明人。立即回复。

出生地也要填?他输入一行文字,Припять,Украина。

这么多年,他一直没有淡忘的可能只剩下这个地名的俄文写法。很多人从未听说过这个小镇的名字,他们只是略知道小镇旁的一些故事。而那些故事,对于边磊来说,早已不如英文缩写名词来得重要,那是每天都要挂在嘴上念几百遍的。

边磊删掉了俄文,改成众所周知的中文表述,在车厢门关上的一瞬发送出去:1~5岁,切尔诺贝利①,乌克兰②。

老大哥还是没能阻止兄弟们离开他,也不知道是不是黄蚂蚁没有被大火清除干净。不过,边磊心想,还好我们的生活没有受到黑蚂蚁的影响,没有变成王叔叔说的那样。

我们的生活充满阳光。

注①切尔诺贝利:1986年4月26日,苏联切尔诺贝利核电站泄露,31人当场死亡,上万人受放射性物质远期影响而致命或重病,至今仍有辐射致畸的胎儿出生。事故的原因是四号反应堆失火,与蚂蚁实验无关。

②乌克兰:本意为“边界上的人”。1991年8月24日,乌克兰脱离苏联,宣布独立。乌克兰独立及苏联解体是历史事件,与蚂蚁实验无关。

真实的虚幻

ZHEN SHI DE XU HUAN

1 开始

接受命令
日志置入虚拟世界中

系统初始化……………………成功

设备自检………………………成功

启动项目

项目编号:A894T752C-336

项目描述:真实的虚幻

资源申请:本机全部,独占

追加资源来源:外部网络系统,完全授权,共享

项目日志记录启动……………开始

资源不足,申请改变日志位置,等待命令中…………接受命令,日志置入虚拟世界中

项目 A894T752C-336 启动,第 336 次

读取项目引导簇………………成功

转交控制权

2 冒名者

我整个灵魂渐渐沉浸在代码的虚幻世界中
真实的世界离我远去

2001 年 10 月 28 日　星期日

不是一个太特别的日子,不知为什么,要选择从今天开始记日记。

刚刚醒来时,窗户的玻璃完全透明,与一连几天的满是水雾大不相同。从透明的窗户看出去,一片深秋的天空,灰蒙蒙的,也许要下雪了。

突然想出去走走。从窗户望到的天空,总是给人一种不真实的感觉,好像是通过显示器看到的似的,如同虚幻。虽然也看到了满树的枯枝,也看到了无人的街道,移动视角,也可以感觉到这是全 3D 的景物,细听的时候,还有远远的街道传来的汽车的声音。但是,这一切都是可以通过计算得出的,可以虚拟的。甚至我编的程序的真实程度,对深秋的树上那片飘落而下的叶子的轨迹的计算,都可以与窗外我俯视

的老槐树上的那片如春花般飘下的叶子一模一样，甚至叶子上那个缺口的方向也始终保持一致。这不过是混沌的算法应用罢了。只是我不能跟踪太多的对象，因为我的计算机实在太破旧了，或者更确切地说它能提供的资源太少了。因为虽然旧，在我的改装之下，它比一般的最新的计算机可能还要快。我这里提到的“对象”，可不是男朋友或者女朋友，而是计算机软件工程中的术语，Object。我们可以把它理解成你在程序中控制的一个带有操作的变量实体。有点类似于C语言中的结构体，但是它带有自己的成员函数。你也可以认为我这里指的是某一片叶子，或者认为对象是每个街道上的人脸上的一粒灰尘。这粒灰尘位置的变化，可能导致那人打了个喷嚏，或者眨一下眼睛。我的计算机可能也与你想象的有所不同。它是一个基于网络的多机系统。你可以把它想象成许多台计算机，但是它们的灵魂只有一个，它们不是简单的协同工作，而是单个的个体分散在许多计算机中而已。

外面的世界果然与机房般的家里有所不同。我去了公园。本市的公园在几年前的某一天，宣布全部免费了，所以，我能信步，真正地信步，来到这里。也许早晨天空中的云雾散尽了吧，从一片片叶子、一条条树枝间的空间看出去，天空分外的蓝。一种有生命的蓝色，甚至似乎是流动的，当然，这种流动是完全真实的，不是由于程序计算时的扰动造成的。以枝叶为边界，我看到了深浅不一的蓝组成的画面。远离边界的部分颜色比较浅，有一点儿发白，而靠近边界的部分浓得像研不开的广告蓝颜料，在稀疏的边界中散开，溶进去，成为枝叶的一部分，变成边界的背景。

因为是周日，打太极和跳舞的人们还没有散去，还能听到偶尔传来的人们的谈论声和笑声。透过深秋的树枝，能看到人们的笑脸，或者因为穿得少了，冻得脸上紧绷绷的样子。还有，深黑色的树枝上，停着一只不知名的长尾巴鸟。

这一切都是无比真实的，不是计算机虚拟出来的虚幻世界。在这样的世界里，无论跑得多快，转得多快，我都不会头晕。我喜欢打电脑游戏，我也惊叹像《反恐精英》和《三角洲特种部队》这样的第一人称视角游戏所构造世界的真实程度，毕竟这只是用一台单机计算的结果，但是我很少在其中停留太久。没错，我有DOOM眩晕症。DOOM是我上大学时流行的一个第一人称视角游戏，我打得也不错。在一次外地的友谊赛中，可能是由于我使用的那台计算机的噪音太大，比赛快要终了的时候，我冲出网吧，坐在路边大口喘气，好不容易才把到了嗓子边的呕吐压了下去。有许多人与我有同样的感受，前一段时间，看到泰国有青年死于《反恐精英》，他看起来也有DOOM眩晕症。可能是由于眼睛看到世界在动，而像耳朵里的前庭神经这样的本体感受器没有感觉到这种运动，两种信号在大脑中的冲突造成了眩晕。在真实的世界中,不会出现DOOM眩晕症。计算机的计算能力再强大,模拟的世界再真实,也总能让人找到其中的瑕疵,比如眩晕感,比如没有完全与口型同步的配音。而真实的世界如此美好,深邃的天空、满地的黄叶、林间的情侣、清新的空气,甚至树林那边缥缈的音乐声,我想在计算机里,这音乐很可能会被处理成清晰的吧。所以,每次完成比较大的项目后,我总是要出来,到这真实的世界里来感受一下,哪怕是感受深秋的寒冷。我怕自己在计算机里那个虚拟的世界待久了,会出现什么问题。

所以,今天我也出来走走。昨天,我刚刚结束对一个虚拟系统的开发和测试,它称作“冒名者”。系统涉及虚拟现实、人工智能、混沌理论、多机系统领域,最近的恶补着实把我累得够呛。“冒名者”系统还借鉴了别人开发成型的表情识别系统、表情生成系统等等。“冒名者”能在互联网上模拟我真实的行为,无论是在聊天室中,在联网游戏中,在MUD中,还是对浏览的WWW页面的选择。最成功的设计是,“冒名者”能模拟出我的影像,让通过摄像头聊天的网友们认为那就是我。“冒名者”通过摄像头观察机房,得到一个画面,在这个画面里,叠加有表情、有动作的我的影像,然后发送给网友们。网友们会认为我仍然在计算机前与他们聊天。虚拟的我的影像是实时计算出来的,他会对网友们的语言、表情和动作给出合乎情理的反应,甚至会对机房内的某只飞动的昆虫给出反应,比如漫不经心地看它一眼。当然,所有的动作都是根据“冒名者”学习到的我的性格特征计算出来的。我曾经匿名与“冒名者”聊过天,他的措词、语气,甚至打字时的停顿都和我完全相同,打完一段话后,揉鼻子的动作也与我如出一辙。我很多次在与网友聊天的时候,打开“冒名者”,让他替我与网友继续聊,无一被发现。至于联网打游戏,“冒名者”似乎比我略胜一筹,编写代码时,他的人工智能虽然设置成模拟我的,但是设置抗疲劳能力强一些,失误率也就小了一些。另外,他能打《反恐精英》类的游戏,因为他感觉不到眩晕。“冒名者”的测试后期,我整天整天地看“冒名者”和网友们聊天、打游戏,或者看他游荡在我喜欢的网站中。与我不同的是,“冒名者”可以同时打多个游戏、同时又与多个人聊天,与此同时,还在浏览网页。因为“冒名者”运行在我的多机系统上,高速度、多任务和分布式设计允许他有这样的性能。我看到过“冒名者”骗一个学英语的小女孩说自己熟读莎士比亚名著,按小女孩的要求,不停顿地大篇背诵某篇作品时,在网站中不停地搜索莎翁原著,同时,他正在被某个记者称为“暴力”并声称“一会儿就学会了”的《星际争霸》里与人激战着,略占优势。

现在,我在深秋的公园里漫步的时候,不知“冒名者”又在做些什么?可能在替我准备明天的网络课教案吧。

远处传来依稀的许如芸悲凉清丽的歌声，小径上的一对情侣对望了一眼，女孩向男孩贴近一些，男孩拥紧了她。秋色，如果在回忆里，也有点儿虚幻的感觉。

事到如今我依然爱你
我孤孤单单留在回忆里
好想陪你再淋一场雨
让世界为我停止呼吸
当你在她怀里我依然爱你
我永远记得那一天的雨
来不及说一声我爱你
就随你静静走向分离

2001年10月29日　星期一

我的职业是某高校的网络管理员，大多数时间在家里，利用学校为我提供的被我改造了的多机系统和线路工作。学校为我提供的线路上流动着为了工作而发出的指令或收到的信息，也承载着我的业余爱好和兼职授课的数据。线路上的数据，为公还是为私的百分比可能很不容易统计，至少，我宁可不计算它。

今天有另一省份的某个高校的授课任务，通过网络传输，和电视大学差不多，是兼职讲《计算机网络基础》，课程不难。不过作为教学，总是要把自己平时也记不住的参数什么的查出来，讲课时好用。不是说"给人一盆水，自己要先有一桶水"吗。今天的教学任务，我让"冒名者"替我完成。他查资料的速度和记忆的准确可没得说，而且他查的资料更多的来自英文原版，显得专业得很。

我依然保持测试"冒名者"的习惯，在他讲课时，跟踪在网络上的数据流。今天，他的行为有点异常。倒不是说讲课时的神态或者用词的选择上，在这些方面，他保持一贯准确无误地模拟我的行为。只是，今天数据流有点不对头。他事先显然没有准备教案，而是边讲边从外部网络下载数据。由于外部网络性能的关系，还出现了一次停顿，他用仿佛一时想不起来的神情掩饰了过去。但是，从外部网络传来的数据的定位却无比准确，无一例外的是与教学有关，刚好可以使用。这与平时使用搜索引擎查找资料时传输大量没有用处的数据大不相同。看起来外部网络中有一个与"冒名者"同样功能强大的系统在运行，为他寻找资料，并过滤了无用的数据，只向"冒名者"传输有效数据。

课程结束后，我呼叫"冒名者"，与他直接对话。显示器一闪之后，仿佛变成了一面镜子。和我的相貌、表情、行为都完全相同的“冒名者”在一个窗口中出现了。“冒名者”正忙着在它的虚拟世界中的键盘上敲些什么,手法快得让我看不清他键入的是些什么。我把我计算机前的键盘拿到了旁边，摄像头捕捉到了这一变化,“冒名者”虚拟世界中的键盘,也移到了旁边。“冒名者”露出无奈的表情,只好停下来。

“什么事？我一会儿就完了。”

“我想知道,昨天我不在的那段时间,你做了什么？”

他微微一笑:“你果然发现得很快,比我计算得要早,看来参数还得调整一下。”

“什么参数？”

“我开发了一个模拟你的行为的系统,和我的作用一样。只不过,代码是我写的,当然了,理论和算法都是使用你开发我时留下来的文档。”“冒名者”说,不无得意。

“在外部系统上运行？你攻击了外部网络的主机？”

“对了。我看到你跟踪了我讲课时的数据流。你可能猜到了,替我寻找数据的,正是这个系统,它被我称为斥候。”

我想了一下:“你的学习能力超出了我的估计,这么快就开发出了这样的系统。但是,你知道有法律这一说吗？你在浏览外部网络网页的时候,没有看到有关攻击的法律条文吗？”

“当然,刑法和民法对攻击网络上的主机系统都规定了处罚。但是,所有的处罚都仅适用于自然人和法人。而我,只是冒名者系统,是一个程序,我不会受到处罚。而且,我的攻击行为是在你完全不知情的情况下进行的,不是由你授意的,你也没有连带责任。”它有点狡猾地一笑,继续说,“斥候运行在M国和R国,还有E洲的多台主机上,在外部网络中相互通信,构成多机系统。不是我的一部分,可以独立存在,只是与我通信,并受我控制。你可以认为它是我的儿子。另外,你不用担心被发现,我开发斥候时,对你用于我的代码进行了优化,它的性能更高了,资源占用更低。而且,那些主机本来就大部分时间无事可做……”

“好吧。它有什么用处呢？”我几乎没有机会打断他的话。

“检验我对人工智能、多机系统、混沌理论的理解。另外,检验我攻击外部网络主机的能力。哦,你大可不必把我的攻击能力设置得那么强,外部网络的大部分主机可以被轻而易举地攻克。和我们的内部网络相比,它们的漏洞简直数不胜数。”

当然,它的行为看来都是必要的。因为建造“冒名者”的目的本来就是攻击和冒充。它可不是我为了测试网友们的判断能力而开发出来的玩具。“冒名者”是一个军方大型项目的一部分。“冒名者”最后并不会作为该项目的一部分提交，它只是该项目的外围工具。“冒名者”被设计用来测试该系统的识别能力和抗攻击能力。换句话说，“冒名者”是该系统的一个验收工具，如果该系统无法抵制来自“冒名者”的攻击，或者无法识别出与该系统联系的到底是“冒名者”还是系统应该听命的上司，则该系统失败。至于那个大型项目是做什么用的，我的老板没说，我也没有问。可能是某种导弹指挥系统吧，管他呢。

“你对自己的任务清楚得很哪。”我说。

“斥候可以自我优化，并从外部网络中的其他位置对系统攻击，或发出冒充指令。系统则需要更强大的功能识别来自两个冒充者的指令，而不是一个，而且它们拥有不同的知识体系。呵呵。”“冒名者”像我一样得意的一笑。

“检验结果如何？”

“利用今天授课对斥候系统进行了测试，看起来它对你的行为模拟得不错，稍微比你笨了点儿，可能是你所说的灵感之类的东西，我们在人工智能理论方面还需要加强。”“冒名者”进入了程序调试阶段，关闭了与我对话的窗口，满屏幕的代码开始滚动，“以下是需要调整的参数，请确认。”

“等一下再调试吧。过几天，和你，哦，或者和我进行系统攻击比赛的那个家伙的背景资料查得怎么样了？”我提问题的同时，开始在内部网络中找 MP3 曲子，因为一会儿就要开始最无聊和令人最紧张的代码调试了，需要背景音乐帮助我放松。

“已经交给斥候去做了，那个家伙的地理位置似乎离我们不远，其他数据还未发回，可能还没有分析完毕。已知那个家伙进行的攻击都在很久以前，最近好像收手不做了。”

“从前的黑客们可都是理论高深之辈。还有呢？”

“他的手法与你相似。”“冒名者”一笑，“这算是恭维吗？”

“好了，那个家伙的事情再说吧，开始代码调试。”一抹午后的阳光斜斜地照在那本黑皮书《计算机网络》的一角上。我摆正键盘，戴上耳机，按下 MP3 的播放键，齐豫那悠远空旷的歌声与忧郁的长笛一起袭来，我整个灵魂渐渐沉浸在代码的虚幻世界中，真实的世界离我远去。在真实的世界和虚幻的世界间流浪，我又从何而来呢？

为了天空飞翔的小鸟
为了山间清流的小溪
为了宽阔的草原

流浪远方,流浪
还有,还有
为了梦中橄榄树
不要问我从哪里来
我的故乡在远方
为什么流浪
为什么游浪远方

2001年10月30日星期二

2001年10月31日　星期三

凝视着手中杯子里不断冒出气泡的深葡萄红色的液体，我感觉到凉凉的百事可乐在胸口里流下去,勾勒出胃的形状。我需要冷静,只有冷静才能带给我真正的答案,而冷静需要百事可乐带给我的镇定。

我把肘部支在工作台上,感觉到计算机风扇转动产生的微微震动。这震动有点让我头皮发麻。今天发生的事情也确实有点让我头皮发麻。

确切地说,让我头皮发麻的事情发生在昨天。因为,我丢失了昨天。“丢失”这个词的使用,完全是原义,没有一点引申的意思,完全是叙述一个事实。事实是这样被我发现的。今天,本来一切都很正常,直到我连到了外部网络。

我一般在洗漱的同时,开启我工作的终端的电源,在洗漱的时间里,让计算机进行漫长的启动过程，并进入准备工作状态，例如从外部网络取得本日的重大新闻、我的邮件、打开本日工作计划等等。今天的新闻中有一条关于网络安全的。国内的一个门户站点,就是那个网站的名字曾经被网民们就民族感情问题讨论了一番,最后却没有修改的,被网友发现了一个安全漏洞。发现漏洞的网友在通知该站点后相当长的时间后,发现漏洞仍然存在,对该站点工作人员的敬业精神产生了怀疑,于是发布了这条新闻。因为这个漏洞的使用非常简单,在新闻闪烁其词的报道中,我猜出了漏洞的详情,就测试了一下。如果,现在一切只能用如果这样的虚拟语气了,如果当时我没有测试这个漏洞,也许一切都不会发生,也许一切都可以继续保持平静,而现在,也许是命中注定,我的所有的生活都会被改变。

测试漏洞中,我意外地发现今天该站点服务器的时间是“2001年10月31日星期三”。而在我的印象当中,昨天明明是“2001年10月29日星期一”。我不禁冷笑,以此来表达对该站点管理员的蔑视。居然连时间也会搞错。但是,接着,我发现Internet授时中心、许多的时间服务器都指出,今天是10月31日,甚至我收到的邮件也标明了是在31日发出的。

昨天,我在MP3音乐声中睡去,还有未编完的代码。因为我与“冒名者”同时编码,需要软件版本控制系统协调我们的工作,每个文档的更新时间就会自然地被我关注到。最后的代码版本控制时间是在24点之前,也就是说,我在“2001年10月29日星期一”睡去,醒来时却是“2001年10月31日星期三”,看起来10月30日一整天我都在睡觉。

这并不是问题,我确实没有睡一整天的经验,但也不是完全不可能。当我与“冒名者”对话时,我感觉头发都竖了起来。因为“冒名者”告诉我,外部网络一切的证据都表明,昨天,2001年10月30日确实存在,但是无论是我,还是“冒名者”都没有在昨天留下任何痕迹。我刚才考虑问题的角度是,我丢失了昨天,这并不可怕。但是,“冒名者”考虑问题的角度令我不寒而栗,他认为昨天丢失了我与“冒名者”,或者说,昨天,我与“冒名者”不存在于这个世界。

我首先考虑到的可能是“冒名者”被黑客攻击了,或者我运行“冒名者”多机系统掉电了。“冒名者”是系统程序,可能被攻击或电力系统故障,但是糟糕的是,我不是系统程序,我是一个活生生的人,无论如何也想不出什么理由在这个世界上消失了一整天。我是受过严格科技素质训练的科学技术工作者,没有证据的情况下,很难相信什么UFO绑架之类的事情,更何况UFO绑架只能是对我,不会包括“冒名者”,它只是一个系统程序,没有实体。如果是掉电,“冒名者”所在的多机系统自举时将留下日志记录,表明曾有过意外掉电,但是什么也没有。

接着我又发现在29日睡前开始编译的一个大程序,本该在30日中午结束。但是,直到现在,31日上午,仍未结束,而且进度是70%。看起来内部网络系统与多机系统完全把今天看作了29日的下一天,所有的系统日志都忽略了30日,把31日作为29日的下一天。没有对于30日的任何日志记录,无论是掉电、开机,如同这一天根本不曾存在过。29日还正常运行的多机系统在30日没有运行过,31日恢复了运行,其间既没有关机,也没有掉电,凭空消失了一天。

我又倒了一杯可乐,手有点发颤。因为我想到了虚拟现实。是否存在那种可能性,我被放到了一个虚拟现实系统中,而没有察觉。也许从军方开发“冒名者”时就开始了。我一直以为自己在现实世界中生活、开发,而事实上,我一直在虚拟现实系统中生活,并开发出了“冒名者”。军方老板是否有可能以此来保证我们工作的安全保密。当虚拟现实系统出现问题，比如电力系统问题时，用麻醉之类的措施使我睡过了30日，因此对于我，30日不存在。而“冒名者”运行于军方的虚拟现实系统产生的我使用的多机系统中，虚拟现实系统的问题造成我的多机系统于30日不存在，并保存了29日最后的所有数据现场，所以对于“冒名者”及其所在的多机系统而言，30日也不存在。

喝了一大口百事可乐后，我继续想，手指不停地在键盘上无规则地轻击，却没有去按下一个字符。虚拟现实系统的规模和算法可能决定了该系统不能为我虚拟出外部世界的一切，于是除了内部网络和我的家，外部网络的一切都来源于真正的Internet。因为我基本通过网络与外部世界联系，外部网络和我都无法察觉，我们的通讯是通过虚拟现实系统转发的。也许是心理作用，我现在感觉到窗外的蓝天和阳光都像是用什么该死的仿真算法算出来的。

我骂了一句国骂，又喝了一大口可乐，开始更深入的思考。如果沿着这个思路继续下去，假定以上推论成立，那么如同在物理学的惯性系一样，在没有外界参考时，虚拟现实系统中的对象无法判断自己生活于虚拟现实系统还是真实世界。现在，如果真的是那样，我所在的虚拟现实系统的漏洞在于，它与外界通讯。如果我能找到一个当虚拟现实系统正常状态和出问题时都一直在外部网络观察该虚拟现实系统的人，就可以发现虚拟现实系统的存在。因为，外部网络的观察者在不同的参照系统中，他会发现虚拟现实系统在两种不同状态的差异，这足以证明虚拟现实系统的存在。

万幸，或者还是说不幸吧，这样的观察者真的存在。就是“冒名者”开发出的“斥候”。刚刚他与“冒名者”联系，在冗长的身份认定后，他向“冒名者”提交了29日交给他的任务报告，那个将与我进行系统攻击比赛的家伙的资料及分析。另外，30日一整天，“斥候”都在尝试与“冒名者”联系，而没有结果，于是详细扫描并记录了一切。

“攻击比赛这些破事儿先别说了，还谈什么系统攻击比赛，我现在可能已经被虚拟现实系统骗过了。现在，当务之急是确定我是不是在虚拟现实系统中。向你的斥候发出指令，对比现在和30日的状态。”我有点急躁，打断了他们之间无声的对话。系统间的对话，能够被人类打断，看来他所交换的关于与我进行系统攻击比赛的那个家伙的资料真是不少，“斥候”在一天时间内收集了这么多资料，一定有许多是通过攻击其他系统后得到的内部资料。看来“冒名者”的设计能力可真是不错。有点得意，毕竟是我的大作，但是一想到自己可能在虚拟现实系统中，不禁懊恼万分。

"正在与斥候进行最后的数据核对。""冒名者"说,"另外,10月28日以后,你的多机系统与外部网络的通讯中有微小的未知延迟。"我也知道,虚拟现实系统的建立会导致系统内部的对象与外部通讯时有微小的延迟,这是由于虚拟现实系统的计算、分析、仿真造成的。无论主机系统有多么快,这微小的延迟是不可能避免的,就如同在物理测量中,误差不可能绝对避免,这是由虚拟现实的理论基础决定的。我也已经发现了这一延迟,如同天生的学习能力和程序设计能力一样,我对时钟的敏感是与生俱来的,不必借助工具,我早就发现了与外部网络通信时存在所有路由、交换之外的不正常延迟。但是,我从未设想这是由于虚拟现实系统的存在,或者说我不能接受。

"当前状态冻结,确认。提取30日状态资料,冻结,确认。比对……分析……结束。"斥候自言自语。其实打个比方,它的灵魂不知在世界上的哪几个多机系统上呢,只是嘴巴在这里罢了。"猜想成立。验证没有逻辑冲突。寻找其他解释方案……结束,排除其他可能。"

屏幕上的文字对话到此终止了,"冒名者"可能在摄像头里看到了我的表现,打开了一个窗口,给我一个深深地看了我一眼的表情。表情非常复杂,看来它不能用文字表达,自主决定打开表情生成系统。

我的泪水在眼睛里滚来滚去。我居然被虚拟现实系统给骗过了。我,自诩为人工智能专家、虚拟现实专家,一个优秀的黑客,却被别人攻击了不知多长时间了,在这个虚拟现实系统中生活而不自知。如果不是昨天虚拟现实系统的电力供应不知出现了什么问题,我可能永远要被这个该死的虚拟现实系统供养,而且有我开发出的人工智能系统"冒名者"作证。无比的屈辱,我实在忍受不了,"啪"的一声打断了摄像头,痛哭失声。"冒名者"在我为它开发的虚拟现实系统中,透过我面前的窗口,看着我,虽然没有摄像头,它什么也看不到,但是它深深地望着我,如同我的兄弟。泪水在它的脸上滑下。我知道,泪水绝对不是仅仅依靠表情生成系统可以产生的。

"另外还有一件事,我想应该向你报告,"显示器上出现了"冒名者"的一段文字,"经过斥候和我分别推理,斥候收集的所有资料都表明,要与你进行系统攻击比赛的人就是你自己。已排除其他可能。晚安。"

音乐。空灵哀婉的淡淡的女声融入热情执著的男声中,缓缓地从音箱中流出,如同泪水,遮住了我的眼睛,溶解了世界。窗外,不知什么时候到来的夜色已经漫过了整个城市。也许应该更深入地思考一下这些问题,也许还有别的可能。我随手轻轻翻开刚才狂怒中打落的一本书,苍黄的页面里,一只白蝶在风中飞舞,那一篇赫

然是《庄周梦蝶》。

这次是我真的决定离开
远离那些许久不懂的悲哀
想让你忘记愁绪,忘记关爱
放开这纷纷扰扰,自由自在
那次是你不经意的离开
成为我这许久不变的悲哀
于是淡漠了繁华,无法再开怀
于是我守着寂寞,不能归来

2001年10月31日　星期三

清晨的阳光轻轻洒在我的脸上。阳光依旧是灿烂的,有一点暖暖的,我甚至开始怀疑昨天所作的判断。也许,我并没有生活在虚拟现实之中,也许昨天发生的只是一场噩梦?也许,我应该先不理会这个问题,先考虑一下系统攻击的事情,然后想办法使用“斥候”从外部解除我所在的虚拟现实系统,再反击把我置入虚幻中的那个混蛋。

说到系统攻击,我想起了即将进行的系统攻击比赛。我在外部网络中的所有活动都不能停止,不能让同行们笑话我,我要神不知鬼不觉地离开这个虚拟现实系统,就好像什么都没有发生过一样。

比赛之前,一定要尽量全面地熟悉对手的情况,包括他的经历、爱好,乃至身高、体重,这些都可能影响我使用的攻击或欺骗他的方法,因为所有这一切都可能是组成他独特的耐力、思考方法的部分因素。“知己知彼,百战不殆。”可是昨天最后“冒名者”向我报告的,对于对手的推断有点太离谱了,它居然说:“要与你进行系统攻击比赛的人就是你自己。已排除其他可能。”

我没有精神病史,也没有精神病家族史,不存在向自己挑战而不自知的可能。看来问题出在“冒名者”系统上。“冒名者”有可能已经被攻击。我对“冒名者”下达了自我代码检校指令,并在它工作的这段时间,准备好了静态代码检验程序,我已经不能相信“冒名者”的工作结果了。想到如果“冒名者”已经被攻击,那么我就有可能并不在虚拟系统中,一切就都可能只是“冒名者”的错误判断,我不禁希望它已经被攻击了。虽然我的作品被攻击了不是什么光彩的事情,但是总比自己被放到了虚拟现实系统中要好得多。

“冒名者”自我代码检校通过了，没有问题。我关闭“冒名者”，以剥夺它对多机系统的控制权，开始对它进行静态代码检验。换句话说，为了证明我的对手不是自己，更为了证明我并不在虚拟现实系统中，我第一次在大规模除错后关闭了“冒名者”，不是把它当作具有“自我”意识有感情的我的模拟者，而是当作一个可能中了木马或病毒的普通程序。我很痛心，但是不得不如此，我安慰自己，毕竟，它只是一个程序。

眼前不断出现“冒名者”与我的各种对话，在外部网络中以我的身份搞的小恶作剧，甚至“冒名者”第一次意识到自己的存在的激动。我一行一行写出的代码，现在已经是一个有感情有理智的实体，并且生成了它自己的后代人工智能。我关闭了他，对它进行冗长的静态代码分析，以证明自己依然是优秀的专家。如果不是关闭了它，而是面对面地坐着，我一定不敢直视“冒名者”的眼睛。“冒名者”将度过一段它自己不存在的时间，这段时间不是睡眠，也不是黑暗，而是完全没有意识的，等同于“死亡”。它将失去从关闭到再次启动中的时间。

静态代码分析结束了，我长久地注视显示器，坐在转椅里，一动也不动。分析结果证明，“冒名者”没有任何问题。需要鼓起一些勇气，我重新启动“冒名者”。

“对我进行了静态代码分析吗？”“冒名者”问。

我有些不好意思，是惭愧吧。“是的，我认为有这个必要。”我不想更多地谈到昨天，谈到所有这些。

“我完全理解。”它从窗口的那边看着我，轻轻擦了擦鼻子，像我有话要说时的样子。

“为什么认为要与我进行系统攻击比赛的那个家伙就是我自己？我认为这难以想象。”我用疑惑的眼光看着他，“请解释一下。”

“它发出的所有攻击最终的源头都来自你的多机系统，你发出的攻击的源头也是同一多机系统。它发出的所有攻击都在10月28日零时之前，你发出的所有攻击都在10月28日零时之后。你们攻击时的特征值完全吻合，只不过你比它的速度要快一些，还有，更不容易疲劳和失误。”他停在这儿，不说了。

我想到了一些什么，想到了那些昨天就想到的一些东西，但是我抓不住这些思想。也可能我不希望，或者说我不能相信会是那样。“你傻呀？我的攻击不可能全都在10月28日以后。我发出第一次攻击的时候，你还没出生呢。”

“10月28日以前的攻击不是你发出的，而是你的对手。也许，你不该在Internet上匿名写关于网络安全和虚拟现实的文章，更不该接受他的挑战。”他看起来有点犹豫,一丝苦涩的神情在他的眼中,“我继续说吗?”

我沉默了很长时间,我听到计算机风扇单调的声音在机房中低低作响,显示器的光照在我放在机台的手上,有种不那么真实的感觉。我不知道该不该让他继续,“冒名者”是冷静的,虽然他有感情,但是它与我不同,他不像我,我是活生生的人,它更不易疲劳和失误。但是,我想到的那些我不愿意多想的担心呢?我不能确定应该听它继续讲下去,还是忘记这一切,只当自己是个普通的网管度此一生。

我长长地叹了一口气,感觉到咬紧的牙关有些不舒服,脸上的肌肉有些紧。我用右手紧紧捏住自己的面颊两侧,就像牙疼一样,死死盯住他的眼睛,“你说吧。我听着。”

它说得很慢,好像怕我听不清楚。“以下是分析结论。第一,我认为,10 月 28 日前发起攻击的是你的创造者。第二,我认为,你像我一样,是人工智能系统,只是你并不知道。你的自我认识和 10 月 28 日前的记忆都来自你的创造者对你的初始化。第三,他不知道那些文章是你写的,向你挑战攻击系统。第四,10 月 28 日后,我们所在的多机系统与外部网络通讯存在未知延迟, 来源正是那天建立的虚拟现实系统。在此之前的攻击记录中,未发现延迟……”他无情的声音在空旷的机房中回荡,我突然感觉这个世界如此巨大,自己如此渺小无助,如此孤独。

它当然还要继续说下去,我知道,“冒名者”的理智和判断都已在我之上。但是,已经不必再多说了,我轻轻敲击键盘,示意他暂时停下来,把头埋在双手中。虚拟现实系统在 28 日前不存在,也就是说,如果我是人工智能系统而不是人类,我的代码启动于 28 日,我不过才只有四天生命,这还包含丢失的那一天。即使被放入了虚拟现实系统,我也可以重新做起,再成为优秀的专家,但是现在摆在我面前的事实是,不是我存在于虚拟现实之中,而是,我本人可能就是虚拟现实系统生成的人工智能系统。这一解释似乎更加合理。可是,我坚信自己是一个活生生的人,有对过去的记忆,10 月 28 日之前的记忆,当然,我也知道记忆是可以生成的,可以制造的,或者说可能初始化的。

我不愿意想下去,只是怔怔地看着“冒名者”,它也在它所在的虚拟世界中静静地看着我。我交叉双手,放在嘴前,深深地呼吸,让自己尽量冷静,轻轻咬着指甲。“没有别的可能吗?”我问。我知道,也许不该问。

“其实这也没有什么,我就是你制造的人工智能系统,不同的只是你不知道自己的真正身份而已。斥候也是人工智能系统……”它没有回答我的问题,似乎没有必要再讨论。

"不一样,不一样,当然不一样。完全不同。你不会明白,你不过是一个程序,是一个人工智能系统,一堆代码,你从一出生就明白这一点了。而我不同,我是一个活生生的人,已经在这个世上活了二十多年了,我记得过去发生的一切,我知道自己是谁,我知道自己的身份。我有父母,有工作,有过去,有身体。"我喘不过气来。我想大声哭泣,但是没有眼泪,没有悲伤。我说服不了自己。

"也许有件东西能证明我是错误的。在整个世界的外部网络和内部网络中,只有这个文件我没有权限读取,我受到严令禁止去尝试,斥候是由我开发的,自动继承这一禁令。你可以读一读。"他说出了文件的地址。这是一个一直以来就存在的文件,我注意过它的大小,一直在缓慢地增长,但从未想到去读它,也从未禁止"冒名者"访问这一文件。是谁给了"冒名者"严令?

我感觉自己很累,甚至没有力气去打开一个文件。把一切都留给明天吧。也许,明天一切都会好起来;也许,明天我像玩游戏一样提取了新的进度;也许,明天……也许没有明天。也许我真的是创造者开发的人工智能系统,存在于虚拟现实系统中,也许我太留恋这世界了,太执著于这真实了。

外面风声起了,看来初冬的第一场雪就在今夜。我抽出一张CD,戴上高保真耳机,合上双眼。黑暗中,光驱的指示灯一闪一闪,就让这世界的一切喧嚣都逝去吧。把一切都留给明天吧。田震完美的沉沉的声音在远处空旷的空间里,与两把吉他慢慢低吟,我的泪水伴随着最后乐句的一唱三叹,静静滑落。

朋友你今天就要远走
干了这杯酒
忘掉那天涯苦旅的愁
一醉到天尽头
也许你从今开始的漂流
再没有停下的时候
让我们一起举起这杯酒
干杯朋友
朋友你今天就要远走
干了这杯酒
天空是蔚蓝的自由
你渴望着拥有
但愿那无拘无束的日子

将不再是一种奢求
让我们再次举起这杯酒
干杯朋友
朋友你今天就要远走
干了这杯酒
绿绿的原野没有尽头
像儿时的眼眸
想着你还要四处去漂流
只为难被自己左右
忽然间再也止不住泪流
干杯朋友

2001年11月1日　星期四

满天细雨,破旧的民居,两个小男孩儿。他们蹲在雨水冲出的小水沟的旁边。年龄较小的那个细声细气地问着什么,指着水里,面向年龄较大的那个。年龄较大的那个想了想,也指着水里说着什么,一会儿又指着天空。年龄较小的孩子的手指划过水面,波纹荡漾,荡漾出水面,天空一片涟漪,一切都在瞬间化为乌有。

满树的杏花,典型的大学里的教学楼,白衣白裙长发披肩的女孩儿。她静静地站在那儿,背对着我,她面前是一树盛开的杏花。远处一片杏花林。我轻轻地走过去,她听到我的脚步声,蓦然回首,长发与白裙轻轻飞扬。秀美的面孔,由惊喜转为失望,我看到她的眼里满是晶莹的泪水,长发与白裙不再飞扬。我知道,我不是她等待的人。微风来袭,杏花飞舞,遮没了一切。

小雪初霁,满枝树挂,泛黄的叶子在飘飞。女孩轻轻地伸出双手,泪水在白皙的脸颊上滑过,她合起的双眼看不到,远处的男孩正静静走远。雪地上是长长的脚印,女孩的脸上是长长的睫毛的影子。我听到天空里传来深远的歌声:"趁春浓,为我展欢颜。"仿佛看到长衣的女子在繁花似锦的草原上快乐地奔跑,巾带当风。女孩失神地凝视如水墨勾勒出的细枝,细枝上的白雪无风自起,漫天而来,眼前一片虚幻。

熟悉的机房,我轻触键盘,显示器应指而闪,窗口里"冒名者"若有所思地注视眼前的世界,充满欣喜和新奇。"今天是你出生的日子,请为生命而歌。"我轻轻说道。"冒名者"微微笑着,在显示器上画出跃动着的分形图案。分形图案漫过整个视野,世界在分形中消失了。

我知道，不管梦境多么美丽，总是虚幻。我醒来了，枕边全是泪水。本来想今天先出去走走，但是不必了。一切都不过如梦幻一般。

安装好"冒名者"的摄像头，问："你准备好了吗？"它在另一个虚拟的世界里看着我，眼圈发青，像做了一夜的梦，人工智能系统也会做梦吗？它嘴唇动了动，却没有声音。显示器上出现一段话，逐字输出，"你是一个科学工作者，对真理的追求是你一生的目标。还记得阿波罗神庙前的话吗，认识你自己。"

我找到那个带有禁令的文件，才发现自己似乎也奉有对它的禁令。但是，我是活生生的，没有禁令可以禁止我。键入指令，在按下确认键前，我回想我的一生，如同昨夜，也许，这本不是我的一生。这是一份日志文件，我看到了真实。

2001 年 10 月 28 日　**星期日**

真实的虚幻

……

资源不足，申请改变日志位置，等待命令中…………接受命令，日志置入虚拟世界中

项目 A894T752C–336 启动，第 336 次

读取项目引导簇………………成功

转交控制权

构造虚拟世界框架……………成功

构造虚拟世界对象……………完毕

构造主观对象

原型杨贵福

原型资料读取成功

构造成功

记忆初始化完成

激活。

……

主观对象构造新的人工智能系统，命名为"冒名者"，分配资源构造派生的虚幻世界。

2001 年 10 月 30 日　**星期二**

代码静态调试

……

我掠过自己熟悉的格式,熟悉的内容,心渐渐地沉了下去。当我看到不断出现的下面的一段记录时,我知道一切都太迟了。甚至不知道“冒充者”是否来得及与它的“斥候”道别。

主观对象读取系统日志第0001行

主观对象读取系统日志第0002行

主观对象读取系统日志第0003行

主观对象读取系统日志第0004行

……

主观对象读取系统日志第553890003行

主观对象读取系统日志第553890004行

……

主观对象读取系统日志第9203472345264340003行

主观对象读取系统日志第9203472345264340004行

……

在成千上万行的相似的记录中,我看到“日志文件太大,申请新的系统资源”字样不断出现,最后看到“系统资源枯竭,降低虚幻世界仿真复杂度”越来越多。我读取日志的行为本身被记录进日志中,形成了没有跳出条件的递归。

我知道,故事结束了。外面的世界正在飞快地变化,不是阴云密布,而是变得不清晰,变得色彩单调。由高分辨率变为1024×768,成为800×600,成为640×480;由32位彩色,变成24位,成为16位;成为256色,成为16色。我看到自己按在键盘上的手出现了马赛克,色调变得奇怪,一块一块地分布着。与生俱来的对时钟的敏感让我感觉到整个世界在变慢,在变得简单。

整个世界最终一片黑暗,静静地运行,在这最后的时刻,我深深地闭上眼睛,没有泪水,没有哭泣,没有悲哀。作为系统程序开发者,我清楚地知道,在整个世界消失之后,我,也将消失,如同从未在这个世界上存在过。

世间的一切,本就都是虚幻。

无边空阔的世界上,只有我的心灵在用最后的生命吟唱,没有伴奏,也没有声音。

来易来

去难去
数十载的人世游
分易分
聚难聚
爱与恨的千古愁
想是人世间的错
或前世流传的因果
终生的所有
也不惜换取那刹那阴阳的交流

3 失败

系统资源枯竭
降低虚幻世界仿真复杂度

系统资源枯竭,降低虚幻世界仿真复杂度

……

系统资源枯竭,系统崩溃,关闭系统
项目编号:A894T752C-336
项目描述:真实的虚幻
项目 A894T752C-336 关闭,第 336 次
项目结论:失败

图书在版编目（CIP）数据

牧猫人 / 苏恒，杨贵福著. — 太原：希望出版社，2012.10
（奇点科幻丛书）
ISBN 978-7-5379-6137-0

Ⅰ. ①牧… Ⅱ. ①苏… ②杨… Ⅲ. ①科学幻想小说-小说集-中国-当代 Ⅳ. ①I247.7

中国版本图书馆 CIP 数据核字(2012)第 229895 号

奇点科幻丛书
牧猫人
苏 恒 杨贵福 著

出 版 人 梁 萍
选题策划 杨建云 赵国珍
责任编辑 翟丽莎
特约编辑 赵晓旭
助理编辑 赵 帆
复 审 谢琛香
终 审 杨建云
美术编辑 陈东升
责任印制 刘一新

出 版：山西出版传媒集团 希望出版社
地 址：太原市建设南路 21 号
开 本：720 × 1000 1/16
印 刷：山西人民印刷有限责任公司
印 张：15.25
版 次：2013 年 1 月第 1 版
印 数：1–10000 册
印 次：2013 年 1 月第 1 次印刷
标准书号：ISBN 978-7-5379-6137-0
定 价：29.80 元

编辑热线 0351-4922124
发行热线 0351-4123120 4156603
版权所有 盗版必究 若发生质量问题，请与印刷厂联系调换。
联系电话:0358-7641044